Oz Clarke

Meine neue Weinschule

Bassermann

Originaltitel: Introducing Wine
Originalverlag: Websters International Publishers Limited

Aus dem Englischen von Bernhard Abend

Fotos: Cephas Picture Library, Robert Hall
Stephen Bartholomew und Stephen Marwood
Umschlaggestaltung: X-Design, Manuela Hutschenreiter, München
Satz: Gloor Satz, München
Druck und Verarbeitung: Phoenix Offset printers
Printed and bound in Hong Kong

ISBN 3 8094 1843 9

817 2635 4453 6271

Danksagung

Der Autor und der Verlag danken Vinopolis, City of Wine und Michael Johnson Ceramics für die Bereitstellung der Weingläser (Ioan pf Riedel), Roberson wine merchants, London für das Foto auf S. 67 und Zaira, London für das Foto auf S. 59. Herzlichen Dank auch an Fiona Holman, Nigel O'Gorman und Andrew Thompson für ihre Mitarbeit an diesem Buch.

Weinempfehlungen

Die empfohlenen Weine auf den Seiten 76–137 sind nach Preisen geordnet, vom preiswerten Alltagswein bis zum kostspieligen Wein für besondere Anlässe. Fünf Preiskategorien sollen einen ungefähren Anhaltspunkt bieten:

1 preiswert 2 mittlerer Preis 3 gehobener Preis
4 teuer 5 sehr teuer

Inhalt

Wenn Sie das nächste Mal bei Ihrem Weinhändler sind, halten Sie einen Moment inne und sehen Sie sich um. Halten Sie nicht gleich nach dem Wein des Monats Ausschau, beschränken Sie Ihre Aufmerksamkeit nicht auf Ihre bewährten Favoriten; lassen Sie einmal die ganze Palette des Angebots auf sich wirken. Wenn der Laden groß ist und Sie ähnlich empfinden wie ich, wird Ihnen von der überwältigenden Vielfalt an Weinen vor Begeisterung schier schwindelig werden. Stellen Sie sich vor: In jeder einzelnen Flasche ist ein einzigartiger Geschmack eingefangen. Nehmen Sie also eine Flasche aus den Regalen, irgendeine, und begeben Sie sich auf die lustvolle Entdeckungsreise, die Ihr ganzes Leben lang andauern kann. Doch lohnt sich denn die Anstrengung, die Unterschiede zwischen all den Flaschen in den Regalen zu kennen? Aber ja! Schon einige wenige Kenntnisse werden Ihre Freude am Wein verdoppeln und Ihnen Anhaltspunkte für die Wahl »Ihres« Weins geben. Und wenn ein wenig Wissen schon hilfreich ist, wie viel mehr Vergnügen müsste dann etwas genauere Kenntnis bereiten? Hier soll Ihnen dieses Buch zur Seite stehen: bei der Entdeckung einer Welt neuer aufregender Geschmackserlebnisse.
Sind Sie bereit? Dann lesen Sie,
kaufen Sie ein und genießen Sie!

Teil I

Der Geschmack des Weins

Wenn Sie Wein kaufen, dann wegen seines Geschmacks. Das Renommee, die Aufmachung und der Preis eines Weins werden Ihre Wahl beeinflussen, doch sie haben keine Wirkung auf Ihre Geschmacksknospen. Die Rebsorte ist der bedeutendste Faktor, der den Geschmack eines Weins bestimmt, doch auch alles, was mit den Trauben und ihrem Saft auf dem langen Weg vom Rebstock bis zum Glas in Ihrer Hand geschieht, trägt zum einzigartigen Charakter des Weins bei.

Wählen Sie Ihren Wein

Die Chancen, einen Weinladen mit einem sehr angenehm zu trinkenden Tropfen zu verlassen – auf jedem Preisniveau –, sind heute so groß wie noch nie. Das letzte Viertel des 20. Jahrhunderts hat sowohl die Weintypen wie die Qualität der Weine revolutioniert. Alle Weine sind heute sauberer und frischer. Die Rotweine sind saftiger, weicher und runder, die Weißen haben mehr von einem pfirsichartig-reifen Charakter. Mehr Barriques aus Eichenholz werden verwendet, was Aromen von Vanille und Buttertoast in den Wein bringt. Doch das heißt nicht, dass alle Weine gleich schmecken, in der Tat ist die Palette so groß wie nie zuvor. Die moderne Weinbereitung schließt Fehler fast völlig aus, keineswegs aber Individualität.

Wie können Sie nun wählen? Wie wissen Sie, welcher Wein für ein sommerliches Picknick optimal ist und welcher für einen Winterabend am Kamin? Stellen Sie sich vor, Sie könnten im Weinladen aus Regalen mit den Kategorien »pikante, frische Weißweine« und »würzig-warme, mächtige Rotweine« wählen – das würde einiges vereinfachen, nicht wahr?

Doch sehen Sie, alle die tausende unterschiedlicher Aromen lassen sich 15 Haupttypen zuordnen, die ich auf den folgenden Seiten vorstellen werde. Wenn Sie noch nichts von Rebsorten und Anbaugebieten wissen, brauchen Sie nur einen Typ auszusuchen, der Ihnen zusagt, und ich weise Ihnen den Weg. Und kommen Sie zu diesen Seiten immer wieder mal zurück, wenn es Sie nach Neuem verlangt; ich werde mich anstrengen, Ihnen ein weiteres Geschmacksabenteuer zu eröffnen.

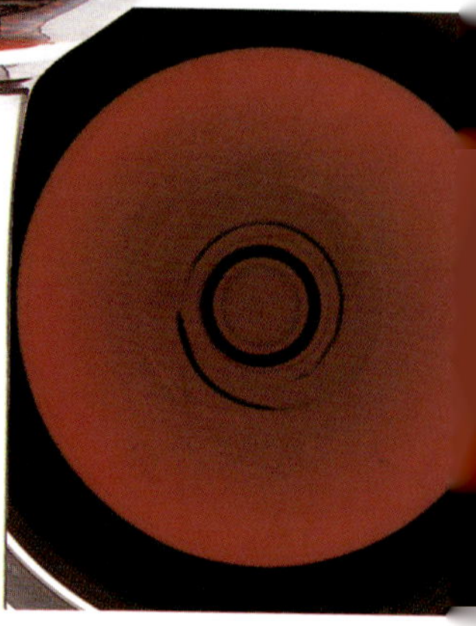

1 Saftig-fruchtig

Erfrischend, gefällig und köstlich: Merlot aus Chile zeigt, was ein moderner Rotwein ist.

2 Samtig, Erdbeer-Aroma

Weicher, duftender Wein mit Aromen roter Früchte: Pinot Noir ist die klassische Rebsorte.

3 Intensiv, Schwarze-Johannisbeer-Aroma

Rotweine mit dem markanten Aroma Schwarzer Johannisbeeren werden aus Cabernet Sauvignon gemacht.

6 Feiner Rosé

Duftend, erfrischend und trocken – gute Exemplare kommen aus der Provence und aus Navarra.

4 Würzig-warm

Herrlich üppige Aromen von Beeren, schwarzem Pfeffer und Schokolade – versuchen Sie australischen Shiraz.

5 Mundwässernd, mild-säuerlich

Faszinierende Weine mit kräftig-krautigem Biss und milden, jedoch auch säuerlichen Aromen roter Früchte: Italienischer Rotwein ist hier die Wahl.

7 Völlig trocken, neutral

Knackig-frische Weine wie Muscadet und Verdicchio.

8 Grünlich-pikant

Sauvignon Blanc aus Neuseeland ist mit prickelndem Stachelbeeraroma das Vorbild.

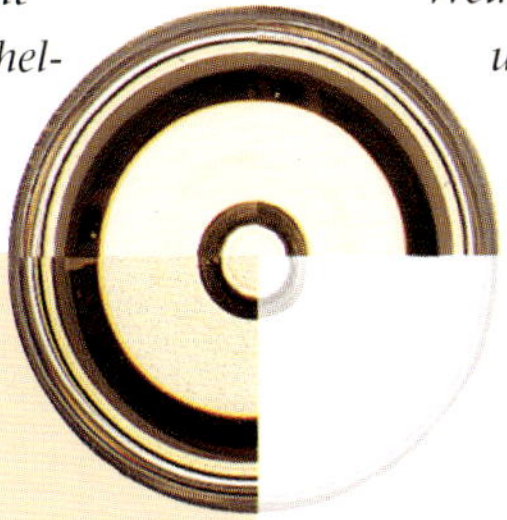

9 Üppig-würzig

Köstlich üppig und mächtig, dennoch subtil: Weißer Burgunder steht für diesen Typ.

10 Rund-toastig

Unverhohlene Aromen von Pfirsichen, Aprikosen und tropischen Früchten, dazu ein weicher Toast-Charakter: Das ist australischer Chardonnay.

11 Blumig

Überaus aromatische Weine mit Blütenduft und exotischem Bukett – keiner übertrifft den Gewürztraminer.

12 Schäumend

Bläschen und köstliche Aromen, die Sie glücklich machen. Lächeln Sie, Sie trinken Champagner.

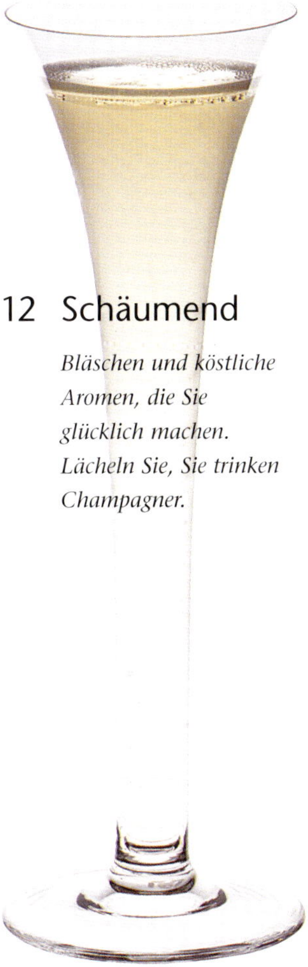

13 Golden-süß

Köstlich-üppige, mundfüllend-mächtige Aromen von Pfirsich, Aprikose und Honig, zum Beispiel Sauternes.

14 Warmer angereicherter Wein

Süße aufgespritete Weine mit reichem Geschmack – Port ist unübertroffen.

15 Pikanter angereicherter Wein

Völlig trocken mit verblüffend herben, würzigen Aromen, so ist richtiger Sherry.

1 Saftig-fruchtige Rotweine

Erfrischende, schmackhafte Rotweine mit jeder Menge Fruchtaromen, nur mit einem Minimum an adstringierendem Tannin, ideal zum So-Trinken ebenso wie zum Essen – dies ist der moderne Typ des guten, preiswerten und des etwas anspruchsvolleren, feineren, aber immer noch erschwinglichen Weines.

Dieser Weintyp wurde in der Neuen Welt geboren. Solche Weine kommen aus Australien, den US-Bundesstaaten Kalifornien und Washington, aus Neuseeland, Südamerika und Südafrika, aber auch in Europa schwindet die einst feste Überzeugung, dass Rotwein reifen muss. Lassen Sie diese Weine nicht altern, kaufen Sie und trinken Sie. Und um den richtig saftig-fruchtigen Geschmack zu bekommen, lassen Sie Wein unbeachtet, der älter ist als zwei Jahre.

Merlot aus Chile ist der Maßstab für dieses weltweite Phänomen: jung, harmonisch und zum Bersten voll mit Aromen von Brombeeren, Schwarzen Johannisbeeren und Pflaumen.

Spanien produziert große Mengen von preisgünstigen weichen, geschmeidigen Weinen derselben Machart. Alles, was aus La Mancha, Navarra und Valdepeñas kommt, sollte man versuchen. Kalifornien hat angenehme junge Merlots und Zinfandels, Argentinien weichen Tempranillo, ultrafruchtigen Bonarda und saftigen Malbec.

Wenn Sie auf französischen Wein aus sind: Beaujolais ist hier der berühmteste für diesen Typ. Er ist allerdings teurer und nicht so offenherzig fruchtig, wie Sie vielleicht erwarten; ein Vin de Pays d'Oc kann oft der bessere Kauf sein.

Die Bausteine des Weins

Jeder Wein verfügt über bestimmte Grundbestandteile.

Säure und Zucker sind im Saft der Traube enthalten. Der Zucker wird bei der Gärung zu Alkohol umgewandelt, ein Teil davon kann aber auch erhalten bleiben; eine große Menge Restzucker ergibt süßen Wein. »Säure« klingt unangenehm und aggressiv, aber eine gewisse Menge ist notwendig, um den Wein frisch und geschmacksintensiv zu machen. Alle Weine enthalten Säure, wie auch alle Früchte.

Tannin kommt aus den Beerenhäuten, den Stielen und den Kernen der Traube. Dies ist der Stoff, der Rotweine bitter machen kann und im Mund ein pelziges, zusammenziehendes Gefühl hinterlässt (Weißwein verfügt über keinen nennenswerten Tanningehalt). Die richtige Menge kann für die Textur und den Geschmack eines Weins jedoch Wunder tun. Tannin und Säure haben darüber hinaus die positive Eigenschaft, konservierend zu wirken; Weine mit einem hohen Anteil an einem oder beiden Stoffen halten sich in der Flasche viele Jahre lang.

Alkohol, für viele zunächst der Anlass, mit dem Weintrinken zu beginnen, ist nicht in erster Linie dazu da, um Sie betrunken zu machen. Er balanciert die Aromen, mildert die Attacke der Säuren und intensiviert das Geschmackserlebnis im Mund.

2 Samtige Rotweine mit Beerenaromen

Weiche Rotweine mit zartem Duft und Geschmack nach Erdbeeren, Himbeeren oder Kirschen. Gute Exemplare hinterlassen im Mund ein samtiges Gefühl.

Pinot Noir – deutsch Spätburgunder, italienisch Pinot Nero – ist die Rebsorte, die die besten Beispiele für diesen Stil liefert. Die seidige Textur eines großen Pinot Noir ist von keiner anderen Traube zu erreichen. Nur wenige Anbaugebiete liefern echte Qualität, und sie ist immer kostspielig.

Die Heimat des Pinot Noir ist Burgund (Bourgogne), hier erreicht er auch wahre Größe. So gut wie aller roter Burgunder ist Pinot Noir. Die besten Weine entwickeln mit der Reife Aromen von Trüffeln, Wild und verrottendem Laub – das klingt schrecklich, ich weiß, aber viele Menschen sind ihnen nach dem ersten Schluck ein Leben lang verfallen.

Den besten Pinot Noir nach Burgund liefern Kalifornien, insbesondere Carneros und Santa Barbara, sowie Oregon und Neuseeland.

Billiger Pinot Noir ist selten gut, chilenischer kann jedoch über Unmengen von Fruchtgeleearomen verfügen. Auch das spanische Somontano hat einige preiswerte, angenehme Exemplare zu bieten.

Rotweine aus Rioja und Navarra – ebenfalls spanisch, aber mit anderen Rebsorten – sind weich und geschmeidig mit intensivem Erdbeerduft, auch leichte Côtes du Rhône-Villages aus Frankreich sind hier zu nennen.

3 Intensive Rotweine mit Schwarze-Johannisbeer-Aromen

Duftreiche Rotweine mit kräftigem Tannin und deutlichem Geschmack nach Schwarzen Johannisbeeren. Sie werden aus Cabernet Sauvignon gekeltert, pur oder mit Merlot und anderen Traubensorten verschnitten, um die Fruchtaromen zu betonen und die Textur weicher zu machen.

Cabernet Sauvignon ist hier die Rebsorte, nach der Ausschau zu halten ist. Die auf Cabernet basierenden Bordeaux-Weine stellen den originalen Schwarze-Johannisbeer-Typ dar, die besten lassen dazu den Duft von Zigarrenkisten und Bleistiftminen erkennen. Cabernets aus der Neuen Welt haben noch mehr Schwarze Johannisbeere, dazu Noten von Vanille und manchmal von Minze. Schwer zu sagen, wer in der Spitzenklasse besser ist; am preiswerten Ende der Leiter ist jedoch unzweifelhaft der aus der Neuen Welt unübertroffen. Billiger roter Bordeaux ist ein trauriges Zeug.

Cabernet Sauvignon zeigt seine charakteristischen Eigenschaften, woher er auch immer stammt und wie viel er kostet. Teure Exemplare sollten rund und üppig sein mit diversen Schichten intensiver Aromen; preiswertere sind einfacher gestrickt, erdiger, marmeladiger oder auch schlanker mit einem Touch grüner Paprika.

Preisgünstige Cabernets liefern Bulgarien, Chile, Australien, Südafrika und Frankreich mit dem Vin de Pays d'Oc. Etwas teurere sind in Penedès in Spanien sowie in Australien, Chile und Südafrika zu finden, außerdem in Bordeaux und in Bergerac, dem Bordeaux-Nachbarn mit besserem Preis-Leistungs-Verhältnis. Schwarze-Johannisbeer-Aromen hat auch der spanische Ribera del Duero, als Traubensorte wird hier jedoch Tempranillo verwendet.

Rotwein-Aromarad

Ein anderer Weg, um zum gewünschten Geschmack zu kommen. Ich habe die Rotweine der Welt nach i Intensität und nach ihrem Aromatyp angeordnet. D Weine am Rand verfügen über komplexere Aromen, in der Nähe des Zentrums sind leichter und einfach

Dunkle Früchte
Schwarze Johannisbeere, Brombeere, Pflaume, Schwarzkirsche.

Rote Früchte
Feine Aromen von Himbeeren und Erdbeeren, pika Noten von Roten Johannisbeeren oder hellen Kirsc

Kräuter, Gewürze
Intensiv-wilde Aromen von Kräutern, pfeffrig-arom tische Gewürze, Geschmacksnoten: Schokolade, La

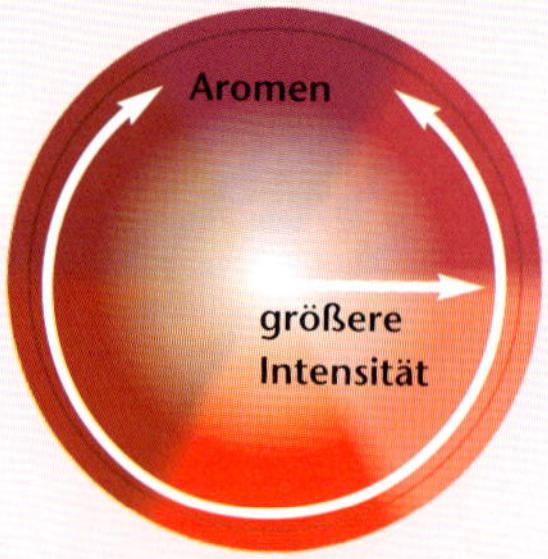

Die Weintypen, die ich in diesem Kapitel beschreib stehen mit den Zonen des Aromarads so in Verbinc

Saftig-fruchtig rote Früchte oder schwarze Früchte, geringe bis mittlere Intensität.

Samtig Erdbeer-Aroma rote Früchte.
Besonders intensive Weine haben auch einen Touc schwarze Früchte.

Intensiv Schwarze-Johannisbeer-Aroma
schwarze Früchte, auch mit Noten von roten Früch oder Kräutern/Gewürzen.

Würzig-warm Kräuter/Gewürze, manche auch mit Anklängen an rote Früchte oder schwarze Früchte.

Mundwässernd mild-säuerlich
rote Früchte und Kräuter/Gewürze.

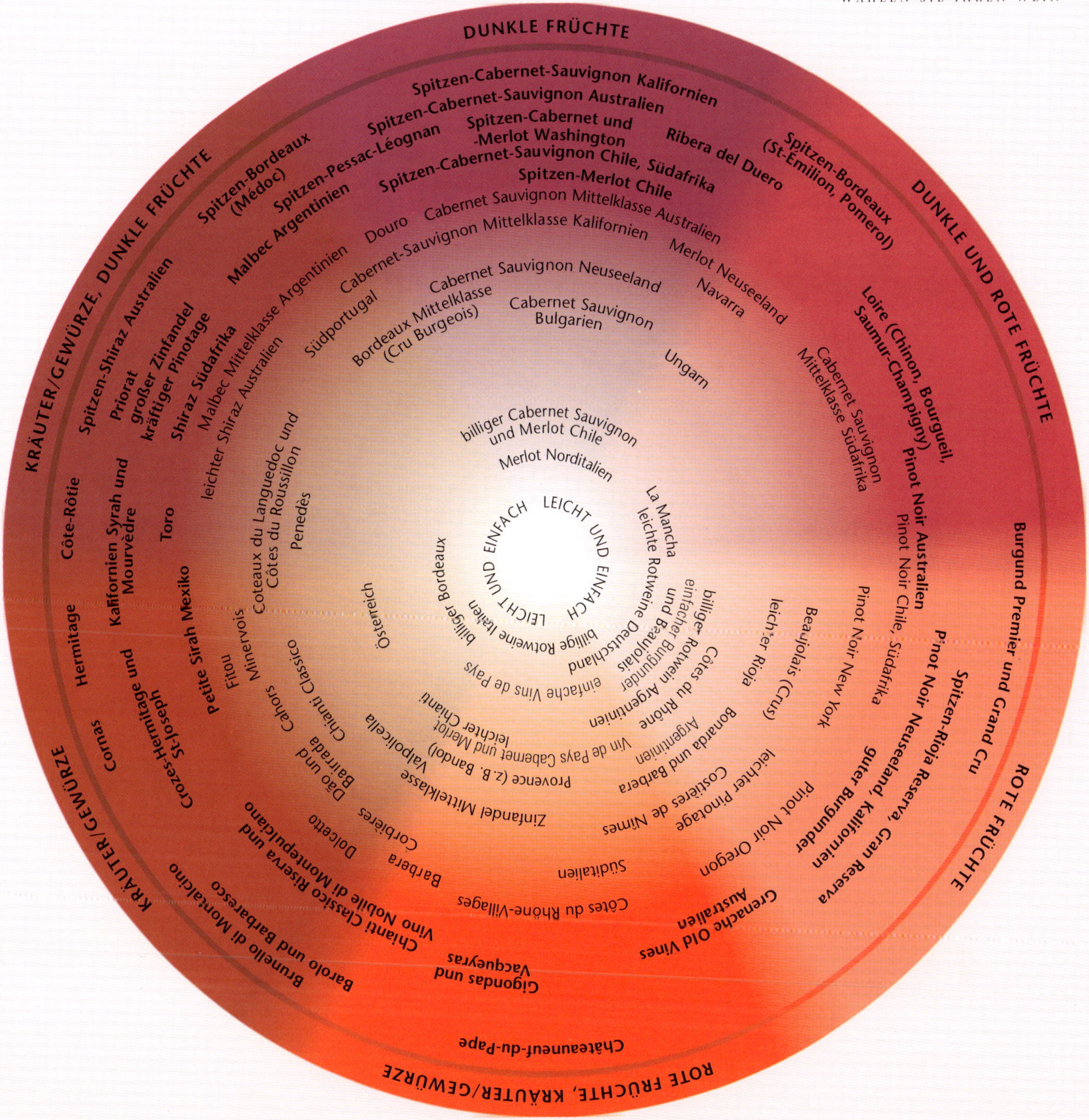
DUNKLE FRÜCHTE
DUNKLE UND ROTE FRÜCHTE
ROTE FRÜCHTE
ROTE FRÜCHTE, KRÄUTER/GEWÜRZE
KRÄUTER/GEWÜRZE
KRÄUTER/GEWÜRZE, DUNKLE FRÜCHTE
Spitzen-Cabernet-Sauvignon Kalifornien
Spitzen-Cabernet-Sauvignon Australien
Spitzen-Cabernet und -Merlot Washington
Spitzen-Pessac-Léognan
Spitzen-Bordeaux (Médoc)
Ribera del Duero
Spitzen-Bordeaux (St-Émilion, Pomerol)
Spitzen-Cabernet-Sauvignon Chile, Südafrika
Spitzen-Merlot Chile
Malbec Argentinien
Douro
Cabernet Sauvignon Mittelklasse Australien
Cabernet-Sauvignon Mittelklasse Kalifornien
Merlot Neuseeland
Navarra
Cabernet Sauvignon Neuseeland
Cabernet Sauvignon Bulgarien
Bordeaux Mittelklasse (Cru Burgeois)
Südportugal
Malbec Mittelklasse Argentinien
Ungarn
Loire (Chinon, Bourgueil, Saumur-Champigny)
Cabernet Sauvignon Mittelklasse Südafrika
Pinot Noir Australien
Pinot Noir Chile, Südafrika
Burgund Premier und Grand Cru
Spitzen-Rioja Reserva, Gran Reserva
Pinot Noir Neuseeland, Kalifornien
guter Burgunder
Spitzen-Shiraz Australien
Priorat
großer Zinfandel
kräftiger Pinotage
Shiraz Südafrika
Malbec Mittelklasse Australien
leichter Shiraz Australien
Côte-Rôtie
Kalifornien Syrah und Mourvèdre
Toro
Coteaux du Languedoc und Côtes du Roussillon
Penedès
billiger Cabernet Sauvignon und Merlot Chile
Merlot Norditalien
La Mancha
leichte Rotweine Deutschland
LEICHT UND EINFACH
LEICHT UND EINFACH
LEICHT UND EINFACH
billiger Bordeaux
billige Rotweine Italien
Österreich
billiger einfacher Burgunder und Beaujolais
billiger Rotwein Argentinien
einfache Vins de Pays
Côtes du Rhône
leichter Rioja
Beaujolais (Crus)
Pinot Noir New York
Hermitage
Petite Sirah Mexiko
Minervois
Fitou
Chianti Classico
Cahors
Crozes-Hermitage und St-Joseph
Cornas
Vin de Pays Cabernet und Merlot
leichter Chianti
Provence (z. B. Bandol)
Bonarda und Barbera Argentinien
Valpolicella
Dão und Bairrada
Zinfandel Mittelklasse
Costières de Nîmes
leichter Pinotage
Pinot Noir Oregon
Corbières
Dolcetto
Barbera
Süditalien
Chianti Classico Riserva und Vino Nobile di Montepulciano
Brunello di Montalcino
Barolo und Barbaresco
Côtes du Rhône-Villages
Gigondas und Vacqueyras
Grenache Old Vines Australien
Châteauneuf-du-Pape

4 Würzig-warme Rotweine

Dichte, herzerwärmende, herrlich üppige Aromen von Beerenfrüchten, schwarzem Pfeffer und Schokolade, ideal für Winterabende und kräftige Fleischgerichte. Die führende Rebsorte ist hier die Syrah (auch Shiraz genannt).

Australischen Shiraz sollten Sie versuchen: dicht, mächtig und schokoladig, manchmal mit einer Prise Pfeffer, manchmal mit einer rauchigen Note oder einem Touch Leder. Gute Weine sind auf allen Preisniveaus zu bekommen.

Im französischen Rhône-Tal heißt diese Rebsorte Syrah, und natürlich wuchs sie dort schon lange, ehe die Aussies sie in die Finger bekamen. Der Rhône-Syrah ist meist von etwas ernsterem, rauchig-mineralischem Charakter gegenüber dem würzigen Australier; er ist auch etwas teurer.

Für preiswerte Franzosen testen Sie Vin de Pays d'Oc Syrah, Fitou, Minervois oder kräftigere Exemplare Côtes du Rhône-Villages (die leichten tendieren mehr zum samtigen Erdbeer-Typ). Portugal bietet mit einer ganzen Palette einheimischer Traubensorten, die sonst nirgends anzutreffen sind, guten Gegenwert. An Spaniern versuchen Sie es mit den schweren Pflaumen- und Vanille-Aromen aus Toro und dem teureren Priorat.

Kalifornischer Zinfandel, in seiner mächtigsten Art ausgebaut, ist würzig und üppig. Die Petite Sirah von Mexiko ist nicht mit der Syrah identisch, liefert jedoch wunderbar erdige und kraftvolle Weine. Wärmender argentinischer Malbec und der überaus große, körperreiche, aromatische Carmenère aus Chile bieten Hervorragendes fürs Geld. Prüfen Sie auch einmal südafrikanischen Pinotage.

Weinbegriffe | **Eiche**

Wenn Wein in Eichenfässern vergärt oder reift, nimmt er von den Holzdauben charakteristische Eichenaromen an, besonders wenn man ganz neue, kleine Fässer verwendet (so genannte **Barriques**). Diese Noten von **neuer Eiche** werden von den Verkostern mit dem Geschmack von Toast, Gewürzen, Butter, Sahne, Butterkaramell und Vanille verglichen. Viele große Weine der Welt, weiß und rot, gären oder reifen in Eiche; für frische, fruchtige Weine sind jedoch Behälter aus Edelstahl oder Beton vorzuziehen.

5 Mundwässernde, mild-säuerliche Rotweine

Faszinierende Weine mit gleichzeitig süßen und säuerlichen Aromen von Kirsche und Pflaume mit herb-krautigem Biss. Dieser Typ kommt fast ausschließlich aus Italien, sein Charakter unterscheidet sich deutlich vom internationalen Mainstream.

Es muss etwas mit dem italienischen Weingeschmack zu tun haben. Diese Rotweine verfügen über eine raue Säuerlichkeit, die sich gegenüber kräftigen Speisen durchsetzen soll. Diese unwiderstehliche Sauerkirsch-Kante finden Sie in Weinen aus allen Rebsorten – Dolcetto, Sangiovese, Barbera, in Weinen aus dem Chianti bis hin zum seltenen Teroldego aus dem Trentino. Sogar der leichte, tanninarme Valpolicella zeigt, wenn er gut ist, diesen charakteristisch italienischen Geschmack.

Im Piemont haben die mächtigen, tanninreichen Weine aus Barolo, die aus der strengen Nebbiolo-Traube gemacht werden, ein faszinierendes Rosen-und-Teer-Aroma. Guter Barolo ist abschreckend teuer, ein Langhe verschafft den Genuss für weniger Geld. Im Süden gibt es Rotweine in Mengen, wie Salice Salentino und Copertino, die mit weichen, pflaumigen Aromen den Sauerkirsch-Biss abrunden. Auch sizilianische Rotweine sind sehr fein.

Kalifornien produziert einigen Sangiovese. Auch Argentinien macht schmackhafte Weine aus italienischen Rebsorten.

6 Feiner Rosé

Guter Rosé sollte duften und erfrischen, und er sollte köstlich trocken sein – nicht widerlich süß.

Die Leute verteidigen sich oft, wenn sie Rosé mögen – warum nur? Er ist ein wunderbarer Stoff: trocken, nach roten Beeren duftend, vielleicht etwas krautig; er ist ideal als sommerliches Getränk und passt hervorragend zu allen möglichen Gemüsegerichten.

Die beste Traube für Rosé ist Grenache, doch sie ist beileibe nicht die einzige gute. Aus der Provence und anderen Teilen Südfrankreichs kommen gute Exemplare, ebenso aus Bordeaux, aus Navarra in Spanien und aus Portugal. Der Rosé d'Anjou von der Loire ist im Allgemeinen zu meiden; Cabernet d'Anjou ist meist besser und trockener. Der Blush Zinfandel aus Kalifornien ist relativ süß, aber in Ordnung.

7 Völlig trockene, neutrale Weißweine

Knackig-frische Weißweine, deren Aromen die Welt nicht in Aufruhr versetzen – doch genießen Sie sie gut gekühlt zu Muscheln, so haben Sie eine der perfekten Kombinationen.

Diese Weine erscheinen als nicht besonders aufregend, aber es gibt eine Menge Gelegenheiten, an denen Sie nicht von Eiche oder mächtiger exotischer Frucht erschlagen werden wollen.

In Frankreich gehört der Muscadet von der unteren Loire zu den neutralsten. Nicht in Eiche ausgebauter Chablis aus Burgund ist aus der flexiblen Chardonnay-Traube in trocken-mineralischer Art gemacht. Italien ist auf diesen Weintyp spezialisiert, denn dort wünscht man den Weißwein nicht sehr aromastark. Frascati, Soave, Orvieto, Verdicchio, Lugana, Pinot Grigio, Pinot Bianco, Chardonnay aus Südtirol – sie alle passen mehr oder weniger in diese Kategorie. Im Gegensatz dazu ist der neutrale Typ in der Neuen Welt nicht zu finden, bei den Weinmachern dort ist er verpönt. Wenn sie schon einmal (selten) dieselben Rebsorten pflanzen, keltern sie fülligere, geschmacksreichere Weine.

8 Grünlich-pikante Weißweine

Bissig-säuerliche Weine von der Art »Lieb mich oder lass es«, oft mit dem Duft und dem Geschmack von Stachelbeeren.

Sauvignon Blanc aus Neuseeland – vor allem aus Marlborough – verfügt über jede Menge pikante Aromen. Chile macht aus dieser Traube ähnliche, etwas weichere Weine, südafrikanische Versionen können echten Biss haben, und in Spanien gibt sie dem Rueda mehr Schmackes.

Sancerre und Pouilly-Fumé von der Loire in Frankreich sind knackig-erfrischend, mit leichteren Fruchtaromen und einer mineralischen, manchmal rauchigen Kante. Ein Vin de Pays du Jardin de la France bietet Ähnliches zu niedrigeren Preisen. Der günstigste Kauf bei Sauvignon Blanc ist trockener weißer Bordeaux. Er ist meist als Bordeaux Sauvignon Blanc oder als Bordeaux Blanc etikettiert. Er ist immer weicher als die Versionen von der Loire oder aus Neuseeland.

Von der Loire kommen auch messerscharfe Weine aus der Chenin Blanc wie Vouvray und Savennières. Der Loire-Chenin hat in der Jugend einen mineralisch-säuerlichen Biss, mit dem Alter gewinnt er einen runden, honigartigen Charakter.

Riesling ist hier eine weitere wichtige Traube. Rieslinge verfügen in jungen Jahren über pfirsichartige, mineralisch-rauchige Aromen mit Anklängen an grüne Äpfel sowie eine scharfe Säure. Nach etlichen Jahren Flaschenreifung verschmelzen diese Aromen zu einer wunderbar honigartigen, an Benzin erinnernden »Petrol-Note« – klingt abscheulich, schmeckt göttlich. Die schlanksten Rieslinge, oft mit einem Hauch Restsüße, die der Säure Balance gibt, stammen aus dem Mosel-Tal, etwas rundere kommen vom Rhein, trockenere, gewichtigere aus dem Elsass und aus Österreich. Australische Rieslinge weisen unwiderstehliche Limetten- und Toast-Aromen auf.

9 Üppig-würzige Weißweine

Körperreiche, fleischige Weißweine mit subtilen Aromen von Nüssen und geschrotetem Getreide. Sie reifen meist in Eichenfässern und verpacken ihr absolut trockenes Rückgrat in einer weichen Hülle.

Wenn Sie diesen Typ schätzen, haben Sie etwas für die französischen Klassiker übrig, denn seinen schönsten Ausdruck findet er im Chardonnay aus dem Eichenfass in Form von weißem Burgunder. Als solcher erlangte Chardonnay seinen Ruhm, und nur die besten Beispiele aus den US-Bundesstaaten Kalifornien und New York sowie aus Neuseeland, Australien und Südafrika kommen ihm gleich. Erzeuger in der Toskana experimentieren Erfolg versprechend.

Graves und Pessac-Léognan der Spitzenklasse aus dem Eichenfass, Verschnitte von Sémillon mit Sauvignon Blanc, ergeben sahnig-würzige Weine mit Noten von Nektarinen. Australischer »unoaked« Sémillon (»unoaked« steht für »nicht im Eichenfass gereift«) aus dem Hunter Valley entwickelt mit der Reife einen ölig-üppigen Charakter. Auch bester Weißwein aus dem spanischen Rioja wird mit der Zeit nussig und köstlich.

Keiner dieser Weine ist billig zu haben, und alle brauchen ihre Zeit, um wirklich gut zu werden. Preisgünstigere Alternativen, die eine Vorstellung von diesem Typ vermitteln, sind spanische Chardonnays aus Navarra und Somontano.

Weinbegriffe | **Sortenreine Weine und Verschnitte**

Ein Wein, der ausschließlich oder fast ganz aus nur einer Rebsorte gekeltert ist, wird als **reinsortig** oder sortenrein bezeichnet und oft nach dieser Sorte benannt. Dies ist die einfache, moderne Art, einen Wein zu etikettieren, und ich bin damit sehr einverstanden, denn es ist die jeweilige Rebsorte, die am meisten zum Geschmack beiträgt. Die Gesetze des Erzeugerlandes oder -gebiets legen fest, wie viel ein Wein von einer Sorte enthalten muss, damit er nach ihr benannt werden darf. Ein **Verschnitt** wird aus zwei oder mehr Traubensorten gemacht, was nicht im Geringsten geringere Qualität bedeutet.

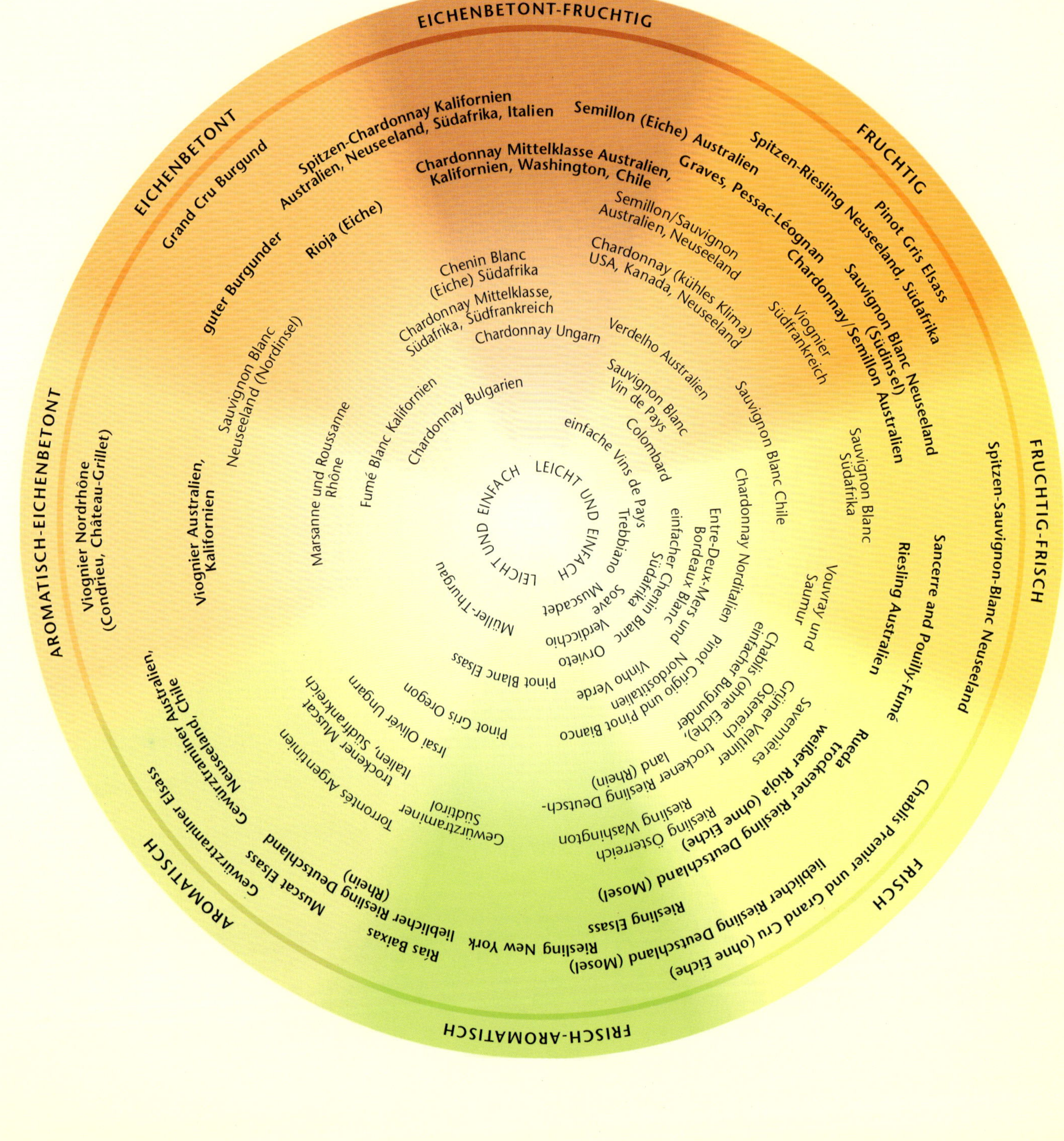
EICHENBETONT-FRUCHTIG
EICHENBETONT
FRUCHTIG
FRUCHTIG-FRISCH
FRISCH
FRISCH-AROMATISCH
AROMATISCH
AROMATISCH-EICHENBETONT
LEICHT UND EINFACH
Grand Cru Burgund
Spitzen-Chardonnay Kalifornien
Australien, Neuseeland, Südafrika, Italien
Semillon (Eiche) Australien
Spitzen-Riesling Neuseeland, Südafrika
Pinot Gris Elsass
guter Burgunder
Rioja (Eiche)
Chardonnay Mittelklasse Australien,
Kalifornien, Washington, Chile
Graves, Pessac-Léognan
Sauvignon Blanc Neuseeland
(Südinsel)
Chardonnay/Semillon Australien
Semillon/Sauvignon
Australien, Neuseeland
Chardonnay (kühles Klima)
USA, Kanada, Neuseeland
Viognier
Südfrankreich
Chenin Blanc
(Eiche) Südafrika
Chardonnay Mittelklasse,
Südafrika, Südfrankreich
Chardonnay Ungarn
Verdelho Australien
Sauvignon Blanc
Neuseeland (Nordinsel)
Viognier Nordrhône
(Condrieu, Château-Grillet)
Viognier Australien,
Kalifornien
Marsanne und Roussanne
Rhône
Fumé Blanc Kalifornien
Chardonnay Bulgarien
Sauvignon Blanc
Vin de Pays
Colombard
einfache Vins de Pays
Sauvignon Blanc Chile
Sauvignon Blanc
Südafrika
Spitzen-Sauvignon-Blanc Neuseeland
Sancerre and Pouilly-Fumé
Riesling Australien
Chardonnay Norditalien
Entre-Deux-Mers und
Bordeaux Blanc
einfacher Chenin Blanc
Südafrika
Trebbiano
Soave
Muscadet
Verdicchio
Orvieto
Müller-Thurgau
Vouvray und
Saumur
Chablis (ohne Eiche),
einfacher Burgunder
Pinot Grigio und Pinot Bianco
Nordostitalien
Vinho Verde
Pinot Blanc Elsass
Grüner Veltliner
Österreich
trockener Riesling Deutsch-
land (Rhein)
Savennières
Rueda
weißer Rioja (ohne Eiche)
trockener Riesling Deutschland
Chablis Premier und Grand Cru (ohne Eiche)
Pinot Gris Oregon
Irsai Olivér Ungarn
trockener Muscat
Italien, Südfrankreich
Torrontes Argentinien
Gewürztraminer
Südtirol
Riesling Washington
Riesling Österreich
lieblicher Riesling Deutschland (Mosel)
Riesling Elsass
lieblicher Riesling Deutschland (Mosel)
Riesling New York
lieblicher Riesling Deutschland
(Rhein)
Rias Baixas
Muscat Elsass
Gewürztraminer Elsass
Gewürztraminer Australien,
Neuseeland, Chile

Weißwein-Aromarad

Dieses Aromarad für Weißwein ist genauso angelegt wie das für Rotwein (Seite 13). Die außen zu findenden Weine verfügen über kräftigere, komplexere Aromen, die nahe der Mitte sind eher leicht und einfach.

Fruchtig Aromen von Pfirsichen, tropischen Früchten oder Honig ohne buttrige Untertöne von Eiche.

Knackig Frische, saubere Aromen mit Biss, wie Limone, Stachelbeere oder grüne Äpfel.

Blumig Weine mit intensiven Blüten- oder exotischen Aromen wie Litschis oder Rosen.

Eichenbetont Weine mit Toast- und Butternoten vom Eichenfass.

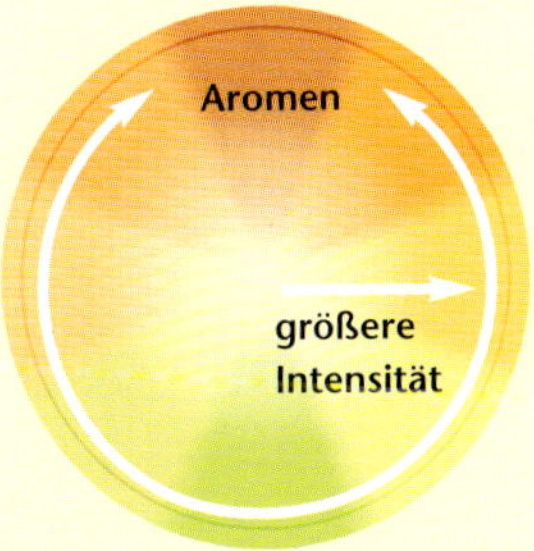

Die Weintypen, die ich in diesem Kapitel beschreibe, stehen mit den Zonen des Aromarads so in Verbindung:

Völlig trocken, neutral
Die leichtesten Weine in der knackig-Zone.

Grünlich-pikant
Knackige Weine im Übergang zu fruchtig beziehungsweise blumig.

Üppig-würzig
Das sind eichenbetonte Weine; die besten sind stoffig, aber differenziert.

Rund-toastig
Sehr eichenbetonte und fruchtige Weine.

Blumig
Blumige Weine haben ihre eigene Kategorie, einige sind auch eichenbetont.

10 Rund-toastige Weißweine

Unverhohlene Aromen von Pfirsichen, Aprikosen und tropischen Früchten, gewürzt mit üppigen Vanille-, Toast- und Toffeenoten von neuen Eichenfässern: köstliche Weine, in die man sich sofort verliebt.

Das ist der Stoff, den die meisten meinen, wenn sie über modernen Chardonnay sprechen. Das ist der Geschmack, der die Revolution in Weinbereitung und Weingenuss rund um die Welt entfachte. Dieser Typ wurde in Australien erfunden, er kennzeichnet aber auch die meisten Chardonnays in den USA und Südamerika. Auch Chardonnays aus dem spanischen Penedès und viele italienische Versionen gehören hierher. Doch ist der Typ nicht auf Chardonnay beschränkt, es ist nicht so schwierig, diversen Weißweinen tropische Aromen mitzugeben, und neue Eichenfässer sorgen für den toastig-karamelligen Touch.

12 Schaumweine

»Schampus« soll nicht nur gute Laune machen, er kann auch wunderbar schmecken.

Champagner – der echte Stoff aus der Champagne in Nordfrankreich – markiert den Standard. Guter Champagner besitzt einen nussig-brotigen Duft, eine apfelige Frische und ein feines Mousseux. Kaufen Sie nicht den billigsten; oft ist er zu säurebetont. Schaumwein aus Australien, Kalifornien und Neuseeland wird auf dieselbe Art hergestellt und ist oft ebenso gut, meist aber preiswerter. Viele gute Weine werden dort von Tochtergesellschaften der französischen Champagnerhäuser produziert.

Andere gute französische Schaumweine sind der leicht honigartige Crémant de Bourgogne, der recht pikante Saumur von der Loire und der apfelige Blanquette de Limoux aus dem Süden. Italienische Schäumer aus Chardonnay und Pinot Noir sind vom Champagner-Typ, aber auch der leichte Prosecco und der süße, traubige Asti können viel Spaß machen. Der beste Lambrusco ist lebhaft und erfrischend, doch das süße Zeug, das exportiert wird, ist unbedeutend. Spanischer Cava kann etwas erdig schmecken, ist aber preiswert; deutscher Sekt, vor allem Riesling, kann sehr ordentlich sein.

Australischer roter Schaumwein ist voll gepackt mit Pfeffer und Marmelade. Sie werden ihn lieben oder verabscheuen, aber Sie haben nicht gelebt, bevor Sie ihn versucht haben.

11 Blumige Weine

Intensiv duftende Weine, die exotische Aromen mit dem Bukett von Frühlingsblumen verbinden.

Es ist fast unfassbar, dass ein Wein so riechen und schmecken kann wie ein elsässischer Gewürztraminer: voll gepackt mit Rosen und Litschis, fast wie eine Creme oder ein ganzes Gewürzbord. Er ist nicht subtil, aber zu kräftig gewürzter Küche, insbesondere chinesischer, kann er wundervoll sein. Nirgendwo sonst in der Welt hat man den Mut, einen so übertriebenen Gewürztraminer zu produzieren. Die deutschen Versionen sind blütenduftiger, und die Italiener bemühen sich, ihren Traminer so zurückhaltend zu machen wie möglich.

Wenn Sie diese übermächtig-blumige Art in anderen Rebsorten suchen, müssen Sie wieder ins Elsass gehen. Der trockene Muscat prunkt mit floralen Aromen und überbordend traubigem Duft. Weitere »aromatische« Sorten (wie sie in der Fachsprache bezeichnet werden): Viognier, zu Hause im Rhône-Tal am besten, wird auch in Kalifornien und Australien kultiviert; Albariño aus Nordwestspanien ist ebenso aprikosenwürzig, jedoch frischer. Irsai Olivér aus Ungarn und Torrontés aus Argentinien sind mächtig parfümiert. Müller-Thurgau aus Deutschland oder Neuseeland hat etwas von einem Potpourri: Ein Glas reicht im Grunde.

13 Golden-süße Weißweine

Üppige, köstliche Tropfen – oft mit mächtigen Aromen von Pfirsich, Aprikose und Honig – zum Dessert oder für beschauliche Momente.

Die Süßweine von Bordeaux erreichen in Sauternes und Barsac ihren Höhepunkt: körperreiche, ölige Weine, die intensiv nach Pfirsich und Ananas, nach Malz, Toffee und Honig schmecken, alles durch Säure gut ausgewogen. Monbazillac, Cérons, Loupiac und Ste-Croix-du-Mont warten mit leichteren, weniger kostspieligen Versionen auf. Kalifornien und Australien verfügen ebenfalls über einige Weine in diesem Stil.

Aus dem Loire-Tal kommen recht ungewöhnliche Süßweine, die weniger üppig und oft recht preiswert sind; ihre Quittenaromen werden von einer festen Säure und einem mineralischen Einschlag kontrastiert. Quarts de Chaume, Bonnezeaux und Vouvray sind hier zu nennen; nur einige Vouvrays sind süß, sie tragen die Bezeichnung *moelleux* oder *liquoreux*. Elsässische süße Tropfen sind üppig und ölig genug, um Stopfleber zu begleiten. Eine Sélection de Grains Nobles (aus edelfaulen Trauben) ist süßer als eine Vendange Tardive (Spätlese), und Gewürztraminer – in Frankreich Gewurztraminer – ist fetter als Pinot Gris und dieser wiederum breiter als Riesling.

Die deutschen Süßweine sprechen eine ganz eigene Sprache. Beerenauslese und Trockenbeerenauslese sind sehr süß und extrem teuer; eine Auslese ist weniger süß und erschwinglicher. Die besten werden aus Riesling gemacht: Seine durchdringende Säure bewahrt ihre Süße davor, allzu übermächtig zu werden. Die österreichischen Versionen sind ähnlich, doch noch gewichtiger. Dann gibt es noch die Rarität des Eisweins, der aus gefrorenen, im tiefen Winter geernteten Trauben gekeltert wird und eine aufregende Kombination von grimmiger Säure und öliger Süße zu Stande bringt. Der nach Aprikosen duftende kanadische Eiswein wird genauso hergestellt.

Der ungarische Tokaji weist bei hoher Qualität wunderbare süß-säuerliche, rauchige Aromen auf. Einfacher süßer Muskateller aus Spanien, etwa Moscatel de Valencia, vollbringt keine Höhenflüge, ist aber unglaublich preisgünstig.

Zwei Arten von Süße

Süßwein ist ein Wein mit deutlich wahrnehmbarem Zuckergehalt; seine Süße können Sie mit der Zungenspitze feststellen. Demgegenüber betont eine wachsende Zahl moderner trockener Weine ein Aroma reifer Früchte, das ich oft als »süße Früchte« beschreibe. Eine Frucht ist am köstlichsten, wenn sie völlig reif ist, und es ist eine reine Freude, solche Aromen in einem Wein zu entdecken.

14 Warme angereicherte Weine

Süße Weine, die nach Rosinen und Rohzucker schmecken und oft mit weiteren Aromen voll gepackt sind.

Port, der aufgespritete Rotwein aus dem portugiesischen Douro-Tal, ist der klassische dunkle Süßwein, seine besten Vertreter sind in Kraft und Finesse unübertroffen. Australien und Südafrika produzieren interessante Versionen. Von der zu Portugal gehörenden Insel Madeira kommen einige der schönsten aufgespriteten Weine mit reichen, dunkel-rauchigen Nuancen und einem verblüffenden Säurebiss; achten Sie auf *Bual* und *Malmsey*.

Oloroso dulce ist ein rarer, köstlicher Sherry mit überwältigend konzentriertem Bukett. Billiger gesüßter »brauner« Sherry ist demgegenüber nur ein müder Abklatsch. Süßer Muscat aus dem australischen Rutherglen ist reich und dunkel, fast sirupartig. Die süditalienischen Inseln warten mit dem Marsala aus Sizilien und dem Moscato di Pantelleria mit guten, dunkel-süßen Tropfen auf, die über eine erfrischende Säure verfügen.

15 Pikante angereicherte Weine

Völlig trockene Weine mit überraschend herb-säuerlichen Aromen. Ein Typ, der eine gewisse Gewöhnung verlangt.

Dies ist der echte Sherry aus Jerez de la Frontera in Südspanien, nicht der langweilige süße Stoff, der in Massen exportiert wird. *Fino* ist von sehr hellem Gelb, sehr trocken und von aufregender Pikanz. *Manzanilla* kann noch trockener und schlanker erscheinen und verfügt über ein wunderbares Sauerteigaroma und eine prickelnde Säure. *Amontillado* ist bernsteingelb und nussig; traditioneller Amontillado ist trocken, nicht mittelsüß, wie oft anzutreffen. Trockener *Oloroso* zeigt tiefere, »verschmort«-malzige Aromen, die besten Vertreter gehören zu den größten Weinen der Welt. Die Jerez benachbarte Region Montilla-Moriles produziert ähnliche Gewächse. Die trockenste Version des Madeira, der Sercial, ist stahlig; der Verdelho ist demgegenüber etwas runder und fülliger. Aus Australien und Südafrika kommen exzellente Weine vom Sherry-Typ, denen jedoch die erfrischende Kante eines spanischen Fino oder Manzanilla fehlt.

Warum jeder Wein einzigartig ist

Es braucht nicht viel, um Wein herzustellen. In der Tat ist die Traube eigentlich in der Lage, alles selbst zu machen. Wenn die Beerenhaut aufplatzt, kommt der süße Saft mit den Hefen in Kontakt, die ganz natürlich auf den Beeren siedeln. Hefepilze sind sehr gefräßig, und indem sie sich am Zucker gütlich tun, verwandeln sie ihn in Alkohol und Kohlendioxid. Dieser Vorgang wird alkoholische Gärung genannt.

Die Weinherstellung ganz der Natur zu überlassen ist jedoch etwa so, wie wenn Sie Ihr Auto draußen stehen lassen, damit es gewaschen wird: Das Resultat wird nicht so sein, wie Sie es sich wünschen. Über 500 chemische Verbindungen wurden bereits im Wein identifiziert, von denen die meisten bei der Gärung entstehen. Die Aufgabe des Winzers ist es, dafür zu sorgen, dass die richtigen Verbindungen – die gut schmecken – entstehen und die Bildung der falschen – die nach ranziger Butter oder Essig riechen – verhindert wird.

Bei der großen Zahl der Verbindungen überrascht es nicht, dass jeder Wein anders schmeckt. Doch der Prozess der Vinifikation, der Weinbereitung, ist nur ein Teil des Ganzen. Die Rebsorte, der Ertrag des Weinstocks, Klima und Lage des Weinbergs tragen alle entscheidend zum Geschmack eines Weins bei.

Rebsorten und Ertrag

So wie verschiedene Apfelsorten recht unterschiedlich schmecken und über eine andere Textur verfügen, ergibt jede Traubensorte einen Wein mit einem typischen Geschmack. Der Großteil der Weine der Welt entsteht aus einer oder mehreren von etwa 15 bis 20 Rebsorten.

Wie viele Trauben ein Weinstock trägt, hat Auswirkung auf den Wein und seinen Preis. Höhere Erträge bedeuten niedrigere Preise, das ist klar. Bedeuten niedrige Erträge aber höhere Qualität? Zum größten Teil ja. Ein Pinot-Noir-Weinberg in Burgund, wo die Rebstöcke im Winter stark zurückgeschnitten werden, liefert unter sonst identischen Bedingungen einen besseren Wein. Doch diese Gleichung stimmt nicht immer. Jeder Weinberg und jede Rebsorte hat einen eigenen optimalen Ertrag. Ich geben Ihnen ein Beispiel. In den heißen Landesteilen Australiens produzieren intensiv bewässerte Rebflächen sehr billigen Wein in riesigen Mengen. Kluge Methoden im Weinbau und in der Weinbereitung sorgen dafür, dass er auch sehr ordentlich schmeckt. Auf der anderen Seite gibt es in anderen Regionen Australiens liebevoll gepflegte hundertjährige Reben: knorrige Veteranen, die winzige Mengen dichter, konzentrierter Weine liefern, die ein kleines Vermögen kosten. Ihr Ertrag ist vielleicht nur ein Zwanzigstel desjenigen der bewässerten Flächen. Doch auch wenn man diese Rebfabriken ebenso bewirtschaften würde wie die uralten Reben, würde man nicht die Qualität letzterer erreichen; der Wein würde jedoch fast ebenso viel kosten.

Weinbegriffe | **Weinmacher**

Die Weinbereitung oder **Vinifikation** ist der Punkt, an dem der natürliche Vorgang der Gärung mit dem Blick auf ein bestimmtes Endprodukt gestaltet und gesteuert wird. Der Mensch, der die Entscheidungen trifft, wird heute (nach dem englischen *winemaker*) als **Weinmacher** bezeichnet; früher hieß er Kellermeister. Das Berufsbild des Weinmachers, eines freien Spezialisten, entstand in den 1970er Jahren in Kalifornien und Australien. Ein aufmerksamer Weinmacher kann selbst aus gewöhnlichen Sorten ordentliche Weine gewinnen, und ein talentierter produziert aus erstklassigem Material fabelhafte Weine. Daher ist der **Erzeuger** ein besserer Hinweis auf die Qualität eines Weins als die Rebsorte oder die Region.

Kim Milne, ein bekannter »fliegender Weinmacher« aus Australien, ist in der ganzen Welt tätig.

Weinbegriffe | **Terroir**

Dieser französische Begriff ist der Kern der französischen »Weinphilosophie«. Das Terroir eines jeden Weinbergs umfasst alle Faktoren, die ihn einzigartig machen: die Kombination von Boden, Klima und Sonnenausrichtung. Das betrifft also den Unter- und den Oberboden, die vorherrschenden Windrichtungen, die Frostsicherheit, die Lage in der Ebene oder am mehr oder weniger steilen Hang, die Ausrichtung nach Süden, Westen usw. Auch die Weinmacher der Neuen Welt, die bisher das Klima als den wesentlichen Faktor betrachteten, nähern sich inzwischen der Idee des Terroirs an.

Klima und Lage

Der Rebstock ist eine bemerkenswert flexible Pflanze, und innerhalb gewisser Grenzen (nicht zu viel glühende Hitze, nicht zu viel klirrende Kälte) wird er überall wachsen, wo man ihn pflanzt. Doch das traditionelle Weinwissen hält fest, dass nur unter gerade eben ausreichenden Bedingungen große Weine möglich sind. Was heißt das? Was das Klima angeht, so entstehen die komplexesten Weine, die mit der größten Finesse, Tiefe und Alterungsfähigkeit, nur dort, wo die Trauben gerade eben den notwendigen Reifegrad erreichen.

Soweit es um die traditionellen Weine geht, etwa den französischen Chablis, den deutschen Riesling und den italienischen Barolo, muss ich dem zustimmen. Es gibt jedoch auch viele moderne Klassiker aus Kalifornien, Australien, Chile, Argentinien und Südafrika, wo die Trauben jedes Jahr ohne Mühe völlig ausreifen.

Aber auch dort ist ein Gleichgewicht zwischen Wärme und Kälte notwendig, und jede Rebsorte erfordert andere Reifebedingungen. Riesling reift perfekt in den kühlen Flusstälern Deutschlands, Syrah kann es nicht. Doch würde der Riesling im sonnenheißen Rhône-Tal, wo die Syrah zu vollendeter Reife »gekocht« wird, schlicht verschmoren.

Auch der Weintyp ist wichtig. Wenn Sie Delikatesse wünschen, Duft, anregende Balance und relativ wenig Alkohol, dann müssen die Trauben in einem langen, nicht zu heißen Sommer und Herbst langsam zur Reife gelangen – klimatische Bedingungen also, die gerade ausreichen. Doch wenn Sie ein wildes Tier von einem Wein suchen, mit wuchtiger Statur und ultrareifer Frucht, dann zum Teufel mit dem dürftigen Klima, hier braucht es Sonne in rauen Mengen.

Vergessen Sie nicht den Boden. Wasserreicher Boden ist kalt und verzögert die Reifung, solcher mit guter Dränage fördert sie. Hänge sorgen ebenfalls für guten Wasserabzug, und wenn sie in die richtige Richtung zeigen, fangen sie mehr Sonne ein; ebenes Gelände neigt meist eher zu Staunässe und ist stärker frostgefährdet. Und diese unterschiedlichen Bedingungen können oft nebeneinander anzutreffen sein, im selben Dorf, und völlig verschiedene Weine ergeben.

Die Topografie spielt für den Typ eines Weins eine große Rolle. Oben links: *Bewässerung ist für die Produktion einfacher Massenweine in heißen Regionen (hier im kalifornischen Central Valley) unverzichtbar. In der Neuen Welt ist sie weit verbreitet, in Europa häufig untersagt.* Oben rechts: *Die nicht bewässerten Terrassen im portugiesischen Douro-Tal liefern relativ geringe Mengen von Trauben mit intensiven Aromen.* Unten links: *Große Kieselsteine speichern im Lauf des Tages Wärme und strahlen sie nachts wieder ab, was für reiche, reife Weine sorgt (verbreitet etwa in Bordeaux und in Südfrankreich).* Unten rechts: *Morgennebel machen das Yarra Valley zu einer der kühlsten Regionen Australiens und damit ideal für Schaumweine.*

Jahrgangsweine

Die allermeisten Weine sind Jahrgangsweine, d. h. das Traubengut, aus dem sie gemacht sind, wird während eines Herbstes gelesen; der Jahrgang wird, je nach den länderspezifischen Vorschriften, auf dem Etikett angegeben. Es gibt billige Markenweine, die auf die Nennung eines Jahrgangs verzichten; aber die sind häufig aus so vielen Massenweinen einfacher Qualität verschnitten, dass der Jahrgang sowieso nicht interessiert.

Allerdings müssen mindestens zwei meist jahrgangslose Weine hoher Qualität erwähnt werden: Sherry und Schaumwein. Sherry wird im Solera-System hergestellt, in dem während der Reifung fortlaufend Weine verschiedener Ernten verschnitten werden (siehe S. 107). Champagner und andere gute Schaumweine werden durch Verschnitt von Weinen aus mehreren Jahren zu Cuvees gleich bleibender Art und Qualität zusammengestellt (siehe S. 85).

Und das alles heißt …

Im Idealfall heißt dies: perfektes Traubengut. Oder so gutes wie irgend möglich: zum optimalen Zeitpunkt gelesen, mit bester Balance zwischen Zucker und Säure. Solche Trauben, dazu völlig gesund (keine Fäule, kein Mehltau), sind auf dem Höhepunkt ihres Potenzials. Ob dann der Wein diesem Potenzial gerecht wird, hängt ganz vom Können und der Aufmerksamkeit des Weinmachers ab.

Der Tipp vom Fachmann

Informationen über den Jahrgang

Einige der meistbegehrten Weine der Welt kommen aus Gegenden, wo die Traubenreifung Jahr für Jahr auf Messers Schneide steht. In diesen Regionen spielt der Jahrgang eine ganz große Rolle, denn die Weine können von Jahr zu Jahr völlig unterschiedlich ausfallen. In Regionen mit zuverlässigerem Klima hingegen ist die Jahreszahl selten mehr als eine Information über das Alter des Weins.

Jahrgangstabellen mit unterschiedlich differenzierten Bewertungen jeder Weinregion werden in einer ganzen Reihe von einschlägigen Zeitschriften und Weinführern veröffentlicht (abgesehen von den Bewertungen konkreter Weine durch berühmte/berüchtigte Autoren). Wie verlässlich sind sie?

Eine allgemeine Information kann immer nur eine grobe Leitlinie sein. Der Wetterverlauf ist nicht für eine ganze Region identisch, und ein guter Winzer kann auch in schlechten Jahren bessere Weine machen als ein nachlässiger in guten Jahren. Konsultieren Sie also Jahrgangstabellen für den groben Überblick, nicht als Dogma.

Alter und Reife

Wein entwickelt sich bei der Flaschenlagerung. Tannine werden weicher, Säuren werden abgebaut, Rotweine werden heller und setzen ein Depot ab, Weißweine dunkeln zu Bernsteinfarben nach. Weine mit viel Säure und Tannin werden gefälliger, runder, weniger aggressiv, und wenn sie über die lebenswichtige Zutat verfügen – intensive Frucht in Mengen –, werden sie ihre wahre Qualität erst nach einigen Jahren in der Flasche enthüllen.

Doch ist der ältere Wein nicht immer der bessere. Für die meisten Weine ist der letzte Jahrgang der beste. Alltagsweine schmecken umso flacher, fader und langweiliger, je älter sie werden.

Weinbereitung

Wie sieht nun das klebrige Geschäft aus, die frisch gelesenen Trauben in das köstlichste, faszinierendste Getränk der Welt zu verwandeln? Erwarten Sie keine fröhlichen Landleute beim Traubentreten, denken Sie eher an Edelstahl, Computer und Hygiene wie in einem Laboratorium.

Zuerst müssen Sie an den Traubensaft kommen. Etwas kontrollierte Gewalt ist dazu nötig, in Form einer Maschine, einer Traubenmühle, in der die Beerenhaut aufplatzt. Bei der Herstellung von Weißwein ist Ihr nächster Schritt, den zu vergärenden Saft, auch Most genannt, von den Stielen (Rappen) und Häuten zu trennen. Sie bringen Tannin und Farbstoffe in den Wein, genau das, was in einem Weißwein unerwünscht ist. Also kommen die gequetschten Trauben, die Maische, sofort in eine Presse, wo der Saft abgepresst wird; der wird dann in einen Gärbehälter gepumpt. Einige Winzer füllen die ganzen Trauben in die Presse, um zu noch frischerem, nicht oxidiertem Most zu kommen.

Die größte Einzelerrungenschaft des 20. Jahrhunderts in der Weinbereitung ist die temperaturgesteuerte Gärung, was konkret meist gekühlte Gärung bedeutet. Kaltgärung ist einer der Gründe dafür, dass billige australische oder chilenische Weine, die in eigentlich zu heißen Bedingungen wachsen, immer noch frisch und fruchtig schmecken. Die meisten modernen, gefälligen Weißweine werden in riesigen, gekühlten Stahlbehältern vergoren, während eine kleine Zahl trockener weißer Spitzenweine in kleinen Eichenfässern entsteht, die dem Wein eine buttrig-vanilleartige Fülle verleihen.

Links: *Eine Presse trennt die Stiele, Kerne und Beerenhäute vom Most. Bei Weißwein geschieht dies vor der Fermentation, bei Rotweinen danach.* Oben: *Um den Häuten roter Weintrauben den Farbstoff zu entziehen, wird der gärende Most über den Tresterhut gepumpt, der sich im Gärbehälter bildet.*

Bei Rotwein hingegen vergären Sie den Most zusammen mit den Beerenschalen (meist nachdem sie von den Stielen befreit wurden), denn die Schalen enthalten die Farb- und Aromastoffe sowie das konservierende Tannin. Das geschieht heute meist in Behältern aus Edelstahl, Beton oder Glasfaserkunststoff, weniger häufig in Holzfässern. Die Temperatur lassen Sie höher ansteigen als beim Weißwein, um den Schalen möglichst viel Farbe und Geschmacksstoffe zu entziehen. Die Häute schwimmen auf dem gärenden Most auf, so dass Sie sie immer wieder untertauchen oder den Most über diesen so genannten Tresterhut pumpen müssen. Ist der Gehalt an Farb- und Gerbstoffen groß genug, lassen Sie den Wein frei in einen neuen Behälter ablaufen; der zurückbleibende Trester kommt in eine Presse, um den restlichen Wein zu gewinnen.

Für Rosé beginnen Sie wie beim Rotwein, doch trennen Sie den Saft viel früher von den Häuten, so dass der Wein eine rosa Tönung erhält. Dann fahren Sie fort wie beim Weißwein. Es gibt auch (wenige) Roséweine, die durch den Verschnitt von Weiß- und Rotwein entstehen.

Nach der Gärung

Die Gärung ist beendet, wenn aller Zucker im Most in Alkohol umgewandelt oder wenn der Alkoholgehalt so hoch ist, dass die Hefe abstirbt. Zu diesem Zeitpunkt kann man Weine aus verschiedenen Traubensorten verschneiden, die zusammen ganz neue Geschmacksdimensionen entwickeln.

Noch ist der Wein nicht zur Abfüllung bereit. Sie müssen ihn noch reifen lassen, zwischen wenigen Tagen bis zu mehreren Jahren, je nach gewünschtem Geschmack. Die Lagerung des Weins in kleinen Eichenfässern, den Barriques, gibt ihm sahnig-füllige Aromen mit. Je neuer die Fässer, desto größer ist ihr Einfluss auf den Geschmack. Die

Reifung in Eichenholz macht einen Wein nicht unbedingt besser; sie ist für kräftige Sorten wie Cabernet Sauvignon geeignet, würde aber einen subtilen Wein wie den Riesling erdrücken.

Holzfässer sind in Anschaffung und Unterhalt kostspielig; eine »ökonomische« Alternative ist die Zugabe von Eichenspänen oder sogar Eichenaroma. Dies ist nicht gerade die feine Art, aber für preiswerte Weine sehr effizient. Tanks aus Edelstahl oder Beton geben hingegen den Fruchtaromen des Weins freie Bahn und sind ideal für frische, knackige Weine wie einen pikanten Sauvignon Blanc oder einen messerscharfen Riesling.

Bei ihrer Reifung profitieren Rotweine von einem natürlich auftretenden Vorgang, der malolaktischen Fermentation. Bestimmte Bakterien wandeln die raue Apfelsäure in die weichere Milchsäure um. Bei vielen Weißweinen ist dieser biologische Säureabbau unerwünscht, so dass die Bakterien abgefiltert oder abgetötet werden.

Herstellung von Schaumwein

Alle hochwertigen Schaumweine werden nach der Methode hergestellt, die in der französischen Champagne entwickelt wurde. Zunächst brauchen Sie normalen Stillwein, genannt Grundwein, der ungenießbar sauer ist, jedoch das Zeug zum guten Schäumer hat. Jetzt müssen Sie ihn zum Perlen kriegen. Den Grundwein füllen Sie daher mit etwas Hefe und Zucker in dickwandige Flaschen, um die zweite Gärung in Gang zu setzen. Sie verschließen die Flaschen sehr fest, denn einer der Effekte der Gärung ist die Produktion von Kohlendioxid, und es entwickelt sich ein starker Druck (5–6 at). Da das gasförmige Kohlendioxid nicht entweichen kann, löst es sich im Wein und wartet dort auf den Tag, da es in die Freiheit entlassen wird.

Unglücklicherweise hinterlässt die abgestorbene Hefe einen ganz unfestlich modderigen Niederschlag in der Flasche. Um ihn zu entfernen, müssen Sie ihn in den Flaschenhals befördern. In den Kellern der Champagnerhäuser stecken Abertausende von Flaschen in den dachförmigen Rüttelpulten, wo sie jeden Tag etwas gedreht und steiler gestellt werden; das dauert bis zu drei Monate.

Sobald das ganze Sediment im Flaschenhals ist, lassen Sie es gefrieren, dann entfernen Sie schlagartig den Verschluss: Der Niederschlag schießt als Pfropfen heraus. Füllen Sie die Flasche mit etwas frischem Sekt auf eine Normhöhe, setzen Sie dann eine ganz bestimmte Menge mit Zuckersirup vermengten Wein hinzu und verschließen mit dem bekannten mächtigen Korken – und alles, ohne das wertvolle Kohlendioxid zu verlieren.

Das Tank- oder Charmat-Verfahren verwendet große Behälter, die als gigantische Flasche fungieren. Die Transfer- oder Transvasier-Methode beginnt wie die traditionelle Methode mit Flaschen, ihr Inhalt wird dann aber in Tanks gefüllt und die Hefe herausgefiltert. Das billigste und schlechteste Verfahren ist, einen Stillwein mit Kohlendioxid voll zu pumpen (so wie man zu Hause Sprudel macht). Man erhält damit große Blasen, die praktisch sofort nach dem Öffnen der Flasche verschwinden, und enttäuschte und missgelaunte Freunde.

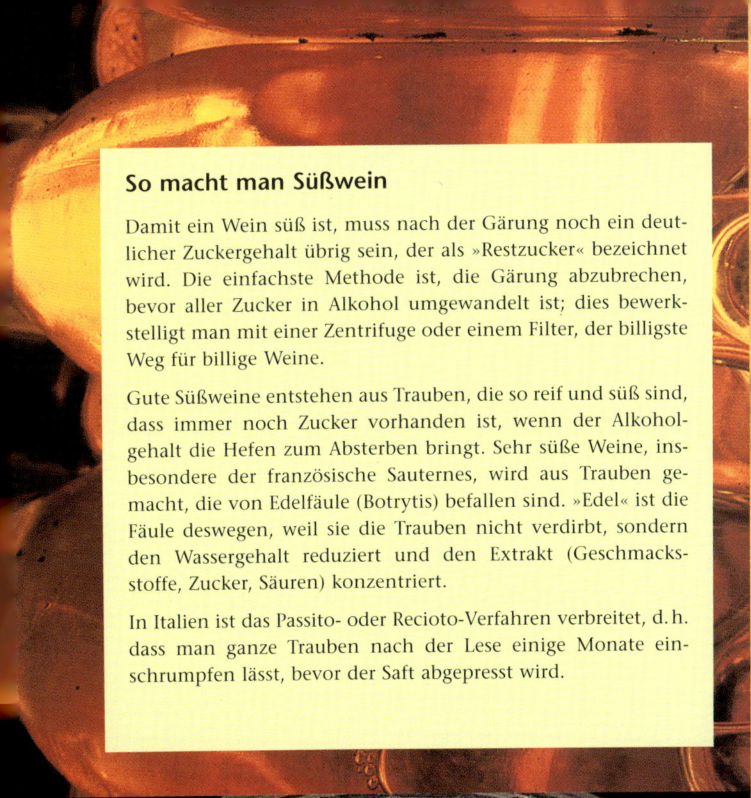

So macht man Süßwein

Damit ein Wein süß ist, muss nach der Gärung noch ein deutlicher Zuckergehalt übrig sein, der als »Restzucker« bezeichnet wird. Die einfachste Methode ist, die Gärung abzubrechen, bevor aller Zucker in Alkohol umgewandelt ist; dies bewerkstelligt man mit einer Zentrifuge oder einem Filter, der billigste Weg für billige Weine.

Gute Süßweine entstehen aus Trauben, die so reif und süß sind, dass immer noch Zucker vorhanden ist, wenn der Alkoholgehalt die Hefen zum Absterben bringt. Sehr süße Weine, insbesondere der französische Sauternes, wird aus Trauben gemacht, die von Edelfäule (Botrytis) befallen sind. »Edel« ist die Fäule deswegen, weil sie die Trauben nicht verdirbt, sondern den Wassergehalt reduziert und den Extrakt (Geschmacksstoffe, Zucker, Säuren) konzentriert.

In Italien ist das Passito- oder Recioto-Verfahren verbreitet, d. h. dass man ganze Trauben nach der Lese einige Monate einschrumpfen lässt, bevor der Saft abgepresst wird.

So macht man angereicherten Wein

Süße und trockene Weine mit 15 % Alkohol und mehr entstehen gewöhnlich dadurch, dass man sie »aufspritet«, d. h. mit Weinbrand oder Weingeist anreichert. Dieses Verfahren wurde entwickelt, um Wein transportfähig zu machen.

Zum Beispiel der Portwein. Vor zwei-, dreihundert Jahren mochte niemand die rauen Rotweine des Douro-Tals. Die Zugabe von Weinbrand zum Most stoppte die Gärung (Hefepilze sterben bei einem bestimmten Alkoholgehalt ab), machte den Wein alkoholischer und köstlich süß – und so blieb man dabei.

Sherry ist etwas anderes. Hier wird der Weinbrand nach abgeschlossener Gärung zugesetzt, so dass der Wein trocken ist. Im Fass entwickelt der Fino eine Hefeschicht, den Flor, die ihm den typischen stechenden, fast sauren Charakter gibt. Süßer Sherry wurde vor der Abfüllung gesüßt.

Seite 28: *Champagnerflaschen lagern kopfüber in Rüttelpulten, damit sich das Depot absetzt.* Oben links: *Der süße ungarische Tokaji entwickelt mit der Zeit schöne Bernsteinfarben.* Oben rechts: *Von Botrytis befallene Trauben sehen schrecklich aus, ergeben aber herrlichen Süßwein.* Unten links: *Auf der Oberfläche des Sherrys wächst die Flor-Hefe, die ihm seinen unverwechselbaren pikanten Geschmack gibt.*

Erkundung der Rebsorten

Am einfachsten erschließen Sie sich den Geschmack der diversen Weine über die Rebsorte. Wie ich schon sagte, besitzt jede Traubensorte bestimmte charakteristische Aromen, weshalb zwei unterschiedlich benannte Weine, die an tausende von Kilometern voneinander entfernten Orten entstanden, sehr viel gemeinsam haben, wenn sie aus derselben Traube gemacht wurden.

Nicht alle Weine beruhen nur auf einer Traubensorte. Roter Bordeaux zum Beispiel enthält meist mindestens drei, und einer der australischen Klassiker ist ein Verschnitt von zwei berühmten Sorten, Cabernet Sauvignon und Shiraz (Syrah). Doch wenn Sie den Geschmack der einzelnen Sorten kennen, haben Sie auch eine Vorstellung davon, wie der Verschnitt schmeckt.

Rote Rebsorten

Beginnen wir mit den roten Trauben (man nennt sie auch »dunkle« oder »blaue«, wie es ihrer Farbe eigentlich entspricht; »rot« hat sich von der Farbe ihres Weins her eingebürgert). Rotwein, das ist mehr als »kräftig« und »robust« und »passt gut zu dunklem Fleisch und Käse«. Delikatesse, Frische und faszinierende Aromen sind bei den großen roten Sorten der Welt zu finden.

Barbera

Eine hochwertige, charaktervolle Traube, allerdings ohne einen bestimmten weltberühmten Vertreter. Ihre Heimat ist Piemont im Nordwesten Italiens, wo sie so typisch italienische Weine ergibt, dass man sofort nach einem Teller Pasta verlangt: mit säuerlich-krautigem Biss von Weichseln. Barbera ist die Verkörperung des milden und gleichzeitig säuerlichen Typs. Er ist scharf, herb und säurebetont, jedoch arm an schleimhautunfreundlichem Tannin.

Er ist in zig Versionen in Piemont verbreitet, Barbera d'Alba und Barbera d'Asti sind die bekanntesten und besten. In Kalifornien macht man aus Barbera sehr einfache Weine, gute Exemplare kommen aus Argentinien. **Achtung** Nicht mit Barbaresco verwechseln, einem kräftigen, tanninreichen Wein aus derselben Region.

Cabernet Sauvignon

Siehe folgende Seite.

Gamay

Gamay ist im Grunde identisch mit Beaujolais. Es ist eine der Launen der Weinwelt, dass diese Rebsorte auf einem Landstrich von Granithügeln im Süden Burgunds gedeiht und sonst fast nirgends. Die Ardèche in Südfrankreich und das Loire-Tal haben noch etwas Gamay, aber das war's dann.

Diese Traube ist nichts, was man zu ernst nehmen sollte. Sie ergibt erfrischende, leichte Weine mit scharfen, bonbonartigen Kirsch- und Himbeeraromen, leicht gekühlt ideal für heiße Sommertage. Ein guter Beaujolais-Villages ist der beste Kauf; einfacher Beaujolais und Beaujolais Nouveau lassen Frucht vermissen. Die zehn Spitzen-Weinorte im Beaujolais, die *crus* genannt werden, liefern etwas seriösere Weine, die teilweise einige Jahre reifen können. Doch Gamay sollte immer jung getrunken werden.

Weinbegriffe | **Edle Rebsorten**

Einige Sorten haben in bestimmten Regionen so große Bedeutung erlangt, dass sie in die Nobilität der Weinwelt aufrückten und oft als Edelreben bezeichnet werden. Die bedeutendsten sind: **Cabernet Sauvignon** in Bordeaux, **Chardonnay** und **Pinot Noir** in Burgund, **Syrah** im Rhône-Tal und in Südaustralien (dort als **Shiraz** bezeichnet), **Chenin Blanc** und **Sauvignon Blanc** im Loire-Tal, **Nebbiolo** im Piemont, **Sangiovese** in der Toskana, **Riesling** in Deutschland, **Zinfandel** in Kalifornien.

Zinfandel ist der kalifornische Beitrag zum Weinadel.

Cabernet Sauvignon

Als Inbegriff eines intensiv nach Schwarzen Johannisbeeren schmeckenden Weins gehört Cabernet Sauvignon nie zu den leichten Rotweinen, dennoch kann er unerhört elegant sein. Die besten Vertreter reifen langsam und kontrastieren süße Johannisbeer-Aromen mit einem Duft nach Zedernholz, Zigarrenkistchen und Bleistiftgraphit. Für mehr Fülle wird er oft mit Merlot verschnitten.

Wo er wächst Fast jedes Land mit nennenswertem Weinbau hat zumindest einigen Cabernet in seinen Weinbergen. Seine Heimat ist Bordeaux, man findet ihn aber auch in Südfrankreich. Italien verfügt über einige Top-Vertreter, gute spanische Cabernets kommen aus Navarra und Penedès. Auch in Osteuropa, besonders in Bulgarien, ergibt er preiswerte Weine.
Die Versionen der Neuen Welt sind elektrisierend fruchtig mit viel weichem Tannin und manchmal einem Hauch Minze oder Eukalyptus. Kalifornien und Australien liefern Tropfen von Weltklasse, Chile bietet bei niedrigen Preisen hohen Gegenwert, und Südafrika wird immer besser. Neuseeland tendiert zu einem Bordeaux-ähnlichen Stil.

Wann trinken? Viele glauben, dass ein Cabernet Sauvignon nach dem Kauf erst einige Jahre reifen muss. Doch dies trifft nur auf die Spitzenklasse der Bordeaux-, der kalifornischen und der australischen Cabernets zu. Die meisten Cabernets der Neuen Welt und der preiswerten roten Bordeaux sind sofort zu trinken.

Die Spitzenklasse Die Bordelaiser Châteaus Lafite-Rothschild, Latour, Haut-Brion, Mouton-Rothschild und Margaux sind legendär.

Die Schnäppchen Bulgarien, Chile und Südfrankreich liefern Schmackhaftes für wenig Geld.

Cabernet zum Essen Moderner Cabernet ist ein Allzweck-Rotwein, am besten zu schlichten Gerichten aus dunklem Fleisch.

Nicht verwechseln mit Cabernet Franc, einer verwandten Sorte, und dem weißen Sauvignon Blanc.

Die dicken Schalen der Cabernet-Sauvignon-Trauben sind reich an Tannin, was den Wein bei ungenügender Fruchtreife sehr fest machen kann.

Grenache

Manche mögen's heiß, und die Grenache liebt es, in den Rebgärten Spaniens und Südfrankreichs zu schmoren. Das ergibt ultrareife Frucht, viel Alkohol und süß-pfeffrige Aromen, doch am besten ist sie im Verschnitt; mit einem festeren, aggressiveren Partner wie Syrah/Shiraz bekommt man volle, warme, herzhafte Weine mit süßer Würze. Und wenn Sie auf einen körperreichen, saftigen Rosé stoßen, bestehen gute Chancen, dass er zu 100 % aus Grenache besteht.

Die Grenache ist eine spanische Traube, ihr heimischer Name ist Garnacha Tinta. Sie gibt einigen roten Riojas Statur und Fülle und liefert den zunehmend besseren *rosado* (spanisch für Rosé) aus Rioja und Navarra sowie die extrem dichten, körperreichen (und oft teuren) Rotweine des Priorat. Dieser mächtige Typ kommt auch aus Australien, insbesondere bei Grenache von alten Reben. Kalifornien und der Bundesstaat Washington produzieren leichtere Versionen.

Aber die Grenache ist, wie gesagt, am besten in guter Gesellschaft, und die findet sie im südlichen Rhône-Tal. Sie gehört zu den nicht weniger als 13 Sorten, die für den berühmtesten Wein der Region zugelassen sind, den Châteauneuf-du-Pape, einen komplexen, süß duftenden Rotwein mit pfeffrigem Abgang. Der Himbeer-Erdbeer-Charakter der Traube wird in den weichen Versionen der Côtes du Rhône und Côtes du Rhône-Villages mit einem Anflug von heißem, staubigem Erdboden kontrastiert. Der Vin de Pays Grenache aus der benachbarten Ardèche ist leicht, fruchtig und seinen Preis wert.

Anderer Name Garnacha oder Garnacha Tinta in Spanien.

Bioweine

Wie in anderen Zweigen der Landwirtschaft gibt es auch im Weinbau einen starken Trend zu biologischen oder ökologischen Methoden. Rund um die Welt vermeiden Winzer den Einsatz chemischer Pestizide, Herbizide und Kunstdünger und kehren zu »natürlichen« Methoden zurück. Es gibt keine international anerkannten Standards oder Vorschriften, was als biologischer oder organischer Weinbau gelten darf, vielerorts haben sich jedoch regionale Organisationen gebildet.

Reben haben aber in den meisten Gegenden der Welt mit ernsten Problemen zu kämpfen. Pilzkrankheiten wie Echter und Falscher Mehltau können eine Ernte zerstören, Insektenbefall kann tödliche Viren verbreiten oder selbst die Reben schädigen. Ein völliger Verzicht auf chemische Mittel birgt untragbare Risiken. So wird als Alternative zu gänzlich organischem Vorgehen die Beschränkung auf die absolut notwendigen Mittel immer populärer.

Biodynamische Methoden gehen hingegen in der Idee, mit der Natur anstatt gegen sie zu arbeiten, noch einen Schritt weiter als der organische Weinbau. So werden z. B. die Arbeiten im Weinberg zeitlich genau geplant, um von den Rhythmen der Natur – einschließlich der Mondphasen und der Planetenbewegungen – maximal zu profitieren.

Merlot

Siehe folgende Seite.

Nebbiolo

Wenn Sie Nebbiolo zu jung probieren, wird er Ihnen als der grässlichste, aggressivste Rotwein der Welt vorkommen. Es dauert einige Jahre, bis der überwältigende Gehalt an Säure und Tannin seinen Griff lockert und ein mächtiges Bukett von Rosen und Teer freigibt, das durch Schokolade, Kirschen, Rosinen und Pflaumen sowie Tabak- und Kräuteraromen ergänzt wird. Nebbiolo ist die strengste Verkörperung des süß-säuerlichen italienischen Typs und passt am besten zu sehr kräftigen, herzhaften Gerichten.

Nebbiolo wird fast ausschließlich in Piemont angebaut. Die klassischen Vertreter sind die Furcht einflößenden Weine aus Barolo und Barbaresco. Moderne Versionen reifen in fünf Jahren anstatt in den traditionellen zwanzig. Weichere, pflaumigere Weine kommen aus den anderen Gegenden Piemonts: Nebbiolo d'Alba, Langhe, Gattinara, Ghemme und Carema, auch unter dem anderen Namen der Traube, Spanna. Einige Italienfans in Kalifornien sind bisher wohl die einzigen anderen Erzeuger, einige Australier machen ernsthafte Versuche.

Merlot

Fruchtig-saftige Weine mit weniger Tannin-Bitterkeit und mehr Alkohol als Cabernet Sauvignon, mit dem er häufig kombiniert wird. Charakteristische Aromen sind Schwarze Johannisbeere, Schwarzkirsche und Minze.

Wo er wächst Merlot begann seine Karriere in Bordeaux als zweite Rebsorte neben dem Cabernet Sauvignon und ist nun weltweit populär. Die großen Weine aus Pomerol und St-Émilion basieren auf Merlot mit Cabernet als Verschnitt-partner. Sie stehen für den Merlot in seiner festesten, intensivsten Version, sind aber immer noch fruchtiger und zugänglicher als die auf Cabernet basierenden Spitzenweine von Bordeaux.
Chile ist das Merlot-Paradies, die besten Exemplare sind fantastische granatrote Weine mit unglaublich üppig-frischer Frucht. Kalifornien und Washington streben nach ernsteren Versionen, doch setzt sich auch hier der weich-saftige Charakter durch. Australien und Südafrika beginnen erst, während einige der besten neuseeländischen Rotweine aus Merlot gemacht sind.
Im italienischen Veneto produziert man leichte Zechweine, aromatischere Exemplare kommen aus dem Friaul, aus Südtirol und der Toskana. Ungarn und Bulgarien machen mit der Traube rasch Fortschritte. Im heißen Südfrankreich mangelt ihr jedoch häufig Charakter.

Wann trinken? Trinken Sie ihn im Allgemeinen jung, vor allem chilenischen und osteuropäischen Merlot. Die Spitzenweine aus Bordeaux jedoch können bis zu 20 Jahre lang reifen.

Die Spitzenklasse Château Pétrus und Château Le Pin in Pomerol gehören zu den teuersten Weinen der Welt.

Die Schnäppchen Gut gemachter junger Merlot aus Chile ist kaum zu schlagen.

Merlot zum Essen Merlot ist ein guter Allround-Wein. Seine weiche Fruchtigkeit passt am besten zu würzigen Gerichten mit einem süßen Touch wie Schinken mit Honigkruste.

Der Wein aus diesen Merlot-Trauben wird im Verschnitt mit Cabernet Sauvignon einen der klassischen Bordeaux-Rotweine ergeben.

Pinot Noir

In seiner Bestform ist Pinot Noir ein beeindruckend schöner Wein mit verführerisch samtiger Textur, der mit der Zeit zu unwahrscheinlichen, komplexen Aromen von Trüffel, Wild und vermoderndem Laub reift. Guter junger Pinot schmeckt und duftet nach Sommerfrüchten.

Wo er wächst Er ist heute weit verbreitet, denn immer mehr Weinmacher verlieben sich in ihn. Seine Heimat ist Burgund, und das Ziel seiner Fans in aller Welt ist ein Wein, der wie große Burgunder schmeckt, wie ein Volnay und Vosne-Romanée; viele wären allerdings schon zufrieden, so etwas wie einen ordentlichen Bourgogne Rouge hinzubekommen. Pinot Noir ist eine der eigensinnigsten der internationalen Traubensorten, und er will nicht so schmecken, wie man es erwartet, wenn er nicht genau nach seinen Wünschen behandelt wird. Die besten Vertreter aus Kalifornien, Oregon und Neuseeland zeigen jedoch, dass es die Weinmacher dort geschafft haben.

Wann trinken? Im Großen und Ganzen sofort. Nur die besten Vertreter können reifen, und dann nicht so lange wie Cabernet Sauvignon vergleichbarer Qualität.

Die Spitzenklasse Burgundische Grands Crus von Einzellagen der Côte d'Or repräsentieren den Spitzen-Pinot. La Romanée-Conti gilt als wertvollste landwirtschaftlich genutzte Parzelle der Welt.

Die Schnäppchen Aus Chile kommen gute Weine zu vernünftigem Preis. Um einen echten Burgunder zu kosten, nehmen Sie einen Bourgogne Rouge von einem führenden Erzeuger.

Auch bekannt als Spätburgunder in Deutschland, Pinot Nero in Italien, Blauburgunder in Österreich.

Nicht verwechseln mit den weißen Sorten Pinot Blanc und Pinot Gris sowie mit dem verwandten roten Pinot Meunier.

Aus Gevrey-Chambertin kommen einige der besten Pinots Noirs von Burgund.

Pinot Noir

Siehe gegenüberliegende Seite.

Pinotage

Diese Traubensorte, die ganz auf den Boden und das Klima Südafrikas zugeschnitten und entwickelt wurde, erzielt sowohl rau strukturierte, blauviolette Weine als auch weichere, fruchtige Varianten mit den Aromen von Banane, Roter Johannisbeere und Pflaume. Auf jeden Fall mag man den Wein, oder man mag ihn nicht. Und nicht nur die Weintrinker bilden getrennte Lager, sondern auch die Erzeuger. In Bestform ist der Pinotage würzig und warm.

Pinotage hat sich von seiner südafrikanischen Heimat noch kaum entfernt, aber das könnte sich ändern. Neuseeland verfügt über einige Exemplare, Chile und Australien sind am Experimentieren.

Sangiovese

Der Name dieser Traube mag nicht allgemein bekannt sein, doch sie ist die Hauptsorte im Chianti, dem berühmtesten Rotwein Italiens. Sie ist verantwortlich für den bitteren, an Tee erinnernden Touch dieses Weins und seine Kirschen-Pflaumen-Aromen. Mithin ist auch dies eine der durch und durch italienischen süß-säuerlichen Sorten, die das Wasser im Mund zusammenlaufen lassen.

Sie wird aber nicht ausschließlich für den Chianti kultiviert. Sangiovese-Weine sind fast in ganz Italien zu finden (mit Ausnahme des Nordens); manchmal sind sie etwas dünn, wässrig und säurebetont, meist aber werden Sie auf leichte, attraktive Alltags-Rotweine mit vegetabiler Frucht und leicht rauem Abgang stoßen – genau richtig zur Pasta.

In den renommiertesten Gegenden der Toskana nimmt man den Sangiovese jedoch sehr ernst. Große, mächtige Weine wie Brunello di Montalcino und Vino Nobile di Montepulciano werden ausschließlich aus ihm gemacht. Das sind Weltklasse-Weine, die ebenso wie die guten Chiantis reifen müssen; doch sonst trinkt man Sangiovese jung und frisch.

Auch in Kalifornien, Australien und Argentinien ist Sangiovese anzutreffen, und man macht dort interessante Dinge mit ihm; doch für den Moment kommt den guten italienischen Weinen noch nichts gleich.

Andere Namen Brunello, Prugnolo.

Syrah/Shiraz

Siehe Seite 36.

Weißwein aus roten Trauben

Der Saft einer Weinbeere ist hell, welche Farbe die Schale auch haben mag. Wenn Sie den Saft vor der Gärung von den Schalen trennen, voilà, bekommen Sie weißen Wein.

In Frankreich, wo dieser Weintyp Blanc de Noirs heißt, funktioniert das sehr gut mit dem Pinot Noir beim Champagner. Ein weniger erbauliches Ergebnis dieses Zaubertricks ist der weiße Zinfandel (»blush«) Kaliforniens. Bei ihm geht all der Beerenfrucht-Charakter verloren, der den richtigen Zinfandel so aufregend macht.

Außer diesen beiden Beispielen ist das Verfahren kaum verbreitet. Beim Champagner soll die Verwendung von Pinot Noir dem Verschnitt Gewicht und Körper verleihen, und in Kalifornien war das ursprüngliche Ziel des weißen Zinfandels, eine aus der Mode gekommene Rebsorte noch zu verwerten. Heute ist die Nachfrage nach Rotwein so groß, dass rote Trauben nicht ohne sehr guten Grund ihrer Farbe beraubt werden.

Der rare und teure Blanc-de-Noirs-Champagner von Bollinger wird aus Pinot Noir von alten Rebstöcken gemacht. Der beliebte Blush Zinfandel von Woodbridge ist so gut, wie dieser Weintyp nur sein kann.

Syrah/Shiraz

Intensität ist das Merkmal der Syrah-Weine. Mächtige Statur, intensive Würze, überaus süße Frucht oder alles zusammen. Die besten Vertreter beginnen ihr Leben dunkel, dicht und gerbstoffbetont und reifen zu großen, weichen Brombeer- und Himbeeraromen mit samtiger Textur.

Wo er wächst Zum größten Teil in Frankreich und Australien – und zwar, was iñ der Weinwelt selten ist – in gleicher Qualität. Der französische Syrah ist rauchiger, krautiger und ernster, der australische Shiraz runder, weicher mit einem Anklang an Leder.

Doch Australien ist groß, und die Versionen sind übers Land sehr unterschiedlich. Shiraz aus Victoria kann recht pfeffrig sein, der aus dem Barossa Valley ledrig-schokoladig. Old Vines Shiraz (von alten Rebstöcken also) schließlich ist von fast erschreckender Intensität, woher er auch kommt.

Auch in Südafrika und in Italien wird etwas Syrah angebaut, und sogar in der Schweiz finden sich einige Rebzeilen. Kalifornien produziert ganz ordentliche Tropfen, allerdings meist mit anderen Sorten verschnitten. Argentinien konzentriert sich auf den preiswerten Marktsektor.

Wann trinken? Jeder Syrah/Shiraz benötigt ein Jahr oder zwei, um in Form zu kommen. Spitzenweine können zehn Jahre lagern, ein großer Hermitage ist nach 15 Jahren auf dem Höhepunkt.

Die Spitzenklasse Hermitage und Côte-Rôtie von der nördlichen Rhône, Grange aus Australien. Es ist kein Zufall, dass letzterer lange Jahre den Namen Grange Hermitage trug.

Die Schnäppchen kommen aus Südfrankreich und Argentinien.

Syrah/Shiraz zum Essen Ein Vollblut-Wein, der es mit starken Aromen aufnimmt. Ich bevorzuge ihn zu eher einfachen Genüssen wie gut gewürzter Salami und pikantem Käse.

Zwei Namen In Frankreich heißt die Traube Syrah, in Australien Shiraz, anderswo verwendet man einen der beiden Namen.

Nicht verwechseln mit Petite Sirah, einer in Kalifornien und Mexiko verbreiteten Sorte.

Die Syrah-Trauben vom Hermitage-Berg an der Rhône ergeben einen dunklen, dichten Wein, der Jahre zur Reifung braucht.

Tempranillo

Das spanische Mädchen-für-alles wächst im ganzen Land und liefert Weine vielerlei Art: großartige, hoch geschätzte Weine in Ribera del Duero, langlebige Rotweine in Rioja und junge, frische Typen – ohne Eiche – in Valdepeñas, La Mancha, Somontano und anderen Bereichen. Sein Geschmack ist markant, doch nicht immer so einfach identifizierbar wie Cabernet Sauvignon oder Pinot Noir; die charakteristischste Eigenschaft ist eine ordentliche Portion Erdbeerenfrucht, die bei den gewichtigsten Exemplaren in Pflaume, Brombeere und Gewürze übergeht, unterlegt durch Vanille vom Eichenfass. Nur die besten sollen gelagert werden, die einfachen sind jung zu genießen.

In Nordportugal – wo die Traube Tinta Roriz heißt – ist sie eine wichtige Sorte für den Port, den klassischen angereicherten Wein, und taucht in Rotweinen aus Dão und vom Douro auf. Als Aragonez ist sie verantwortlich für einige saftige Versionen aus dem Alentejo in Südportugal.

In Argentinien wird die Sorte wegen ihrer lebhaften Fruchtigkeit geschätzt, in Kalifornien, Oregon und Südfrankreich laufen Versuche.

Andere Namen In Spanien Cencibel, Tinto del País, Tinto del Toro, Tinto Fino, Tinto de Madrid, Ull de Llebre; in Portugal Tinta Roriz, Aragonez. (Und das sind nur die wichtigsten Synonyme …)

Zinfandel

Die kalifornische Spezialtraube ist sehr flexibel. Der beste Zinfandel – über den ich hier reden will – ist ein würziger, herzerwärmender trockener Rotwein. Andere Versionen reichen von dem leicht rosafarbenen, lieblich-langweiligen »Blush« bis zu intensiv süßen Weinen. Alle kalifornischen Zinfandels haben eine reife Beerenfrucht gemeinsam, die Intensität variiert jedoch dramatisch von leichtem Stoff bis zu mächtigen Bomben.

Die billigen Ausgaben sind meist fruchtig-saftige rote Leichtgewichte, die teure Spitzenqualität ist am anderen Ende der Intensitätsskala zu finden. Aus dem Mendocino County kommt muskulöser »Zin« voller Brombeeraromen,

Mit jedem Jahr trägt dieser knorrige alte Zinfandel-Weinstock im kalifornischen Russian River Valley weniger Trauben, in die er umso intensivere Aromen pumpt.

Würze und Tannin, der aus dem Napa Valley ist dunkel und vierschrötig, in Sonoma ist er runder und harmonischer, und in den alten Weinbergen der Sierra Foothills schließlich wird er wunderbar wild. Die ungezügelten, kraftstrotzenden Aromen der großen Zins passen herrlich zu allem von Spare Ribs bis zum üppigen, fantasievollen Fusion Food des Pacific Rim Cooking.

Eine ökonomische Alternative sind Zinfandels aus anderen Ländern, die diese Traube weniger hoch schätzen. Sie wächst an ein, zwei Orten in Australien, Südafrika und Chile; für wenig Geld werden Sie einen großzügig-runden, beinahe überreifen Tropfen bekommen.

Es gilt inzwischen als gesichert, dass Zinfandel mit dem süditalienischen Primitivo identisch ist, und wenn Sie was Preiswertes suchen, ist ein Primitivo genau richtig. Hin und wieder wird er sogar als Zinfandel etikettiert, um ihn fashionabler zu machen.

Andere Namen In Italien Primitivo; wahrscheinlich auch identisch mit dem kroatischen Plavac Mali.

Weiße Rebsorten

Am Rebstock sind diese Trauben grün, gelb, rosa und sogar braun, und ebenso groß ist die Palette der Aromen, von atemberaubend aggressiv bis zu unglaublich köstlichen, exotischen Genüssen.

Chardonnay

Siehe folgende Seite.

Chenin Blanc

Was für ein außergewöhnlicher Geschmack – verblüffende Kontraste zwischen honigrunder Guave und Quitte sowie stahlig-mineralischen Aromen mit messerscharfer Säure. Chenin kann trockene Weine liefern, die den Gaumen schier betäuben, Schaumweine und liebliche Tropfen bis hin zu supersüßen edelfaulen Wunderwerken.

Chenin steht für die Weißweine im Herzen des französischen Loire-Tals – Vouvray, Savennières, Saumur und andere. Es kann hier Probleme mit der Reifung geben, aber nach einer Reihe warmer Sommer in den 1990er Jahren und mit verbesserten Methoden in Weinberg und Keller hat sich der Loire-Chenin etabliert. Einfachere Versionen verfügen über eine schöne Apfel-und-Honig-Frucht, andere, wie trockener Vouvray, erinnern mit ihren mineralischen Noten an den Glanz von Sonnenstrahlen auf Granit. Die besten süßen Loire-Chenins kommen aus Bonnezeaux, Quarts de Chaume und den Coteaux du Layon. Diese Weine müssen einige Jahre reifen, um ihre ganze Fülle zu entwickeln.

In Südafrika ist Chenin die meistkultivierte Traube und wird zu einfachen Weinen gekeltert, doch eine wachsende Zahl von Winzern versucht mehr Charakter herauszuholen. Neuseeland und Australien liefern kleine Mengen guten, fruchtigen Weins, in Kalifornien und Argentinien ist er unbedeutend. Also bleibt nur die Loire, sie ist in Vielfalt und Qualität unerreicht.

Gewürztraminer

Eine Explosion von Litschi- und Rosenduft, gefolgt von öliger Textur – trocken oder süß ausgebaut, ist dies der Wein mit den mächtigsten Aromen in der Welt. Nicht umsonst findet sich das Wort »Gewürz« im Namen, auch wenn der Wein an kein spezielles Gewürz erinnert. Auch wenn Sie nach passendem Wein zur pikant-aromatischen asiatischen Küche suchen, sind Sie hier richtig.

Das Elsass ist das große Gewürztraminerland (in Frankreich mit »u« statt »ü« geschrieben), selbst einfache Weine bezaubern mit einem Aromenwirbel, große Jahrgänge ergeben superdichte, intensive Weine von trocken bis üppig süß. Auch in Deutschland gerät er bemerkenswert würzig mit noch blumigerem Charakter.

Andere Länder scheinen bei dieser Sorte keinen Mut zu besitzen. Sie machen nette, ordentliche Weine, die man gut seiner Schwiegermutter mitbringen kann; von dieser Art

Weinbegriffe | **Alte Reben**

Dieser Begriff – **Vieilles Vignes** auf französischen und **Old Vines** auf englischsprachigen Etiketten – gewinnt im Weinmarketing immer mehr Bedeutung. Er steht für dichtere Aromen, raren und gesuchten Wein und höhere Preise – das ist die Theorie. Und es ist die Realität. Alte Reben *sind* ein Werbeargument, sie liefern intensiv aromatische Weine. Doch wie alt ist »alt«? 80, 100 Jahre? Das ist alt. In Australien gibt es solche Veteranen, auch in Kalifornien. 60? Ja, auch das ist alt. 40? Nur ein mittleres Alter. 30? Dies als alt zu bezeichnen wäre leicht übertrieben. Es gibt eben keine allgemein akzeptierte Definition. Meist kann man sich auf den Vermerk »Alte Reben« verlassen, aber er taucht auf immer mehr Etiketten auf.

Qualitätsbesessene Erzeuger sind stolz auf Reben, die 100 und mehr Jahre alt sind.

Chardonnay

Chardonnay, weltweit der Favorit unter den weißen Traubensorten, kann tatsächlich in Wein verliebt machen, so großzügig und so attraktiv sind seine buttrig-zitronigen Aromen. Er ist gut zur Reifung in Eichenfässern geeignet, weshalb man drei Typen unterscheiden kann: ohne Eiche ausgebaut schlank, vegetabil-grünlich und zurückhaltend; mit wenig Eiche nussig und an Getreideflocken erinnernd; eichenbetont mit buttrigen Aromen von tropischen Früchten und Karamell.

Wo er wächst Überall. Ich hätte Schwierigkeiten, ein Weinerzeugerland zu nennen, das keinen Chardonnay anbaut. Im französischen Burgund liefert er elegante, köstliche Weine mit üppig würzigem Charakter, dennoch absolut trockener Klarheit. Zu Nordburgund gehört jedoch auch Chablis, wo der Chardonnay eine scharfe, mineralische Azidität aufweist, die je nach den Präferenzen des Erzeugers ungeschminkt erhalten bleibt oder durch den Ausbau in Eiche gemildert wird.

Der Chardonnay der Neuen Welt hat seinen Ursprung in Australien und Kalifornien: offener, zugänglicher, überschwänglicher Ananas-Charakter mit viel Eiche. Die neuseeländischen Versionen sind entweder fruchtig oder überraschend würzig, die chilenischen bleiben auf der fruchtigen Seite. Südafrikanische Chardonnays sind von ungleichmäßiger Qualität, die Spitzenklasse ist jedoch hervorragend. Europäische Chardonnays im Stil der Neuen Welt kommen aus Südfrankreich, Italien und Spanien.

Wann trinken? Chardonnay ist weit überwiegend beim Kauf trinkfertig. Spitzenweine aus Frankreich, Australien und Kalifornien können sich über etwa fünf Jahre verbessern.

Die Spitzenklasse Von all den gnadenlos teuren Grands Crus des Burgund ist Le Montrachet die Crème de la crème. Top-Weine aus Kalifornien erzielen fast dieselben Preise.

Die Schnäppchen Preiswerte Chilenen und Australier.

Chardonnay zum Essen Der Punkt an modernem Chardonnay ist, dass er zu fast allem gut passt. Herrlich ist er zu Fisch, ob gegrillt oder mit sahniger Sauce. Je üppiger die Zubereitung, desto eichenbetonter kann der Wein sein.

Die kühle Lage Bien Nacido im Santa Maria Valley liefert einige der besten Chardonnays von Kalifornien.

sind der italienische Traminer und der neuseeländische »Gewürz«.

Andere Namen (Roter) Traminer, Klevner, Savagnin.

Muscat

Die einzige Traube, die herrliche Weine ergibt, die tatsächlich nach der Traube selbst duften. Die Palette der Weintypen ist groß – blumig und trocken, üppig-süß als angereicherter Wein, köstlicher Schaumwein –, und alle haben dieses verführerische traubige Aroma. Sehr süße Muscats weisen darüber hinaus oft einen Duft nach Orangenschale auf.

Um mit den dunkelsten und süßesten anzufangen: Rutherglen im australischen Nordost-Victoria ist ein Paradies für Liebhaber von rosinenschweren, parfümigen gespriteten Muscats. Ebenfalls angereicherte, golden-süße Muscats kommen aus Südfrankreich (Beaumes-de-Venise, Frontignan, Rivesaltes u. a.), ihr Kennzeichen sind leichte, feine Orangen-Trauben-Aromen mit einem Touch von Rosen; der spanische Moscatel de Valencia ist preiswerter und etwas weniger elegant, dennoch ein guter Tropfen.

Dann gibt es da den trockenen Muscat. Das Elsass ist sein Revier, auch aus Portugal und Australien kommen einige Exemplare. Und wer was Schäumendes aus Muscat haben will, nimmt den köstlich traubigen italienischen Asti (das »Spumante« wurde aus dem Namen gestrichen).

Andere Namen Muscat Blanc à Petits Grains (so der volle Name), Muscat de Frontignan, in Australien Brown Muscat, in Italien Moscato, in Deutschland Muskateller. Verwandt ist der weniger aufregende Muscat of Alexandria.

Nicht verwechseln mit Muscadet, dem trockenen Weißwein von der unteren Loire aus der Melon-Traube, und mit Muscadelle, die mit der Muscat-Traube nicht verwandt ist.

Pinot Gris

Beim Pinot Gris geht es um den Grad seiner Intensität. Ob Sie Ihren Weißwein leicht, trocken und neutral wünschen oder kräftig und würzig, irgendwo gibt es den richtigen Pinot Gris für Sie. Eine Spur Honig – wenn auch manchmal sehr schwach – ist das verbindende Merkmal der unterschiedlichen Verkörperungen dieser Rebsorte.

Die üppigen, rauchigen und honigbetonten trockenen Weißweine aus dem Elsass stellen die mächtigste Version dar. In Deutschland macht man aus dieser Traube als Ruländer liebliche Weine, die trockenen Grauburgunder, die in Eiche ausgebaut werden, sind knackiger und sehr erfreulich. Neutrale Weine werden in Italien gekeltert; in großen Mengen kommt billiger, unbedeutender Pinot Grigio in die deutschen Kneipen. Ein guter Pinot Grigio kann allerdings mit kräftigen, floral-honigartigen Aromen überzeugen.

Vor einem herbstlich goldenen Hintergrund wird im Elsass eine Spätlese überreifer Trauben eingebracht, die wundervoll würzig-süße Weine ergeben wird.

Klassische Verschnitte

Die moderne Vorliebe, Weine mit dem Namen ihrer Rebsorte zu etikettieren, hat die sortenreinen Weine sehr populär gemacht. Cabernet Sauvignon, Merlot, Sauvignon Blanc und Chardonnay sind so berühmt geworden. Doch viele der französischen Klassiker und anderer europäischer Weine sind Verschnitte aus zwei oder mehr Sorten.

Cabernet Sauvignon ist die berühmte Traube des roten Bordeaux, doch sortenrein wäre der Wein ungenießbar rau und hart. Der Zusatz von Merlot und anderen Sorten macht ihn weich und verleiht weitere faszinierende Geschmacksnuancen.

Mit den weißen Bordeaux verhält es sich genauso. Sémillon und Sauvignon Blanc sind oft vereint besser als solo, und Muscadelle gibt den süßen Versionen eine kräftige Note. Champagner, Rioja, Chianti und Port sind fast immer Verschnitte, und ein Châteauneuf-du-Pape kann sogar aus bis zu 13 Sorten gemacht sein.

Die jüngeren Weinnationen ahmen die europäischen Verschnitte oft nach, entwickeln aber auch neue Gespanne. Australien etwa ist bekannt für moderne Klassiker aus Chardonnay und Sémillon sowie Cabernet Sauvignon und Shiraz.

Andere Namen In Deutschland Ruländer (lieblich) und Grauburgunder (trocken), in Italien Pinot Grigio, im Elsass Tokay-Pinot Gris, in der Schweiz Malvoisie.
Nicht verwechseln mit den anderen Pinots: Pinot Noir und Pinot Meunier (rot), Pinot Blanc (weiß).

Riesling

Diese Rebe liebt nicht jeder und sofort, sie besitzt jedoch eine unleugbare Finesse. Schneidende Säure ist das buchstäblich hervorstechendste Merkmal in den unterschiedlichen Verkörperungen, von elektrisierend trocken bis üppig süß, und das Spektrum der Aromen reicht von der sauren Pikanz von Apfel und Zitrone über Pfirsich und Honig bis zu Kieselsteinen und Schiefer. Im Alter nimmt Riesling ein benzinähnliches Aroma an (was nur schlimm klingt).

Aus Riesling werden die größten deutschen Weine gemacht. An der Mosel liefert die Traube zum größten Teil leichte, blumige Weine mit einer schiefrigen Kante, die Weine aus dem Rheingau sind im Allgemeinen runder, fruchtiger und würzig; alle haben jedoch überraschend wenig Alkohol und benötigen einige Jahre, um ihre Aromen in Hochform zu bringen.

In Frankreich, im Elsass, macht man alkoholreichere und aromatischere Rieslinge, auch die österreichischen gehen in diese Richtung. Anders ist der australische Riesling; er verfügt über ein erfrischendes Zitronenaroma, das sich mit dem Alter zu Toast rundet, sowie einen ordentlichen Schuss Alkohol. Andere Länder, darunter Neuseeland, Südafrika und die USA, produzieren geringe Mengen akzeptabler Weine; den Maßstab bilden jedoch Deutschland, Österreich und das Elsass.

Sauvignon Blanc

Siehe folgende Seite.

Sémillon

Diese Rebsorte hat zwei Hauptanbaugebiete, Bordeaux und Australien, und sie wird zu zwei völlig unterschiedlichen Weintypen gekeltert, trocken und süß. Sémillon heißt die Traube in Frankreich, die Australier lassen den Akzent weg. In verschiedenen Teilen Australiens taucht sie als trockener Wein auf, am berühmtesten ist der aus dem Hunter Valley, wo er traditionell nicht in Eiche reift. In Eiche ausgebauter australischer Semillon ist anders, toastig und zitronenfrisch; er ist jung am besten, aber auch er kann einige Jahre reifen.

Australischer Semillon wird manchmal mit Chardonnay verschnitten. In Bordeaux wird Sémillon üblicherweise mit Sauvignon Blanc verschnitten, was dem Wein eine erfrischende Säure mitgibt. Die besten trockenen Versionen, in Eiche ausgebaute Weine mit sahnigen Nektarinenaromen, kommen aus den Graves und Pessac-Léognan. Sie profitieren von einigen Jahren Flaschenreifung.

Süßweine sind eine andere Geschichte. Hier ist Sauternes der absolute Star: Die zu Bordeaux gehörende Appellation produziert aus edelfaulen Trauben außerordentlich intensive Weine mit Aromen von Pfirsich, Malz und Honig. Dieser goldene Süßweintyp wird auch in kleinen Mengen in Kalifornien, Australien und Neuseeland imitiert. Die aufwändige Herstellung bedeutet, dass der Wein niemals billig sein kann; allerdings ist sein Preis aber auch gerechtfertigt.

Viognier

Mächtig, mit intensivem Duft nach Aprikosen und Frühlingsblumen: Viognier ist ein trockener Wein mit so luxuriös üppigen Aromen, dass er fast süß wirkt. Bis vor kurzem war diese Rebsorte auf die nördliche Rhône beschränkt, doch plötzlich taucht die Rebe in ganz Südfrankreich auf – nicht in großen Mengen, jedoch zu Preisen, die auch denen den Genuss erlauben, die nicht für die klassischen Top-Weine Condrieu und Château-Grillet von der Rhône ihr letztes Hemd hergeben wollen.

Kalifornien, Australien und sogar Südamerika versuchen es auch mit der Viognier, und die Ergebnisse sind schon viel versprechend bis sehr gut. Viognier sollte jung und frisch getrunken werden, der Duft hält sich nicht ewig.

Sauvignon Blanc

Der Inbegriff des grünlich-vegetabilen, pikanten Weißweins: unverhohlene Aromen von Gras, Nesseln, Stachelbeeren und Spargel.

Wo er wächst Die europäische Heimat ist das französische Loire-Tal. Die Weine sind weniger schlank und grasig als die Neuseeländer, sondern, zumindest in der Spitzenklasse, komplexer. Sancerre und Pouilly-Fumé sind die großen Namen; Menetou-Salon, Sauvignon de Touraine und Vin de Pays du Jardin de France sind ähnlich, aber preiswerter.
Sauvignon ist auch in Bordeaux bedeutend; aus anderen Ecken Europas kommen die fülligen Versionen aus Spanien, insbesondere Rueda, neutrale Typen aus Norditalien und leichte aus Österreich. Die osteuropäischen Sauvignon Blancs sind unterschiedlich gut, lassen aber häufig die Pikanz vermissen.
Die neuseeländischen Weine, besonders die aus Marlborough, sind inzwischen zum klassischen Typ aufgerückt: Sie sind ganz Stachelbeeren und Nesseln. Dem können die australischen Versionen nur manchmal gleichkommen. Chile liefert aus der Region Casablanca schlanke, zurückhaltend rassige Weine; Südafrika wird eine zunehmend zuverlässigere Adresse. In Kalifornien wird der Sauvignon Blanc manchmal in Eiche ausgebaut, was ihm einen anderen Charakter gibt, von der Art einer Mixtur tropischer Früchte.

Wann trinken? Außer einigen Top-Weinen sollte Sauvignon Blanc nach Hause getragen, gekühlt, entkorkt und genossen werden.

Die Spitzenklasse Cloudy Bay aus Neuseeland ist der Kultwein, der die Läden verlässt, sobald er zu haben ist.

Die Schnäppchen Das Entre-Deux-Mers im Bordelais produziert große Mengen preiswerter Weine mit gutem, pikantem Aroma.

Sauvignon zum Essen Passt zu gut gewürzten Gerichten und Speisen auf der Basis von Tomaten.

Andere Namen In Kalifornien und Australien Fumé Blanc.

Nicht verwechseln mit der roten Rebsorte Cabernet Sauvignon.

Wie der Wein, der aus ihr gemacht wird, ist die Sauvignon-Blanc-Traube mit scharfen, pikanten Aromen voll gepackt.

Weitere Rebsorten

Sehr viel Wein wird aus weniger bekannten Sorten gemacht. Mit ✪ markierte sind meine Tipps für die Zukunft.

Albariño Charaktervolle, erfrischende spanische weiße Sorte mit Aprikosen-, Pfirsich- und Grapefruitaromen, manchmal teuer. Auch im portugiesischen Vinho Verde verwendet.

Aligoté Weiße Sorte, angebaut in Burgund und Osteuropa; ergibt einfache, spritzige Weine. Am besten ist der Bouzeron aus dem Burgund.

Cabernet Franc Eine Verwandte der Cabernet Sauvignon, die erdige Weine mit Schwarze-Johannisbeer-Charakter ergibt. In Bordeaux als Verschnitt-partner, im Loire-Tal reinsortig verwendet.

Carignan In Südfrankreich (und Kalifornien) verbreitete rote Sorte, verwendet für raue Alltagsweine, kann aber auch köstlich würzige Tropfen ergeben.

Carmenère ✪ Rote Traube aus Chile, die wunderbar würzige Weine liefert.

Cinsaut Rote Sorte, in Südfrankreich im Verschnitt verwendet; auch in Südafrika kultiviert. Leichte, frische Weine.

Colombard Zuverlässiger einfacher Weißwein, frisch und fruchtig, manchmal mit tropischen Anklängen. In Südfrankreich, Australien, Kalifornien und Südafrika verbreitete Sorte.

Corvina Die Haupttraube für den italienischen Valpolicella mit seinen bitter-süßen Kirscharomen.

Dolcetto Lebhaft purpurroter Wein aus Italien, voller Frucht-aromen mit einem bitteren Kirschenton. Jung zu trinken.

Garganega Weiße Sorte für den italienischen Soave. Oft zu hohe Erträge, in guter Qualität jedoch mit der Frische grüner Äpfel.

Malbec ✪ (Cot, Auxerrois) Hauptsorte des südfranzösischen Cahors, in Bestform saftig-pflaumig. Die beste rote Sorte Argentiniens, ergibt weiche, samtige Rotweine auf allen Preisebenen.

Malvasia In Italien verbreitete Familie, liefert duftende trockene Weißweine, üppige weiße Süßweine und leichte schäumende Rotweine. Auch in Spanien und Portugal angebaut; Traube für den Malmsey von Madeira.

Marsanne Weiße Sorte von der Rhône, körper- und duftreich. Im australischen Goulburn Valley ergibt sie mächtige, honigartige Weine.

Melon de Bourgogne Die Traube des Muscadet, des einfachen Weißweins von der unteren Loire.

Mourvèdre (Mataro) Rote Sorte, die den Weinen der Südrhône Rückgrat gibt, auch in Australien gepflanzt. Kann hart und erdig sein, entwickelt aber mit dem Alter rauchig-ledrige Aromen.

Müller-Thurgau In Deutschland verbreitete weiße Sorte, die große Mengen eines blumigen, oft lieblichen und wenig beeindruckenden Weins ergibt; ähnlich in Osteuropa und Australien. In Norditalien gibt es einige frische, gute Versionen.

Muscadelle Aromatische weiße Sorte, in Bordeaux und Australien als Verschnittpartner in Süßweinen verwendet.

Palomino und **Pedro Ximénez** Die zwei weißen Sorten hinter Sherry und Montilla-Moriles: Palomino für die trockenen, PX für die süßen.

Pinot Blanc Für leichte Zechweine; ergibt im Elsass runde, blumige Weine, gut auch in Norditalien.

Roussanne Weiße Sorte von der Rhône, eine aromareichere, elegante Verwandte der Marsanne.

Tannat Körperreiche, würzige rote Traube. Im französischen Madiran beheimatet, auch in Uruguay erfolgreich.

Torrontés ✪ Die weiße Star-Traube Argeniniens ergibt überaus geschmackreiche Weine.

Touriga Nacional ✪ Rote Traube mit Unmengen Farbe, Parfüm und Frucht, verwendet im Port und in modernen trockenen Weinen Portugals. Das Interesse an ihr wächst weltweit.

Trebbiano (Ugni Blanc) Weiße Rebsorte, die in Italien große Mengen geschmacksarmer Weine ergibt. Auch bessere Exemplare bleiben neutral.

Verdelho ✪ Urspünglich für den gespriteten Madeira verwendete weiße Sorte, ergibt in Australien körperreiche Weine mit Limettenaroma.

Verdicchio Die beste der neutralen weißen Sorten Italiens, im gleichnamigen Wein verwendet.

Vermentino Leichte, duftende Weißweine aus Ligurien und Sardinien.

Vernaccia Weiße Sorte, bekannt durch den trockenen Wein aus der Toskana (San Gimignano), in Sardinien für eine Art Sherry verwendet.

Viura (Macabeo) Haupttraube für den weißen Rioja, reinsortig leicht und apfelfrisch, im Blend mit Malvasia stoffiger und langlebiger.

Rote Rebsorten in Kürze

Barbera Ein lebhafter, kräftiger italienischer Rotwein

Cabernet Sauvignon Der nach Schwarzen Johannisbeeren schmeckende Wein par excellence

Gamay Die Sorte für fruchtigen Beaujolais

Grenache Erdbeeren und Gewürze, oft verschnitten

Merlot Saftig-pflaumig, klassischer Verschnittpartner im Bordeaux

Nebbiolo Massive, gerbstoffreiche Rebsorte im Piemont

Pinot Noir Kapriziöse, empfindliche Sorte, ergibt elegante, samtige Weine mit herrlichem Duft

Pinotage Kräftige, eigenwillige Sorte Südafrikas

Sangiovese Haupttraube im Chianti, der »italienische«, anregend-mild-säuerliche Typ

Syrah/Shiraz Würzig und warmherzig, zu Hause in Südfrankreich und Australien

Tempranillo Spanische Sorte mit Erdbeer-Pflaumen-Aromen

Zinfandel Die flexible Traube Kaliforniens, am besten als kräftig-würziger Rotwein

Weiße Rebsorten in Kürze

Chardonnay Reife Pfirsiche und Toast, die klassische internationale weiße Sorte

Chenin Blanc Extravagante, fruchtig-mineralische Sorte aus dem Loire-Tal

Gewürztraminer Einzigartig blumige, exotisch-würzige Weißweine, am besten aus dem Elsass

Muscat Trockene und süße Weine, die tatsächlich nach Trauben schmecken

Pinot Gris Neutral in Italien, üppig im Elsass, immer mit einer Honignote

Riesling Der stahlige Aristokrat unter den Weißweinen

Sauvignon Blanc Pikante Stachelbeer- und Nessel-Aromen, zu Hause im Loire-Tal und in Neuseeland

Sémillon Zitronige Weißweine und goldene Süßweine aus Bordaux und Australien

Viognier Köstlicher, aprikosenduftender Weißwein des Rhône-Tals

Oben: *Gamay wird für fruchtigen Beaujolais-Villages gepresst.*
Links: *Pinot Noir und Chardonnay, die Traubensorten, die Burgund weltberühmt gemacht haben.*

Teil II

Freude am Wein

Wein gehört zum täglichen Leben, und ihn mit ehrfürchtiger Scheu zu behandeln, trägt zu seinem Wohlgeschmack nichts bei. Die Rituale beim Öffnen und Servieren, beim Kaufen, Lagern und Verkosten von Wein beruhen meist auf vernünftigen Überlegungen, sind jedoch überflüssig, wenn sie Sie daran hindern, sich wohl zu fühlen und Spaß am Wein zu haben. Was Sie trinken und wie Sie Wein genießen wollen, ist allein Ihre Sache; Sie sind es, der im Laden oder im Restaurant die Entscheidungen trifft, nicht der Händler oder der Ober.

Eine Weinflasche öffnen

Das sanfte Quietschen und Ploppen eines Korkens gehört zu den Geräuschen, die ich liebe. Es ist die Ouvertüre zu einer Feier, es ist der Auftakt zum Feierabend. Selbst der schlechteste Korkenzieher tut meist seinen Zweck, ein guter wird den Korken aber seltener zerstören und Krümel auf dem Wein verursachen.

Der richtige Korkenzieher

Achten Sie auf einen bequem zu fassenden Griff, eine Spirale mit »Seele«, das heißt mit einem offenen Gewinde, in das man einen Zahnstocher stecken kann, und ein Hebelsystem, das Ihnen sympathisch ist (und mit dem Sie sich nicht die Finger quetschen). Geräte mit massiver Spirale, die wie eine Schraube aussehen, zerbrechen fragile Korken leicht oder reißen fest sitzende auseinander. Mit einem einfachen Korkenzieher ohne Hebelsystem kann das Öffnen zu einem Kraftakt werden.

Der Gebrauch des Korkenziehers

Zuerst ist die Metall- oder Plastikkapsel zu entfernen, entweder ganz oder teilweise, indem Sie sie unterhalb des Wulstes am Flaschenhals ringsum einschneiden. Manche Korkenzieher verfügen dazu über einen Kapselschneider. Reinigen Sie dann, wenn nötig, den Korken und den Flaschenrand mit einem feuchten Tuch.

Wein in Boxen, Kartons und Dosen

Boxen, mit einem Zapfhahn und meist 2–3 l Inhalt, sind eigentlich eine gute Idee für den preiswerten Alltagswein. Technisch ist die Verpackung in Ordnung, doch leider ist die Auswahl begrenzt und der Wein meist äußerst dürftig.

Kartons mit 1 l Inhalt sind technisch ebenso effektiv, jedoch unangenehm zu öffnen, und der Wein meist noch schlechter.

Wein in Dosen mit Pull-off-Ring ist allenfalls ethnologisch bzw. kulturhistorisch interessant.

Drücken Sie die Spitze des Korkenziehers sanft in die Mitte des Korkens und drehen Sie die Spirale langsam, gleichmäßig und gerade ein. Wenn sie gleich schief eindringt, drehen Sie sie wieder heraus und setzen Sie neu an. Einige Geräte entfernen den Korken, indem Sie immer weiter drehen; bei anderen hören Sie auf zu drehen, wenn die Spitze unten aus dem Korken dringt, und ziehen Sie den Korken vorsichtig heraus.

Eine Schaumweinflasche öffnen

Hier tut der Innendruck die Arbeit, und Sie haben die Bewegung des Korkens zu steuern. Sonst gibt es einen lauten Knall, eine Schaumfontäne und eine halb leere Flasche mit einem rasch schal werdenden Inhalt.

Ziehen Sie die Folie ab, um den Drahtkäfig freizulegen. Fassen Sie die Flasche am Hals, wobei Sie den Daumen auf den Korken drücken. Mit der anderen Hand dröseln Sie die Drahtöse auf. Sie können den Drahtkorb entfernen, wobei Sie darauf achten, den Korken immer »unter Druck« zu halten; einfacher ist es, den Korb draufzulassen und dann den Korken – bei festem Griff – durch leichtes Hin- und Herdrehen zu lockern. Lassen Sie dabei den Korken hoch kommen, und wenn er den Flaschenhals verlassen will, »bremsen« Sie besonders sorgfältig, so dass möglichst nur ein leichtes Seufzen zu hören ist. Warten Sie das erste Aufschäumen ab, dann erst gießen Sie ein. Eine kalte, ruhig gelagerte Flasche ist weniger dramatisch zu öffnen als eine wärmere, die vor kurzem noch transportiert wurde.

Gerissene Korken

Um den Rest eines auseinander gerissenen Korkens zu entfernen, drehen Sie den Korkenzieher so schräg ein wie möglich und pressen Sie den Rest gegen die Flaschenwand, während Sie ihn vorsichtig herausziehen. Wenn das fehlschlägt, drücken Sie ihn in die Flasche hinunter; Brösel lassen sich ja leicht von der Weinoberfläche entfernen.

Wenn ein Sektkorken reißt, setzen Sie einen Korkenzieher in der beschriebenen Weise ein; lassen Sie das unter Druck stehende Gas besonders vorsichtig entweichen.

Der **Screwpull** ist eine sehr einfache, jedoch bisher unübertroffene Konstruktion. Seine sichere Handhabung beruht auf der offenen Spirale aus rundem Draht. Der lange, aufsteckbare Griff hat eine gute Hebelwirkung, auch sehr fest sitzende Korken werden leicht entfernt. Das Kapselfolienmesser ist allerdings nicht das Gelbe vom Ei.

Eine ungünstige Konstruktion ist der weit verbreitete **Doppelhebel-Korkenzieher**. Die massive Spirale zerstört häufig den Korken, man kann den Korken nicht mit nur einer Hebelaktion entfernen (man muss noch mal nachdrehen), und man kann sich an der »Zahnstange« die Finger quetschen.

Der so genannte **Sommelier-Korkenzieher**, das Standardgerät in Restaurants, ist zusammenklappbar wie ein Taschenmesser, seine Handhabung allerdings nicht ganz einfach. Das Klappteil rechts wird auf den Flaschenhals aufgesetzt, so dass sich eine Hebelwirkung ergibt. Am anderen Ende besitzt dieses Modell einen sehr effizienten Kapselschneider.

Der Tipp vom Fachmann

Kein Snobismus beim Verschluss

Die einzigen Anforderungen an einen Weinflaschenverschluss sind: Er muss hygienisch sein, luftdicht, geschmacksneutral, langlebig und leicht zu entfernen. Kork hat sich über Jahrhunderte bewährt, neigt aber zu Infektionen und Schwund. Moderne Alternativen haben nicht das Flair des Korks, halten jedoch den Wein länger frisch.

Plastikstopfen, die dem Korken nachgebildet sind, werden bei preiswerten Weinen üblich und auch schon von einigen Qualitätserzeugern verwendet. Gute Plastikstopfen haben einen weichen Kern. Ein einfacher Schraubverschluss ist die andere Option, und was seinen häufigeren Gebrauch verhindert, ist nur der Snobismus.

Wein servieren

Wenn Sie Wein wirklich genießen wollen, wählen Sie die dazu geeigneten Gläser, und erweisen Sie dem Wein etwas Respekt.

Das Glas

Das ideale Weinglas ist aus dünnem, farblosem Glas gemacht, hat die Form einer großen Tulpe und einen schlanken Stiel. Alles, was dieser Beschreibung nahe kommt, ist geeignet. Beim Einschenken füllen Sie das Glas nur bis zur Hälfte, damit genug Raum für das sich entwickelnde Bukett bleibt. Für Schaumwein nehmen Sie schlanke, hohe Gläser, in denen die Gasbläschen länger erhalten bleiben.

Reste von Fett oder von Spülmittel können den Geschmack des Weins beeinträchtigen. Spülen Sie die Gläser nach dem Abwaschen immer mit heißem Wasser klar, und trocknen Sie sie mit einem fusselfreien, nicht weichgespülten Geschirrtuch. Ideal wäre die Verwendung nur von sehr heißem Wasser ohne Spülmittel. Bewahren Sie Ihre Gläser aufrecht stehend auf, damit unerwünschte Gerüche nicht eingefangen werden. Beachten Sie, dass das Glas auch dann noch Gerüche annehmen kann (z. B. von Bienenwachs oder von Lack).

Dekantieren

Drei Gründe für das Umfüllen von Wein in eine Dekantierflasche: um ihn von Depot zu befreien, um ihn atmen zu lassen, und schließlich, weil's hübsch aussieht. Sie benötigen keine Dekantierflasche dazu, jede Art Karaffe ist geeignet; und es gibt auch keinen Grund, den Wein nach dem Dekantieren – um ihn zu belüften – zum Servieren nicht wieder in die Flasche zu füllen.

Eine Flasche mit einem lang gelagerten Rotwein, der ein Depot gebildet hat, muss sorgfältig behandelt werden. Lassen Sie ihn einen oder zwei Tage aufrecht stehen, damit sich das Sediment absetzen kann. Wenn Sie eine ruhige Hand haben, können Sie direkt aus der Flasche einschenken, doch ist es sicherer zu dekantieren. Arbeiten Sie dazu vor einer Lichtquelle, etwa einer Kerze: Stellen Sie sich so, dass Sie beim Umgießen den Flaschenhals vor der Lichtquelle haben. Gießen Sie langsam und ohne Unterbrechung, und beenden Sie die Aktion, sobald das Depot den Flaschenhals erreicht.

Atmen lassen

Ob ein Wein nach dem Öffnen noch eine Weile »atmen« soll, lässt sich nicht einheitlich festlegen. Viele edle Rotweine der Spitzenklasse – Bordeaux, Italiener, Syrahs zum Beispiel – sollten atmen, aber auch junge, noch zugeknöpfte oder preiswerte Rotweine können von einer gewissen Belüftung verblüffend profitieren. Rosé- und Weißweine hingegen benötigen diese Behandlung nicht. Im Allgemeinen gilt jedoch, dass nur die Erfahrung mit dem konkreten Wein zählt.

Das »Atmen« bringt den Wein mit Sauerstoff in Kontakt, was die Aromen öffnet. Zu langer Sauerstoffkontakt kann den Wein jedoch »ausduften« lassen, er wird schal und langweilig. Wenn Sie die Zeit dazu haben, öffnen Sie einen

Serviertemperaturen

Wein sollte warm genug sein, um seine Aromen öffnen zu können, und kühl genug, um erfrischend zu wirken. Hochwertige Weißweine schmecken etwas wärmer besser als einfachere Weine desselben Typs. Generell ist es besser, einen Wein zu kühl zu servieren als zu warm, denn er erwärmt sich im Glas, nötigenfalls kann man ihn in der Handfläche wärmen.

Sorgfältiges Dekantieren ist nur notwendig, wenn der Wein ein Depot entwickelt hat. Hören Sie auf auszugießen, sobald die dunklen Kristalle bzw. der Trub den Flaschenhals erreichen.

Der Tipp vom Fachmann

Rasch auf Temperatur

Ein Kühlschrank kühlt eine Flasche Wein in zwei bis vier Stunden herunter, weshalb er in dringenden Fällen keine Hilfe ist. Sehr schnell geht's – wesentlich schneller als nur mit Eis – in einer Mixtur aus Wasser und Eis, und am schnellsten mit einer Zugabe von Salz. Einigermaßen rasch kühlt Wein auch im Gefrierschrank, aber vergessen Sie nicht, ihn herauszunehmen, sonst platzt die Flasche.

Wenn ein Wein zu kalt ist, gießen Sie ihn ins Glas und wärmen Sie ihn in den Handflächen. Sie können die Flasche auch kurz in handwarmes Wasser stellen. Benutzen Sie keine starken Wärmequellen.

Rotwein eine Stunde vor dem Genuss; so kann er sich verbessern, ohne zu sehr zu oxidieren. Ein großes Achtung gilt aber bei alten Weinen: Je älter, desto schneller können Sie bei Luftkontakt ihr Aroma verlieren; sehr alte Exemplare dürfen überhaupt nicht atmen und schon gar nicht dekantiert werden.

Nur die Flasche zu öffnen und einfach stehen zu lassen hat wenig oder keinen Effekt, da nur eine winzige Fläche der Luft ausgesetzt ist. Einen Teil zunächst umzugießen, hilft bereits; das Dekantieren bringt allen Wein in Luftkontakt. Bei soeben entkorktem Wein kann aber auch schon ein kurzes, kräftiges Schwenken des Glases Wunder wirken.

Reste

Übrig gebliebenen Wein können Sie gut einige Tage aufbewahren, wenn Sie die Oxidation gering halten. Am einfachsten verkorken Sie die Flasche wieder und stellen sie in den Kühlschrank. Oder Sie verwenden spezielle Stopfen und eine Vakuumpumpe, die einen Teil der Luft aus der Flasche entfernt, oder ein Gerät, das ein schweres, inertes Gas in die Flasche füllt. Schaumweinflaschen können Sie mit normalen Korken verschließen. Angebrochene Flaschen desselben Weins gießen Sie zusammen, denn je voller die Flasche, desto besser. Am besten wirkt dies bei Rot- und bei Schaumwein. In jedem Fall aber sorgen Sie für gute Kühlung.

Wein verkosten

Je mehr Wein Sie probieren, desto mehr werden sich Ihre Wahrnehmungsfähigkeit und Ihre persönlichen Vorlieben entwickeln. Am wertvollsten wird Ihnen dieses Wissen sein, wenn Sie bei einem Händler oder in einem Restaurant Wein aussuchen wollen.

Was ist so Besonderes am Wein, dass man ein ganzes Ritual absolvieren muss, um sagen zu können, wie er schmeckt? Nun, Wein schmeckt nicht einfach nach Wein. Eine riesige Zahl von Aromen und Geschmackseigenschaften ist im Glas vereint, und wenn Sie den Wein einfach reinschütten wie ein kaltes Bier, werden Sie den größten Teil dessen verpassen, was der Wein zu bieten hat.

Wein aufmerksam zu verkosten und zu trinken ist bei weitem die beste Methode, sich in den Rebsorten, Weinregionen und Weintypen der Welt zu orientieren. Ein köstlicher Schluck macht mehr Spaß und bleibt länger im Gedächtnis als jedes Buch. Für die Profis mag die Weinverkostung Arbeit sein, doch für Sie sollte es ein Vergnügen bleiben.

Das Etikett lesen

Das Etikett sagt viel über den Wein. Es sollte das Jahr der Traubenlese nennen, die Region, aus der der Wein kommt, seine Klassifizierung (zum Beispiel als AC oder Vin de Pays bei französischem Wein, siehe S. 70), den Namen und den Sitz des Erzeugers und den Alkoholgehalt. Viele, aber nicht alle, führen die Traubensorte(n) auf. Heute besitzen viele Weine ein Rückenetikett, das etwa erläutert, wie süß oder trocken der Wein ist, mit welcher Temperatur er getrunken werden soll und zu welchen Speisen er passt.

Wie sieht der Wein aus?

Gießen Sie ein Glas zu einem Drittel voll. Ein großes, tulpenförmiges Glas – breit an der Basis, eng am Rand – konzentriert den Duft des Weins. Neigen Sie das Glas vor einem weißen Hintergrund, so dass Sie die unterschiedlichen Tönungen des Weins von der Mitte bis zum Rand gut erkennen können. Im Allgemeinen haben Weine aus warmen Ländern und kraftvollen Rebsorten die tiefste Färbung.

Mit den Jahren ändert der Wein seine Farbe. Weißwein ist jung am hellsten und wird allmählich kräftig gelb. Rotwein hingegen ist in der Jugend am tiefsten gefärbt und hellt zu einem Ziegelrot auf.

Wie riecht der Wein?

Schwenken Sie den Wein im Glas einmal kräftig, damit die eingeschlossenen Aromen freigesetzt werden. Stecken Sie Ihre Nase tief ins Glas, und ziehen Sie die Luft gleichmäßig und sachte ein, wie wenn Sie an einer Blume riechen. Schon in den ersten Sekundenbruchteilen werden sich Ihnen viele bekannte und unbekannte Geruchskomponenten mitteilen. Versuchen Sie, sie mit vertrauten Gerüchen zu vergleichen; wenn Sie glauben, dass Honig, Schokolade, Äpfel oder Teer festzustellen sind, dann ist das in Ordnung. Es ist Ihre Nase, die hier zählt, und wenn ein anderer den Duft anders beschreibt, dann gehört das zu dem Vergnügen, das der Wein bereitet. Nur wenn Sie sich klar und ehrlich über Geruch und Geschmack eines Weins Rechenschaft geben, können Sie eine »Datenbank« aufbauen, die schon einmal gekostete Weine wieder erkennbar macht und einen hilfreichen Bezugsrahmen für die Beschreibung unbekannter Weine liefert.

Grundbegriffe der Verkostung

Nase (in der Nase) steht für den Geruch eines Weins; alternative Begriffe sind Aroma und Bukett (ersteres manchmal auf jungen Wein bezogen, letzteres auf gereiften).

Gaumen (am Gaumen) meint den Geschmackseindruck im Mund.

Süße (oder Mangel an solcher) wird mit der Zungenspitze festgestellt. Süße muss durch Säure ausbalanciert sein, wenn sie nicht klebrig wirken soll.

Säure macht einen Wein frisch. Ihre Wirkung stellen Sie mit den Zungenrändern fest. Sie muss durch Süße, Alkohol und/oder Extrakt ausbalanciert sein, da der Wein sonst unangenehm scharf, spitz und hart wirkt.

Tannine sind Gerbstoffe (im Rotwein), die im Mund ein pelziges, ausgetrocknetes Gefühl hinterlassen; sie tragen zum Körper und Gewicht des Weins bei. Sie benötigen ein Gegengewicht von Fruchtaromen und Säure, damit der Wein angenehm rund wirkt.

Alkohol ist Bestandteil aller Weine, sein Gehalt schwankt zwischen ca. 8 % bei deutschem Riesling und 14,5 % bei mächtigem Shiraz (und noch mehr bei angereicherten Weinen). Ein hoher Alkoholgehalt trägt zum runden Eindruck des Weins bei.

Fruchtaromen im Wein rühren von den Trauben her, jedoch schmecken nur wenige Weine nach Trauben. Diese Aromen können an Erdbeeren erinnern, an Pflaumen, Stachelbeeren, Aprikosen und viele andere Früchte – oder aber an Nüsse, Kaffeebohnen, grüne Blätter, Gebäck und vieles andere.

Körper und **Gewicht** beschreiben die Eindrücke, die die »Substanz« eines Weins im Mund macht. Entsprechende Adjektive sind etwa körperreich und mächtig bzw. leicht oder schlank.

Länge besitzt ein Wein, wenn er nach dem Abschlucken oder Ausspucken noch lange einen deutlichen Nachgeschmack hinterlässt.

Balance ist, wie oben mehrfach angesprochen, das Gleichgewicht, die Harmonie zwischen all den Elementen des Weins: Süße, Säure, Frucht, Körper, Tannin und Alkohol. Ein unharmonischer, unausgewogener Wein schmeckt, als ob ihm etwas fehlt – was es auch tut.

Zunächst kann es sein, dass Sie Gerüchen, die Sie feststellen, keinen Namen geben können oder dass es zu viele sind, um sie auseinander zu dividieren, oder dass der Wein nach überhaupt nichts riecht. Besonders frustrierend ist es, wenn einem der Name für einen Geruch »auf der Zunge liegt«. Die Nase ermüdet rasch, machen Sie daher nach einigen Sekunden eine Pause, und probieren Sie es später noch einmal. Es ist hilfreich, die Eindrücke zu notieren; ein Blick darauf kann die Aromen noch Wochen später wieder ins Gedächtnis rufen.

Der erste Schluck

Endlich! Es ist Zeit zu trinken. Nehmen Sie also einen ordentlichen Schluck, so viel, um den Mund etwa zu einem Drittel zu füllen. Die Zunge nimmt sofort die grundlegenden Geschmackselemente wahr: Süße an der Spitze, Säure an den Seiten (auch Salzigkeit, aber das ist beim Wein kaum wichtig), Bitterkeit am Zungengrund. Das eigentliche Geschäft beim »Schmecken« jedoch spielt sich im Nasen-Rachen-Raum ab, weshalb man beim Verkosten dafür sorgen muss, dass möglichst viele flüchtige Stoffe vom Mund in die Nasenhöhle gelangen.

Beurteilung eines Weins

Achten Sie zunächst auf den Süße-Säure-Eindruck, den Sie mit der Zunge feststellen. Ziehen Sie etwas Luft durch die fast geschlossenen Lippen ein, und lassen Sie sie durch den Wein strömen, so dass die Aromen frei werden, erfreuen Sie sich am individuellen Duftprofil des Weins. »Kauen« Sie nun den Wein sacht, und lassen Sie ihn alle Teile des Mundes, Zunge, Gaumen, Wangen und Zahnfleisch, benetzen.

Identifizieren Sie jetzt die ersten Eindrücke, sodann den Geschmack, der sich nach einigen Momenten im Mund entwickelt. Bestimmte Aromen werden sehr plakativ und unverkennbar im Vordergrund stehen, andere tauchen sehr subtil wie in der Ferne auf. Strengen Sie sich nicht zu sehr an, Aromen herauszupicken und zu identifizieren; sie sind leichter festzustellen, wenn Sie locker bleiben. Anspannung und Stress machen es schwieriger, zu schmecken und zu genießen.

Aromen von Schwarzen Johannisbeeren und Minze sind typisch für den Cabernet Sauvignon aus Coonawarra in Südaustralien.

Schlucken oder ausspucken?

Weinverkoster spucken aus, weil sie nur so eine Reihe von Weinen testen können und dabei einigermaßen nüchtern bleiben. Wenn Sie den Wein trinken wollen, gibt es keinen Grund dafür auszuspucken; wenn Sie »richtig« verkosten, ist das Ausspucken die Norm. Ein besonderes Behältnis braucht man nicht dafür, ein kleiner Eimer genügt (legen Sie auch Servietten bereit).

Blindverkostung

Es ist einleuchtend, dass Sie einen Geschmack in einem Wein feststellen, wenn Sie ihn erwarten. So werden Sie, wenn Sie etwas Weinwissen erworben haben, zu Recht annehmen, dass die Angaben auf dem Etikett Ihre Meinung beeinflussen können. Dies ist der Grund für die »blinde« Verkostung der Profis, bei der Flasche und Etikett sorgfältig verhüllt sind. Blindverkostungen führt man immer in der Gruppe durch, denn einer muss ja wissen, was in der Flasche ist; außerdem ist es dann besonders spannend und ein großer Spaß, der eine Menge über den Wein und Ihren eigenen Geruchs- und Geschmackssinn lehrt.

Der Tipp vom Fachmann

Entwickeln Sie Ihre Fähigkeiten

Trainieren Sie Ihre Nase Versuchen Sie bewusst, sich an die Gerüche zu erinnern, denen Sie im Alltag begegnen, und geben Sie ihnen Namen. Sie stellen die Elemente Ihres Verkostungsvokabulars dar und sind der Schlüssel für die Identifizierung »schwieriger« Gerüche im Wein.

Merken Sie sich Fruchtaromen Aromen und Geschmäcker von Früchten sind beim Wein häufig, weshalb es gut ist, wenn man weiß, wie (für Rotwein) Brombeeren, Schwarze Johannisbeeren, Schwarzkirschen, Himbeeren, Erdbeeren und Pflaumen duften und (für Weißwein) Äpfel, Aprikosen, Pfirsiche, Limonen und Zitronen.

Machen Sie Notizen Führen Sie eine Art »Verkostungsbuch«, notieren Sie die probierten Weine und Ihre Eindrücke. Das muss nichts Großartiges sein, einige wenige Wörter in Ihrem Tagebuch genügen schon.

Machen Sie es zur Gewohnheit Wenn immer Sie ein Glas Wein in die Hand bekommen, betrachten Sie ihn, riechen Sie hinein, schmecken Sie bewusst. Wenn Sie den Wein zum Essen trinken, achten Sie darauf, wie sie einander beeinflussen. Unterstützen sie sich gegenseitig in ihren Aromen, macht einer den andern platt, oder gibt es sogar schreckliche Reaktionen (etwa bei Fisch oder Essig)?

Veranstalten Sie selbst Verkostungen Treffen Sie sich mit Freunden, um eine Serie von Weinen zu vergleichen. Ein guter Ausgangspunkt ist der Vergleich zweier oder dreier Rebsorten. Wenn Sie fortgeschritten sind, vergleichen Sie verschiedene Weine aus derselben Rebsorte. Sie können auch verschiedene Jahrgänge desselben Weins oder Weine desselben Jahrgangs von mehreren Erzeugern einer bestimmten Region verkosten.

Weinbegriffe | **Aus der Weinsprache**

Es gibt mehr Wörter, Wein zu beschreiben, als »gut« oder »schlecht«. Verkostungsbegriffe sollen unsere Wahrnehmung der Eigenschaften von Weinen mitteilbar machen und keine Geheimcodes für Experten sein. Viele Begriffe werden aus Vergleichen gezogen, etwa mit den Aromen von Früchten, andere betreffen Assoziationen mit physischen Eigenschaften wie Gewicht oder Größe usw.

adstringierend Wein mit hohem Gehalt an Tannin, das im Mund einen pelzigen, zusammenziehenden Eindruck hinterlässt.

aggressiv Ein Wein mit übermäßig viel schneidender Säure oder bitterem Tannin.

aromatisch Wein mit besonders ausgeprägtem, angenehmem Geruch und Geschmack. Aromatische Rebsorten sind solche mit besonders üppigen, blumigen Aromen wie Gewürztraminer, Merlot oder Zinfandel.

blumig Mehr oder weniger süßer Duft und Geschmack nach Blüten, etwa bei Gewürztraminer oder Viognier.

buttrig Geruch und Geschmack nach flüssiger Butter, Ergebnis des Ausbaus im Eichenfass.

dicht Wein mit kräftigen, vielschichtigen Aromen, der einen kompakten Eindruck hinterlässt.

dünn Magerer, relativ saurer Wein mit sehr wenig Aroma.

erdig Geruch und Geschmack nach feuchter Erde.

fest Meist junger Wein mit kräftigen Aromen und ausgeprägter, jedoch nicht unangenehmer Säure.

fett Körperreicher, schwerer Wein mit hohem Alkohol- und Glyceringehalt.

flach Nichts sagender Wein ohne erkennbaren Geschmack und strukturierende Säure.

fleischig Sehr kräftiger, dichter Wein, der den Mund ausfüllt.

frisch Lebendiger, jugendlicher Wein mit guter Säure.

fruchtig Wein mit ausgeprägtem Aroma von frischem Obst.

geschmeidig Kräftiger, gleichzeitig runder, weicher Wein.

grasig Geruch und Geschmack nach frisch gemähtem Gras, im weiteren Sinn pikante vegetabile Aromen von Stachelbeeren, grüner Paprika, grünem Apfel oder Limone. Siehe *grünlich*.

groß Sehr körperreicher, dennoch eleganter Wein mit viel Frucht, Säure, Tannin und Alkohol.

grün Unreifer, harter Wein oder unangenehm rauer Wein auf Grund unreifer Trauben.

grünlich Andere Bezeichnung für grasig oder vegetabil.

harmonisch Angenehmer Wein mit Ausgewogenheit/Balance zwischen Frucht, Säure, Tannin, Extrakt, Alkohol usw.

hart Meist junger Wein mit sehr viel Tannin oder sehr viel Säure und zu wenig ausgleichender Frucht.

herb Durchgegorener Wein mit hohem, jedoch nicht unangenehmem Gehalt an Säure bzw. vor allem Tannin.

kantig Unharmonischer Wein mit viel unreifer Säure bzw. Tannin.

klein Bescheidener Wein mit wenig Aroma und Körper.

komplex Wein mit vielschichtiger Aromastruktur.

körperreich Mundfüllender Wein mit viel Extrakt und Alkohol.

kräftig Fester, intensiver Wein mit viel Körper.

kurz/lang Wein mit kurz bzw. lange anhaltendem Nachgeschmack.

lebendig Frischer, rassiger Wein mit guter Säure und komplexen Aromen.

leicht Schlanker Wein mit wenig Alkohol und/oder zurückhaltenden, feinen Aromen.

mächtig Körperreicher, sehr gewichtiger Wein mit intensiven, jedoch nicht uneleganten Aromen.

marmeladig Rotwein, dessen Fruchtaromen rund und süß wirken wie Marmelade.

mineralisch Geruch und Geschmack nach Mineralien wie Schiefer und Feuerstein, etwa bei Weinen von der Mosel und der Loire.

neutral Wein mit wenig ausgeprägtem Aroma.

pikant Frischer Wein mit deutlicher, aber nicht übermäßiger Säure und grünlichen Aromen.

üppig Körperreicher, runder Wein mit ausladenden Aromen.

reif Wein aus gut ausgereiften Trauben mit runder Frucht; auch Wein auf dem Höhepunkt seiner Entwicklung.

robust Sehr kräftiger, tannin- oder säurebetonter Wein, eher hemdsärmelig als elegant.

rund Harmonischer Wein mit durch Extrakt und Süße gebändigter Säure bzw. Tannin.

saftig Fruchtiger, eher leichter Wein mit dezenter Säure.

samtig Weicher, warmer Rotwein, dessen Tannine sich mit Süße und Extrakt harmonisch verbinden.

sauber Von chemischen oder bakteriellen Fehlern freier Wein; auch einfacher Wein mit klarem, frischem Aroma.

scharf Dominierende, schneidende Säure, entweder durch nicht ausgereifte Trauben oder auf Grund der Rebsorte.

spritzig Erfrischender, leichter Wein mit guter Säure, auch prickelnd durch etwas Kohlensäure.

stahlig Nach Stahl schmeckender, fester, säurebetonter Wein.

süß Nicht nur Wein mit deutlichem Zuckergehalt, sondern auch mit runden, üppigen Aromen reifer Früchte.

tief Körperreicher Wein von großer Komplexität.

toastig Duft und Geschmack nach (gebuttertem) Toast, entwickeln sich beim Ausbau im Eichenfass.

trocken Durchgegorener Wein ohne Restsüße.

voll Gewichtiger, aromatischer, mundfüllender Wein.

warm Extrakt- und alkoholreicher Wein mit gewisser Süße, der einen wärmenden Eindruck hinterlässt.

weich Geschmeidiger, angenehmer Wein mit zurückhaltendem Tannin bzw. Säure.

würzig Wein mit ausgeprägten Aromen und/oder Aromen von diversen Gewürzen wie Zimt, Nelken oder Pfeffer.

Weinfehler erkennen

Die Zahl schlechter Weine ist heute geringer als je zuvor, da die Weinbereitung große Fortschritte gemacht hat. Dennoch tauchen fehlerhafte Weine auf. Fehler erkennt man ebenso wie jede andere Eigenschaft des Weins durch Sehen, Riechen und Schmecken.

Sichtbares

Ungeachtet der Farbe sollte jeder Wein klar sein. Schlieren im Wein zeigen meist bakterielle Fehler an, was heute jedoch sehr selten geworden ist. Verwechseln Sie Schlieren nicht mit aufgerührtem Depot; ein gereifter Rotwein, der ein dunkles, pulverig-körniges Sediment entwickelt hat, muss nur einige Zeit aufrecht stehen gelassen werden, damit sich das Depot wieder absetzt.

Die Weinfarben variieren mit den Rebsorten und den Klimabedingungen. Wenn nun ein Weißwein, der blass sein sollte, eine intensiv gelbe oder gar bräunliche Farbe aufweist, kann er – meist durch zu lange Lagerung – oxidiert sein; oxidierte Weine schmecken entweder nach nichts oder nach säuerlichem Sherry (Firne).

Wenn Wein durch den Korken gesickert ist und am Flaschenhals eine klebrige Schicht gebildet hat, kann eventuell Luft in die Flasche gedrungen sein, was ebenfalls Oxidation nach sich ziehen kann.

Riechbares

Diese Gerüche verheißen Ungutes:

Sherry-ähnlicher Geruch Nur Sherry sollte riechen wie Sherry. Nicht angereicherte Weine sind in diesem Fall oxidiert.

Essigstich Wenn der Wein nach Essig riecht, wird er gerade zu solchem.

Schönheitsfehler

Korkstückchen auf der Weinoberfläche heißen nicht, dass der Wein einen Korkfehler hätte. Sie sind unschön, aber ohne Bedeutung für den Geschmack.

Weiße Kristalle bilden sich häufig bei Weißwein am Korken und am Flaschenboden. Das ist harmloser Weinstein, der den Geschmack des Weins nicht verändert.

Depot oder Sediment setzt sich häufig bei Rotwein nach einigen Jahren Flaschenreifung ab. Auch das ist harmlos. Es wird am besten durch Dekantieren entfernt.

Faule Eier Grauenhafter Geruch nach Schwefelwasserstoff kann während der Gärung entstehen, ein Fehler in der Weinbereitung.

Muffig-schimmeliger Geruch Fehler auf Grund verschimmelten Korkens (nicht identisch mit Korkgeschmack).

Schmeckbares

Normalerweise bestätigt der Gaumen, was die Nase schon wahrgenommen hat; manchmal zeigt sich ein Fehler aber auch erst beim Schmecken. Gebrauchen Sie Nase und Gaumen bei der Beurteilung eines Weins.

Weinbegriffe | Schwefel

Manchmal ist an einer frisch geöffneten Weinflasche ein Geruch nach Streichhölzern wahrzunehmen. Er rührt von Schwefeldioxid her, einem Allzweck-Antiseptikum und Antioxidans, das praktisch in allen Kellereien verwendet wird; es wird dem Wein vor dem Abfüllen zugesetzt, damit er in der Flasche frisch bleibt. Mit der Zeit wird es vom Wein absorbiert und ist nicht mehr zu riechen oder zu schmecken. Ein Überschuss an Schwefeldioxid verflüchtigt sich meist nach einigen Minuten, insbesondere wenn Sie dekantieren.

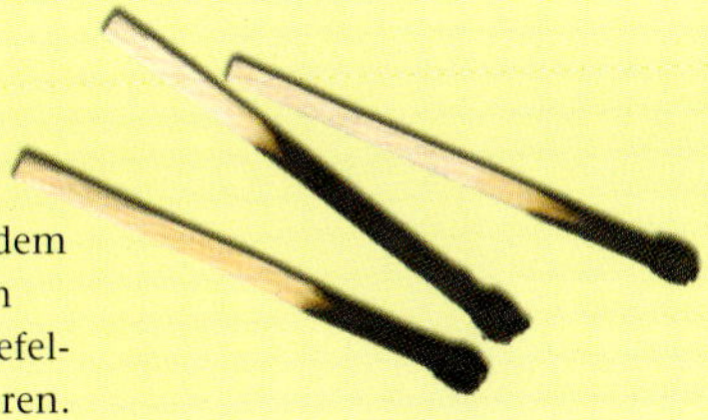

Wein im Restaurant

Hier gilt: Wenn Sie unsicher sind, fragen Sie. Und zwar in jeder Art Restaurant. Wenn es einen versierten Sommelier gibt (der- oder diejenige, die den Wein unter sich hat) und die Weinkarte fachgerecht und sorgfältig verfasst ist, wird er Ihnen nur zu gern alle Auskunft geben, die Sie brauchen, und er wird Ihnen auch vorschlagen, welcher Wein besonders gut zu welcher Speise passt.

Die große Mehrzahl der Restaurants verfügt jedoch weder über einen (guten) Sommelier noch über eine gute Weinkarte. Wenn diese weder den Jahrgang, den Erzeuger noch einige wichtige Informationen über den Wein gibt, lassen Sie sich die Flasche(n) zeigen; zumindest können Sie sich dann selbst ein Bild machen.

Die Qualität der Weinkarte bemisst sich nicht nach ihrer Länge. Eine kleine, überlegte Karte ist oft besser, ebenso eine, die sich auf die Weine der Region konzentriert.

Die Bestellung

Sie wissen also, was Sie essen wollen, Sie haben sich die Weinkarte angesehen und entschieden, wie viel Geld Sie ausgeben wollen. Was Sie nicht wissen, wie die Weine schmecken. Der Ober kommt, wie gehen Sie vor? Vielleicht so: »Nun, wir nehmen beide Ente, aber ich glaube, wir nehmen Weißwein dazu. Mein(e) Freund(in)/Neffe/Boss mag keinen Rotwein. Sie haben einen Chardonnay aus Südtirol, ist er in Eiche ausgebaut? Was würden Sie empfehlen?«

Damit hat der Kellner/die Bedienung alle Information, die er/sie braucht – Speise, Art und Preiskategorie des Weins –, um einen qualifizierten Vorschlag machen zu können. Wenn Sie sich im Unklaren sind, wäre es das Schlimmste, in Panik in die Weinkarte zu stieren und nicht zu fragen, aus Angst, sich zu blamieren. Sie werden es nicht.

Dennoch ist es ratsam, eine vorläufige Wahl zu treffen, bevor Sie um Rat fragen; wenn Ihnen der Vorschlag nicht zusagt, können Sie auf Ihre Wahl zurückkommen.

Wenn die Flasche gebracht und Ihnen gezeigt wird, sehen Sie sie sich genau an. Manchmal kommt irrtümlich der falsche Wein, manchmal ist es ein anderer Jahrgang. Weisen Sie in letzterem Fall darauf hin; wenn Sie diesen Ersatz nicht wollen, nehmen Sie einen anderen Wein.

Wenn der Ober zum Kosten eingeschenkt hat, riechen Sie am Wein, und nehmen Sie einen Schluck. Damit prüfen Sie, ob der Wein fehlerfrei und korrekt temperiert ist, nicht ob Sie ihn mögen. Lassen Sie sich Zeit. Wenn Sie das Gefühl haben, dass etwas nicht in Ordnung ist, teilen Sie es mit. Nehmen Sie noch einen Schluck, und bitten Sie den Ober, selbst zu kosten. Im Fall eines Fehlers wird er die Flasche sofort zurücknehmen und eine andere bringen.

Dies ist der Punkt, an dem es am häufigsten Probleme gibt. Schlechte Sommeliers wollen nicht akzeptieren, dass der Wein fehlerhaft ist; schlechte Gäste beharren auf ihrer Meinung, obwohl alles in Ordnung ist und der Wein vielleicht nur nicht so schmeckt wie erwartet.

Im Fall eines echten Konflikts (und jeder, der öfter in Restaurants speist, hat so seine einschlägige Geschichte) lassen Sie den Streit nicht eskalieren, es wird Ihnen nur den Abend verderben. Eine überlegte, ruhig vorgetragene Beschwerde beim Geschäftsführer nach dem Essen ist wirkungsvoller, und wenn Sie sich schlecht bedient fühlen, geben Sie kein Trinkgeld.

Gute Restaurants, schlechte Restaurants

Ein gutes »Weinlokal«

- gibt in der Karte detaillierte Informationen,
- stimmt seine Weinkarte sorgfältig auf das Speisenangebot ab,
- nimmt fehlerhafte Flaschen mit Würde zurück,
- verfügt über einen guten Hauswein und schenkt eine Reihe interessanter Weine glasweise aus.

Ein schlechtes »Weinlokal«

- gibt keine ausreichenden Informationen über die Weine,
- stellt Ihr Urteilsvermögen in Frage, wenn Sie sich beschweren,
- hat uninformiertes oder anmaßendes Personal,
- versucht Sie dazu zu bringen, mehr Geld auszugeben als geplant.

Der Tipp vom Fachmann

Zehn Regeln fürs Restaurant

1. Probieren Sie zuerst ein Glas Hauswein. So können Sie in Ruhe wählen, und wenn er gut ist, können Sie dabei bleiben.
2. Stillen Sie Ihren Durst mit Wasser, trinken Sie den Wein für den Genuss.
3. Besprechen Sie Ihre Wahl mit dem Sommelier, so vorhanden. Behandeln Sie ihn nicht als Ihren Feind oder Ihren Sklaven.
4. Wenn Sie mehr als eine Flasche konsumieren wollen, sprengen Sie Ihr Budget nicht schon mit der ersten.
5. Machen Sie sich nicht zu viel Gedanken über die Kombination von Wein und Speisen. Cabernet Sauvignons und Merlots oder Chardonnays und Semillons aus der Neuen Welt sind gute Allround-Rot- bzw. Weißweine, auch deutsche, österreichische und elsässische Weine passen zu einer großen Palette von Gerichten.
6. Im Zweifelsfall greifen Sie zu Weinen aus Südamerika oder Australien, sie sind meist zuverlässig und preiswert.
7. Riskieren Sie einen Blick auf die kommenden Weine aus Italien, Spanien und Portugal, sie könnten eine besonders gute, preiswerte Wahl darstellen.
8. Prüfen Sie die Temperatur des Weins. Wenn er zu warm ist – egal, ob weiß oder rot –, lassen Sie ihn in einen Eiskübel stellen; und wenn er zu kalt wird, lassen Sie ihn wieder herausnehmen.
9. Lassen Sie sich nicht von übereifrigen Weinkellnern drangsalieren. Sorgen Sie dafür, dass die Flasche in Reichweite steht, und füllen Sie Ihre Gläser nach, wann Sie wollen.
10. Haben Sie Ihren Spaß: Sie sind es schließlich, der bezahlt.

Ein gutes Restaurant sorgt dafür, dass Sie Ihren Wein genießen können. Die richtigen Gläser gehören dazu.

Wein und Speisen

Guter Wein schmeckt auch ohne »was dazu«, aber am meisten Spaß macht er in einer Freundesrunde und mit einem kleinen Happen. Wie wählt man nun den Wein zum Essen? Die Freude am Essen und Weintrinken hat so viele Facetten, dass die perfekte Partnerschaft von Wein und Speisen nicht mit sterilen Vorschriften zu erreichen ist. Wenn Ihnen nach Champager zu Mute ist, lassen Sie sich von niemandem davon abbringen, egal was Sie essen wollen; und wenn Sie ein Ort, das Wetter oder Ihre Begleitung zu einem bestimmten Wein inspiriert, dann nehmen Sie diesen.

Grundsätzliches

Wein beeinflusst den Geschmack einer Speise, eine Speise beeinflusst den Geschmack des Weins – recht einleuchtend, finde ich. Wenn die fundamentalen Eigenschaften von Wein und Speise harmonieren, werden beider Aromen sich frei entfalten. Manchmal hat ein wohlkalkulierter Kontrast einen ebenso schönen Effekt wie eine perfekte Übereinstimmung. Offen gesagt, die meisten Kombinationen sind absolut genießbar, und einige wenige sind sensationell; ein echter Fehlgriff kann jedoch den Spaß am Essen wie am Wein ruinieren.

Glücklicherweise ist es leicht, katastrophale Verbindungen zu vermeiden. Trinken Sie keinen trockenen Wein zu Süßspeisen, er wird unangenehm dünn und sauer wirken; und wählen Sie dunkles Fleisch, wenn Sie einen tanninreichen Rotwein haben wie Barolo aus Italien, Dão oder Bairrada aus Portugal oder einen Bordeaux. Und das wär's schon. Nun können Sie nach »Ihren« Kombinationen Ausschau halten. Auf den beiden folgenden Seiten mache ich einige Vorschläge, doch behalten Sie folgende Dinge im Hinterkopf:

Gewicht So wie man den Geschmack von Wein und Speise aufeinander abstimmt, ist es eine gute Idee, das Gewicht (den Körper) zu berücksichtigen. Ein schwerer, alkoholreicher Wein passt zu handfestem Essen, für delikate Aromen wählen Sie einen feinen, leichten Wein.

Säure Der Säuregehalt des Weins sollte dem der Speisen entsprechen. Sehr saure Aromen, wie bei Tomaten oder Zitronen, brauchen einen säurebetonten Wein. Sie können einen pikanten Wein auch als Gegengewicht zu Gerichten mit viel Sahne oder Öl verwenden, dann muss er aber sehr körperreich sein.

Süße Für Desserts sind Weine geeignet, die mindestens ebenso süß sind wie diese. Bestimmte aromatische Zutaten wie Karotten, Zwiebeln und Rübchen schmecken leicht süß, und wenn sie im Gericht dominieren, passen sehr reife, runde Weine sehr gut.

Alter/Reife Wein entwickelt mit dem Alter sehr vielschichtige Aromen. Um einen gereiften Wein am besten genießen zu können, kombinieren Sie ihn mit einfachen Gerichten, ideal ist etwa gebratenes oder gegrilltes Fleisch.

Saucen und Gewürze Es kann sehr viel wichtiger sein, den Wein auf eine ausgeprägte Würzung oder eine reichhaltige Sauce abzustimmen als auf die Hauptzutat.

Eiche Ein sehr eichenbetonter Wein kann Speisen mit zurückhaltendem, feinem Geschmack erdrücken.

Die größten Feinde des Weins

Artischocken, **Spargel**, **Spinat**, **geräucherter Fisch**, **Würzsaucen** und **Essig** sowie **Schokolade** können den Geschmack des Weins stark beeinträchtigen. Wenn Sie zu diesen Dingen Wein trinken wollen, sollten Sie bei Rotwein tanninreiche Exemplare meiden und junge, fruchtige nehmen; oder wählen Sie einen sehr fruchtigen Weißwein mit frischer Säure.

Probieren Sie zu **Räucherfisch** einen trockenen Sherry Fino, zu **Schokolade** passen angereicherte Muscats, ein schäumender Asti oder auch ein Port. **Essig**, etwa in Salatsaucen und Salsas, benötigt ein Gegengewicht, zum Beispiel in Form von Sauvignon Blanc oder Riesling.

Eier können problematisch sein. Wählen Sie leichte, nicht in Eiche ausgebaute Chardonnays oder neutrale Weißweine; eichenbetonte oder sehr fruchtige Weine sind nicht angezeigt. Nur sehr leichte Rotweine, etwa Beaujolais, passen gut zu Eiern.

Kombination mit Rotwein: Vorschläge für die grundlegenden Weintypen (siehe S. 8–22)

	Saftig-fruchtige Rotweine	Samtige Rotweine mit Erbeeraromen	Intensive Rotweine mit Schwarze-Johannisbeer-Aroma	Würzig-warme Rotweine	Tanninarme mild-säuerliche Rotweine	Tanninreiche mild-säuerliche Rotweine
HERVORRAGEND ↓ IN ORDNUNG	gebratenes und gegrilltes dunkles Fleisch gebratenes und gebackenes Huhn Schinken gebratenes Schweinefleisch gut gewürzte Speisen indische Gerichte, Tex-Mex-Gerichte kaltes Fleisch, Pasteten gegrillter Fisch Sahnesaucen, Käsesauce Spaghetti Bolognese, Lasagne Pizza Tomatengerichte	dunkles Fleisch mit reicher Sauce, z. B. Bœuf Bourguignon gebratenes Wildgeflügel gebratenes und gegrilltes dunkles Fleisch Huhn in Rotweinsauce, mit Knoblauch zubereitetes Huhn kräftige Fischgerichte, z. B. gebratener Lachs oder Thunfisch gebratenes Schweinefleisch zurückhaltend gewürzte orientalische Gerichte	gebratenes und gegrilltes dunkles Fleisch, besonders Lamm Wild Ente, Gans gebratenes Huhn, Truthahn kaltes Roastbeef dunkles Fleisch in reicher Sauce	Pfeffersteak kräftige Würste herzhafte Schmorgerichte Ente, Gans gebratenes und gegrilltes dunkles Fleisch geschmortes Wild Grillfleisch indische Gerichte Tex-Mex-Gerichte Chili con carne Spaghetti Bolognese Salami gebratenes Huhn, Truthahn	Pizza Lasagne Tomatengerichte Spaghetti Bolognese kaltes Fleisch, Salami gebratenes Schweinefleisch mit Knoblauch und Kräutern zubereitete Gerichte gebratenes und gegrilltes dunkles Fleisch gegrillter Fisch	Üppige Wildgerichte herzhafte Schmorgerichte gebratenes und gegrilltes dunkles Fleisch gebratenes Huhn, Truthahn
WARNUNG	**Nur die Standardwarnung für Rotwein allgemein: Meiden Sie süße Speisen.**	**Diese Weine verlieren mit scharf gewürzten Speisen ihren Charme.**	**Diese Rotweine ruinieren Fisch, schmecken mit Tomaten und intensiv gewürzten Speisen bitter und passen nicht zu kaltem Huhn oder Schwein.**	**Diese Weine verlangen danach, zum Essen getrunken zu werden, erdrücken aber feine Speisen.**	**Es gibt keine Probleme, dies sind echte Allroundweine.**	**Diese Weine kommen nur mit robusten, handfesten Gerichten zur Geltung. Mit Huhn oder kaltem Schweinefleisch harmonieren sie nicht.**

Kombinationen mit Weißwein: Vorschläge für die grundlegenden Weintypen (siehe S. 8–22)

	Völlig trockene, neutrale Weißweine	**Grünlich-pikante Weißweine**	**Üppig-würzige Weißweine**	**Rund-toastige Weißweine**	**Blumig-aromatische Weißweine**
HERVORRAGEND ↓ IN ORDNUNG	Fisch- und Meeresfrüchte, gekocht/gedünstet gebratene Hühnerbrust Spaghetti Carbonara Quiche Salate Cajun- und Tex-Mex-Gerichte Salami Schweinefleisch thailändische und chinesische Gerichte kaltes Fleisch Tomatengerichte Pizza Sahne- und Buttersaucen	Gerichte mit Tomatensauce, inkl. Meeresfrüchte Tomaten Pizza indische Gerichte Salate mit scharfem Dressing Sushi Ziegenkäse südostasiatische Gerichte Tex-Mex-Gerichte chinesische Szechuan-Gerichte gebratener und geschmorter Thunfisch bzw. Lachs	Sahne- und Buttersaucen gegrillter weißer Fisch gegrilltes oder gebratenes Huhn bzw. Truthahn geräucherter Lachs Spaghetti Carbonara gebratener oder geschmorter Thunfisch bzw. Lachs Schweinefleisch Fasan und Kaninchen	gebratener oder geschmorter Thunfisch bzw. Lachs Sahne- und Buttersaucen gegrilltes oder gebratenes Huhn bzw. Truthahn Grillfleisch Fasan und Kaninchen Spaghetti Carbonara Meeresfrüchte in Weißwein-Sahne-Sauce geräucherter Fisch leicht gewürzte Gerichte	thailändische und chinesische Gerichte geräucherter Fisch Ente, Gans gehaltvolle Pasteten Schweinefleisch Quiche alle Gerichte, die eine große Zahl starker Aromen vereinen, wie asiatische Küche, Charcuterie und Smörgåsbord indische Küche Gerichte mit frischem Ingwer kaltes Schweine- und Hühnerfleisch
WARNUNG	**Trockene Weißweine nicht mit süßen Speisen kombinieren; sonst können Sie nichts falsch machen.**	**Diese Weine passen zu sonst schwer kombinierbaren Gerichten, außer zu gekochtem dunklem Fleisch.**	**Bei all ihrer Intensität verfügen diese Weine über subtile Aromen, die durch kräftige Würzung zerstört werden.**	**Sehr eichenbetonte Weine erdrücken feinen Fisch, können aber intensiv gewürzten oder sauren Gerichten nicht standhalten.**	**Blumige Weine passen hervorragend zum Essen, am besten aber zu komplexen Gerichten.**

Andere Weintypen

Rosé Trockene, fruchtige Rosés passen hervorragend zu einer großen Palette von Gerichten, von zartem Fisch bis gehaltvoll-würzigen Speisen, weniger zu schweren Fleischgerichten.

Trockener Schaumwein Ebenfalls ein guter Allrounder, besonders vorzüglich zu Krustentieren und geräuchertem Fisch. Champagner mit Austern ist die klassische Luxuskombination, wobei ein jahrgangsloser besser geeignet ist als ein rund-üppiger, teurer Jahrgangschampagner.

Pikanter angereicherter Wein passt gut zu Häppchen vor dem Mahl, wie Oliven und Nüssen, ebenso zu Suppen; der klassische Partner der spanischen Tapas.

Warmer angereicherter Wein passt zu Käse und Schokolade.

Weißer Süßwein passt zu Süßspeisen und Blauschimmelkäse.

Die Bedeutung des Orts

Meine schönsten Erinnerungen an wunderbare Harmonien zwischen Wein und Speisen rühren von den Picknicks, die ich in Frankreich und Italien am Wegesrand machte. In einem toskanischen oder südfranzösischen Dorf halte ich an, versorge mich mit Brot, Käse und Tomaten, kaufe Wein direkt vom Fass und lasse es mir zehn Minuten später am Rand der Landstraße schmecken. Der Zauber liegt in der Einfachheit des Mahls und der Freude daran, in derselben Sonne zu sitzen, in der der Wein reifte. Daraus lässt sich für die Kombination von Wein und Speisen zu Hause etwas lernen. Regionale Weine und Gerichte sind vielleicht von einem »wissenschaftlichen« Standpunkt aus keine idealen Paarungen, doch eine allzu technische Haltung nimmt den Spaß aus der Sache.

Internationale Küche

Weine und Speisen sind heute Wanderer zwischen den Welten. Viele Küchen, die heute auf der ganzen Welt beliebt sind, kommen aus Kulturen, denen Wein fremd ist. Vielfältig zusammengesetzte, intensiv gewürzte chinesische, thailändische, vietnamesische, indische, afrikanische und mexikanische Gerichte, kunterbunt zusammengewürfeltes Fusion Food und Pacific Rim Cooking verlangen einen Typ Wein, den die traditionellen Weinländer Europas nie liefern mussten; sie haben ihren Counterpart in den fruchtigen modernen Weinen gefunden.

Aber auch einige Europäer bringen die nötige Fruchtigkeit mit: elsässische Weine, insbesondere der Gewürztraminer, und deuscher Riesling. Rieslinge aus jedem Land sind eine gute Wahl, ebenso die aromareichen Sauvignon Blancs aus Neuseeland und Südafrika. Saftig-fruchtige Rotweine und kraftvolle kalifornische Zinfandels halten ebenfalls gut stand.

Wein und Käse

Ich verstehe nicht ganz, warum Käse und Wein gern als natürliche Partner angesehen werden. Nur gelegentlich stoße ich auf eine begeisternde Kombination. Das hartnäckige Klischee, dass Rotwein *der* Wein zum Käse sei, verblüfft noch mehr. Wenn es Sie bisher davon abhielt, Weißwein zum Käse zu wählen, haben Sie etwas verpasst, denn er ist generell der bessere Partner.

Rotwein geht zu Hartkäse wie mildem Gouda oder Cheddar und zu neutralem Käse wie Mozzarella in Ordnung. Für reife bzw. sehr aromatische Hartkäse brauchen sie kraftvolle Rotweine wie Syrah von der Rhône, Barolo, Burgunder oder sogar Port. Ziegenkäse wird besser mit einem Loire-Wein wie Sancerre oder einem anderen Sauvignon Blanc kombiniert. Würzige, gereifte Käse wie Brie oder Camembert sind schwierig, am ehesten passen halbtrockene Rieslinge und Schaumwein. Blauschimmelkäse ruft nach süßen Weinen, klassische Kombinationen sind Sauternes zu Roquefort und Portwein zu Stilton.

Der Tipp vom Fachmann

Das Restaurant-Dilemma

Wenn Sie mit Freunden im Restaurant tafeln und jeder etwas anderes bestellt, wird auch der bestbestückte Weinkeller keinen für alle idealen Wein liefern können. Hier ist dann die traditionelle Kombination von einem Weiß- und einem Rotwein meist eine gute Lösung.

Vegetarische Küche

Die sauberen, apfelfrischen Aromen eines Pinot Blanc aus dem Elsass und die geradlinige Fruchtigkeit – bei geringem Tannin – eines Grenache oder Tempranillo machen diese Weine zu guten Allround-Begleitern der vegetarischen Küche. Trockener Rosé ist ebenfalls sehr geeignet. Alles gut Gewürzte verlangt nach fruchtig-säuerlichen Weinen, ob weiß oder rot; auch Tomatensaucen gehören dazu. Sahne- und Käsesaucen benötigen weichere Weine, etwa Sémillon, Müller-Thurgau oder runden Chardonnay. Salate mit Vinaigrette-Saucen können einen Wein umbringen, versuchen Sie pikante Weine wie trockenen Riesling oder Sauvignon Blanc.

Wein und Gesundheit

Das Bild vom Wein als einem gesunden Getränk ist ebenso alt wie modern. Einst war Wein für seine medizinischen Eigenschaften hoch geschätzt, meist weil er sehr viel hygienischer war als Wasser. Er gab ein akzeptables Antiseptikum ab, wenn sonst nichts greifbar war, und war eine gute Basis für Medikamente. Einige Ärzte gingen weiter und empfahlen bestimmte Weine gegen bestimmte Krankheiten, wobei man den empirischen Nachweis meist schuldig blieb.

Natürlich sind die schlechten Auswirkungen des Alkohols seit ebenso langer Zeit bekannt wie die guten, und zu allen Zeiten hat eine Anti-Alkohol-Bewegung versucht, von seinem Genuss abzuhalten. Die moderne Wissenschaft hat jedoch vielfältig nachgewiesen, dass eine geringe Menge Alkohol, vorzüglich in Form von Wein, für die Gesundheit der meisten Menschen zuträglicher ist als völlige Abstinenz.

Positive Effekte auf die Gesundheit

Das wichtigste Forschungsergebnis ist, dass Wein die Wahrscheinlichkeit reduziert, an einem Herzinfarkt oder einer anderen kardiovaskulären Krankheit zu sterben, und zwar dadurch, dass er die Bildung von Blutgerinnseln und Ablagerungen in den Arterien verringert. Ein Teil der positiven Effekte geht auf den Alkohol im Wein zurück, der als Antikoagulans wirkt und die Blutzirkulation verbessert. Er verstärkt das HDL, das »gute« Cholesterin, das Ablagerungen aus den Arterien entfernt, und verringert das »schlechte« Cholesterin LDL. Der Wein hat aber noch einen anderen Trumpf im Ärmel, und zwar starke Antioxidanzien, die die Menge der fetthaltigen LDL-Ablagerungen reduzieren, die an den Arterienwänden kleben können. Diese Inhaltsstoffe wurden zunächst nur dem Rotwein zugeschrieben, heute weiß man, dass Weißwein fast ebenso wirksam ist. Man hat auch Anhaltspunkte dafür, dass Wein bestimmte Krebsrisiken verringert und die Erhaltung geistiger Gesundheit bis ins hohe Alter unterstützt. Und dass ein oder zwei Gläser Wein zum Feierabend entspannend wirken, muss uns nicht erst die Forschung sagen.

Empfohlene Mengen

Die Mengen Alkohol, die von den Gesundheitsbehörden als vernünftig genannt werden, differieren von Land zu Land. Die Empfehlungen liegen meist bei 28–40 g Alkohol pro Tag für Männer (das sind etwa 2–3 Gläser zu 1/8 l mit 13,5% Alkoholgehalt), für Frauen bei der Hälfte bis zu zwei Dritteln dieser Menge.

US-Erzeuger, darunter Laurel Glen, erstritten 1999 das Recht, auf dem Etikett auf die positiven gesundheitlichen Effekte des Weins hinzuweisen.

Mäßiger Alkoholkonsum

Alle Verfechter des Weins als eines gesunden Getränks betonen, dass sich die positiven Wirkungen nur bei moderatem und regelmäßigem Genuss einstellen. Übermäßiger Konsum von Alkohol vergrößert die Wahrscheinlichkeit ernster gesundheitlicher Probleme; bei bestimmten Krankheiten ist Alkohol sogar absolut schädlich, und vor allem sollten schwangere Frauen sich strikt an die Vorschriften ihres Arztes halten.

Meine Ansicht in dieser Angelegenheit ist einfach. Trinken Sie Wasser gegen den Durst und guten Wein fürs Vergnügen. Wenn Sie so wenig trinken, dass es Ihnen nicht schadet, ist der zusätzliche Spaß, den der Wein in Ihr Dasein bringt, positiver Effekt genug.

Kauf und Lagerung von Wein

Unter den Treppen in meinem Haus herrscht ein Chaos von Weinflaschen, versprengte Bouteillen finden sich in den hintersten Winkeln der Küche, in der Abstellkammer und hinter dem Fernsehapparat. Doch wie viel Wein ich auch vorrätig habe, es hält mich nicht davon ab, bei meinem Weinhändler reinzuschauen und mir eine Flasche für den Abend mitzunehmen. So kaufen wir heute meistens unseren Wein, nicht kistenweise, nicht zum Lagern, sondern als Teil unserer täglichen Besorgungen.

Wo man Wein kauft

Wein einzukaufen kann sehr viel mehr sein als ein eiliger Gang zum Weinhändler oder durch den Supermarkt, es kann für sich schon ein Vergnügen sein. Wenn es um die Größe der Auswahl geht, bleiben Sie am besten zu Hause. Ernsthaft. Das Internet hat auch schon den Weinkauf revolutioniert. Eine große Zahl seriöser Handelsfirmen und reiner Internet-Händler ist mit Websites präsent, in denen Sie nach Lust und Laune stöbern und Preise vergleichen können und auch noch viel mehr Informationen zu den einzelnen Weinen bekommen als in einem Laden.

Dies ist natürlich nur eine weiterentwickelte Form des traditionellen Versandhandels, der sich seit vielen Jahren bewährt hat. Beide Methoden haben den Vorteil, dass Sie sich nicht den Kopf zerbrechen müssen, wie Sie den Wein nach Hause schaffen, und dass Sie auch solche Weine bekommen, die am Ort nicht angeboten werden.

Was sie nicht haben, ist die meditative Atmosphäre eines Weinladens – mit seiner kühlen, manchmal leicht modrigen Luft, der gedämpften Beleuchtung und Stille – der Puls wird ruhiger, Sie haben Zeit und Raum zum Sichumsehen, zum sorgfältigen Aussuchen und zum Träumen von Flaschen, die Sie sich nie leisten werden. So etwa sind gute Geschäfte, die den Wein sachgerecht lagern und über kenntnisreiches Personal verfügen. Sie werden dort mehr für den Wein bezahlen, dort gehen Sie aber hin, wenn Sie etwas Neues oder Außergewöhnliches suchen.

Die meisten Händler bieten beim Kauf von Kartons zu zwölf Flaschen einen Rabatt, dies ist auch bei vielen Versendern die minimale Menge. Sie müssen aber nicht von jedem Wein einen ganzen Karton nehmen, Sie können auch gemischte Kartons bestellen.

Wenn Sie in »Wein-Futures« investieren wollen – also am Kauf »en primeur« interessiert sind, wenn der Wein noch im Fass liegt –, sollten Sie sich Händler suchen, die in diesem Geschäft langjährige Erfahrung besitzen.

Wie man sich informiert

Weine werden in Zeitungen und Zeitschriften, im Fernsehen und in einschlägigen Websites empfohlen. Einer der besten Wege, Information zu erhalten, ist jedoch der Tipp von Freunden. Viele Weine haben ein Rückenetikett mit weiteren Angaben, außerdem sind die Weine im Regal beim Händler häufig mit informativen Schildern versehen.

Viele Häuser besitzen keinen für die Weinlagerung geeigneten Keller. Wenn es ein Schrank unter der Kellertreppe nicht tut und man die Ausgabe nicht scheut, kann man sich einen speziellen Weinkeller einrichten lassen.

Der Tipp vom Fachmann

Gute und schlechte Weinläden

Ein guter Weinladen

- hat geschultes Personal und Informationen zu allen Weinen,
- ist kühl und nicht zu hell beleuchtet,
- empfiehlt auch preisgünstige Weine,
- veranstaltet regelmäßig Verkostungen,
- hat junge Weine ebenso vorrätig wie reife.

Ein schlechter Weinladen

- hat uninformiertes Personal,
- präsentiert die Weinflaschen aufrecht stehend in den Regalen, wo sie monatelang schmoren und Staub ansetzen,
- hat aufdringliches Personal, das Ihnen teureren Wein aufdrängen will,
- verkauft Ihnen junge, noch nicht trinkfertige Weine (insbesondere Rotwein), obwohl Sie etwas für den Moment brauchen.

So sieht ein Weinladen aus, wie ich ihn mag: fantasievoll eingerichtet und wohl bestückt, die Flaschen sind sachgerecht gelagert, die Beleuchtung ist gedämpft, und eine schöne Reihe interessanter Weine steht zur Verkostung bereit.

Alle Händler geben Listen mit ihrem Lagerbestand heraus. Die einfachsten nennen den Wein und seinen Preis, dazu die Lieferkonditionen. Anspruchsvollere Listen geben – manchmal in allzu aufdringlichem Werbejargon – Informationen zu allen Weinen, vielleicht auch zu den vom Händler bevorzugten Regionen und Erzeugern. Jeder Wein ist nur in begrenzten Mengen vorhanden, weshalb es ratsam ist, sich nach Lieferbarkeit zu erkundigen.

Die meisten Händler veranstalten regelmäßig Verkostungen. Dies können aufwendige förmliche Veranstaltungen sein, andere bestehen lediglich aus ein paar Flaschen, die während der Geschäftszeiten bereitgehalten werden. Überraschend wenige Händler versuchen, Sie dazu zu bewegen, einen der probierten Weine auch zu kaufen.

Wie man gut beraten wird

Wann immer Sie etwas über einen Wein wissen wollen, fragen Sie. Engagiertes, geschultes Personal ist nur zu gern bereit, Ihnen Auskunft zu geben. Wenn niemand sich auszukennen scheint oder wenn Sie den Eindruck haben, dass man Ihnen etwas vom Pferd erzählt, wird man wahrscheinlich auch den Wein nicht gut behandeln. Kaufen Sie woanders.

Wie sorgfältig der Wein auch gelagert wird, kein Händler kann garantieren, dass jede Flasche fehlerfrei ist. Ein guter Laden wird gern bereit sein, solche Flaschen zu ersetzen.

Es lohnt sich, Wein bei ein und demselben Händler zu kaufen. Sagen Sie ihm, welche Weine sie begeistert haben und welche nicht. Je mehr ein Händler von Ihren Vorlieben weiß, desto besser kann er Ihnen raten.

Kauf beim Erzeuger

Viele Winzer und Kellereien verkaufen ihren Wein »von der Kellertür« und per Bestellung, für manche ist dies sogar der einzige Vertriebsweg. Wenn Sie einen Besuch machen wollen, rufen Sie für die Öffnungszeiten oder gegebenenfalls für einen Termin an. Beachten Sie aber, dass selbst im Zeitalter des Online-shopping noch archaische Handelshemmnisse bestehen können; im Bereich der EU sind die Mengen für die private Einfuhr jedoch schon sehr großzügig bemessen (90 Liter pro Einkauf, davon maximal 60 Liter Schaumwein), im Verkehr mit Nicht-EU-Ländern sind jedoch nur 2 Liter Wein abgabenfrei.

Wie man Wein lagert

Wenige von uns können sich eines großen, dunklen, kühlen Kellers erfreuen. Allerdings ist der Großteil der modernen Weine auch nicht von der Art, dass er von längerer Reifung profitiert. Es ist sinnvoll, einen gewissen Vorrat zu halten, um nicht ständig einkaufen zu müssen. Bewahren Sie Ihren Wein so kühl und dunkel auf wie möglich, und Sie sind auf einige Monate hinaus versorgt.

Ein mächtiger, tanninreicher Rotwein wird seine gefälligeren Seiten jedoch erst nach einigen Jahren offenbaren, und viele hochwertige Weine entwickeln sich mit der Zeit. Wenn Sie sie jedoch einfach jahrelang irgendwo herumstehen lassen, werden ihnen Licht, Wärme und trockene Luft den Garaus machen.

Die Umgebungsbedingungen, auf die Sie achten sollen, sind: kühl und ohne große Temperaturschwankungen, dunkel und ausreichend feucht. Legen Sie die Flaschen hin, damit der Korken feucht bleibt, nicht schrumpft und die Flasche dicht verschlossen hält. Perfekte Bedingungen bieten Klimaschränke und klimatisierte Kellerabteile, aber beides ist kostspielig. Eine Alternative ist die Lagerung bei Ihrem Weinhändler gegen eine Gebühr. Hier sollten Sie sich davon überzeugen, dass Ihr Bestand deutlich gekennzeichnet und von dem des Händlers getrennt gelagert ist.

Weinbegriffe | **Restflaschen**

In regelmäßigen Abständen will der Weinhändler für den neuen Jahrgang oder neu entdeckte Weine Platz machen, oder er hat von einem Wein zu viel gekauft, oder es ist einfach von diversen Weinen noch die eine oder andere Flasche übrig. Solche Reste werden zu Sonderpreisen angeboten, und oft sind sie ein Schnäppchen; allerdings können sie auch schon über ihren Höhepunkt hinaus sein.

Das Weinetikett

Das Etikett einer Weinflasche ist nicht bloß ihr letzter optischer Schliff oder ein Zeichen für den guten Geschmack des Erzeugers, es sagt etwas über ihren Inhalt aus. Wenn Sie einige Dinge berücksichtigen, die ich bisher über Wein gesagt habe, können Sie sich ein gutes Bild davon machen, über welche Dinge ein Etikett informieren sollte.

Ob ein Wein weiß oder rot ist, sieht man selbst. Dann möchte man wissen, aus welchen Reben der Wein gemacht ist, wo sie gewachsen sind, wer den Wein gemacht hat und wann. Damit wissen Sie bereits, was für einen Wein Sie vor sich haben.

Es scheint einfach zu sein, diese Informationen in knappem Stil zu geben, und viele Etiketten enthalten sie in lobenswerter Klarheit. Andere machen einen weniger verständlichen Eindruck, aber auch da benötigt man nur etwas mehr Wissen von der Welt des Weins.

Schwindler und Betrüger

Die Bestimmungen, wie ein Wein auf dem Etikett zu kennzeichnen ist, sind heute restriktiver als je zuvor. Zwar dürfen Schaumweine von den amerikanischen Subkontinenten als »Champagne« bezeichnet werden, solange sie nicht nach Europa exportiert werden, aber es sind Fortschritte zu verzeichnen. Australien etwa beendet den irreführenden Gebrauch von Namen klassischer französischer Weine wie Chablis, Sauternes usw. für eigene Produkte.

Worauf jetzt zu achten ist, dass Weine aus unattraktiven Regionen so aufgemacht werden, dass sie aussehen wie solche aus renommierten Erzeugerländern. Es ist einfach und nicht verboten: Nimm einen Wein aus Osteuropa, gib ihm einen Markennamen wie Kangaroo Creek und teile Genaueres im klein Gedruckten mit.

Das ist nicht besonders schlimm. Solange der Wein so modern schmeckt, wie seine Aufmachung verspricht, kann ich es nicht völlig verdammen. Schlimm ist aber, dass man glaubt, wir würden den Wein nur kaufen, wenn er aussieht wie ein anderer. Besonders wenn die Erfahrung zeigt, dass alles zu verkaufen ist, wenn es nur gut genug ist.

Wie wird der Wein schmecken?

Am einfachsten zu verstehen sind Etiketten, die die Rebsorte nennen. Die meisten Weine aus der Neuen Welt tun es, allerdings benennt man Spitzenweine gerne nach der Nummer des Fasses oder des Kellerplatzes (»bin« in Australien), nach der Reblage oder der Tochter des Eigners. In solchen Fällen ist es meist das Rückenetikett, das die Rebsorte(n) aufführt.

Die Rebsorte ist der wichtigste Hinweis auf den Geschmack des Weins, der nächstwichtige der Ort. Wenn Sie das Buch bis hierher durchgelesen haben, wissen Sie, dass ein Sauvignon Blanc aus Neuseeland eine besondere Geschmackscharakteristik hat; Sie wissen also, was Sie in etwa zu erwarten haben.

Bei europäischen Weinen werden die Rebsorten oft nicht genannt; allerdings sind sie in den Bestimmungen der Region festgelegt, deren Namen der Wein trägt. Deshalb gebe ich auf S. 138–140 einen Schlüssel zu den Herkunftsbezeichnungen, der die in den klassischen Weinen verwendeten Rebsorten aufführt.

Roter Rioja zum Beispiel ist meist ein Verschnitt von Tempranillo und Garnacha, woraus sein besonderer Geschmack resultiert. Roter Bordeaux besteht hauptsächlich aus Cabernet Sauvignon, Merlot und Cabernet Franc, und er schmeckt dementsprechend anders. Es ist verboten, Tempranillo und Garnacha (Grenache) in Bordeaux anzubauen und das Ergebnis »Bordeaux« zu nennen.

Ich habe schon einige Seiten zuvor den Begriff »Terroir« erwähnt, die Basis des französischen Appellationssystems; Terroir ist das, was jeden Weinberg einzigartig macht. Somit ist es sinnvoll, ein Gebiet, das im Großen und Ganzen über das gleiche Terroir verfügt, mit einem Namen (einer Appellation) zu belegen, ein Gebiet mit einem geringfügig anderen Terroir mit einem anderen Namen. Selbst mit Trauben derselben Sorte sollte der Wein etwas anders schmecken. An der nördlichen Rhône wird in fünf Appellationen aus Syrah Rotwein gemacht, und jede hat (theoretisch) ihren eigenen Charakter.

Weinbegriffe

Trocken, lieblich oder süß?

Bei Weinen aus allen Ländern außer Deutschland können Sie davon ausgehen, dass ein Wein trocken ist, sofern nichts anderes angegeben ist.

Deutschland

Deutsche Weine sind zumindest leicht süß, wenn nicht explizit *trocken* vermerkt ist. Süße Weine sind *Spätlese, Beerenauslese, Trockenbeerenauslese* und *Eiswein*.

Österreich

Trockene Weine sind hier – ander als in Deutschland – der Normalfall. Zu den deutschen Bezeichnungen für süße Weine kommt noch der *Ausbruch* hinzu.

Frankreich

Sec ist trocken, *demi-sec* ist lieblich (halbtrocken); *doux* und *moelleux* ist süß, *liquoreux* sehr süß. Bei Champagner ist *brut* der trockenste, *extra dry* ist weniger trocken; *demi-sec* (oder *rich*) bedeutet leicht süß. Bei Weinen aus Appellationen, die nur für Süßweine gelten – etwa Sauternes –, ist auf dem Etikett nicht vermerkt, dass der Wein süß ist.

Italien

Secco ist trocken, *semisecco* halbtrocken; *abboccato* und *amabile* bedeuten lieblich. Süßweine heißen *dolce*.

Spanien

Die Begriffe lauten *seco, semi-seco* und *dulce*.

Ist der Wein gut?

Die allerwichtigste Frage, auf die keine der Angaben auf dem Etikett direkt antwortet, ist, ob der Wein gut, schlecht oder zumindest akzeptabel ist. Und auch offizielle Klassifizierungen helfen hier nicht viel.

Das einfachste Verfahren der Klassifikation ist die nach dem Herkunftsgebiet. Alle europäischen Systeme beruhen in gewissem Grad auf der Idee des Terroirs. Damit der Charakter der Weine einer Region gewahrt bleibt, hält man es für nötig, alle Teile der Weinproduktion zu reglementieren.

Die engsten Vorschriften in Frankreich gibt es für die Weine der Appellation Contrôlée (jedes europäische Land hat eine vergleichbare Klassifikation; siehe Übersicht unten). Die Appellation Contrôlée ist jedoch keine Garantie für Qualität; sie sichert nur, dass der Wein dem Regionalcharakter entspricht. Zum Beispiel ist es in Bordeaux nicht erlaubt, alte Rebsorten anzubauen und ihren Wein als Bordeaux zu bezeichnen. Für VDQS-Weine sind die Vorschriften weniger eng, für den Vin de Pays sehr weit gefasst, und ein Vin de Table kann fast alles sein, solange es Sie nicht umbringt.

Die meisten Länder der Neuen Welt versuchen ein System ähnlich den in den USA gebräuchlichen American Viticultural Areas (AVA) zu etablieren. Jedes Gebiet (area) soll in bestimmten Hinsichten einheitlich sein – zum Beispiel klimatisch –, doch folgen ihre Grenzen häufig einfach denen der Countys. Ein solches System hat im Hinblick auf Qualität keine Bedeutung.

Wenn Sie eine Garantie für Qualität haben wollen, müssen Sie – in der Alten wie in der Neuen Welt – nach dem Erzeuger gehen. Ein schlechter wird allen Regeln folgen und trotzdem einen schlechten Wein produzieren, ein guter Erzeuger macht unter fast allen Umständen einen vertrauenswürdigen Wein.

Europäische Weinklassifikationen

Das französische System der Appellationen ist das bekannteste System der Qualitätskontrolle. Andere Länder besitzen vergleichbare Abstufungen, einige haben mehr Kategorien. Die Qualität innerhalb der Bezeichnungen ist nicht gleich, und ein gut gemachter Wein einer niedrigen Stufe kann beträchtlich besser sein als ein schlecht gemachter, der die Anforderungen des höheren Status erfüllt.

	Deutschland	**Frankreich**	**Italien**	**Portugal**	**Spanien**
Besondere Qualität	Qualitätswein mit Prädikat **QmP**, mit 6 Untergruppen	entfällt	Denominazione di Origine Controllata e Garantita **DOCG**	entfällt	Denominación de Origen Calificada **DOC**
Qualitätswein	Qualitätswein bestimmter Anbaugebiete	Appellation d'Origine Contrôlée **AC/AOC** Vin Délimité de Qualité Supérieure **(VDQS)**	Denominazione di Origine Controllata **DOC**	Denominação de Origem Controlada **DOC**	Denominación de Origen **DO**
Regionalwein	Landwein	Vin de Pays	Indicazione Geografica Tipica **IGT**	Indicação de Proveniênçia Regulamentada **IPR**	Vino de la Tierra oder Vino Comarcal
Einfacher Wein	Tafelwein	Vin de Table	Vino da Tavola	Vinho Regional	Vino de Mesa

Welcher Erzeuger?

Der »Erzeuger« ist das Unternehmen, das den Wein herstellt (er muss nicht auch sein eigener Traubenlieferant sein). Er wählt die Trauben aus und bestimmt die Verfahren, mit denen der Wein produziert wird. Hohe Qualität bedeutet nicht sofort hohen Preis; ein Merkmal für einen guten Erzeuger ist, dass seine Weine besser sind als andere zum selben Preis.

In der Welt gibt es Abertausende von Weinerzeugern, und niemand kann alle oder auch nur die guten in einem Land kennen. Wenn Sie nichts über den Erzeuger wissen, birgt der Kauf seines Weins ein Risiko. Durch Informationsbeschaffung und eigenes Probieren finden Sie die Erzeuger, deren Weine Ihnen gefallen.

Ein Ausweg aus diesem Dickicht könnten Markenweine sein. Bekannte Beispiele sind etwa Sekt- und Champagnerhäuser wie Henkell oder Moët & Chandon oder die in großen Mengen exportierte »Liebfrauenmilch«. Während in Deutschland Markenweine fast nur im unteren Marktsegment zu finden sind, sind sie im anglophonen Bereich, in dem vor allem die Großerzeuger der Neuen Welt tätig sind, auch im mittleren Preisbereich kräftig auf dem Vormarsch; Supermarktketten sind auf große Mengen Wein von konstantem Geschmack und zuverlässiger Qualität angewiesen.

Das Rückenetikett

Der Einkauf von Wein wäre einfacher, wenn sein Geschmack auf der Flasche beschrieben wäre. Einige Rückenetiketten tun dies. Ein Rückenetikett kann auch darüber aufklären, welche Traubensorten verwendet wurden und wie stark der Eichenholzton ist, ob der Wein altern kann und zu welchen Gerichten er gut passt. Es kann aber auch schlichten Unsinn erzählen!

Es liegt wieder mal an Ihnen, zwischen nützlicher Information und heißer Luft aus der Marketingabteilung zu unterscheiden. Nehmen Sie den Text auf dem Rückenetikett als groben Anhaltspunkt, lassen Sie sich nicht durch blumige Beschreibungen bezirzen.

Der Tipp vom Fachmann

Fünf wichtige Begriffe auf dem Etikett

Erzeugerabfüllung Das bedeutet, dass die Trauben im selben Betrieb angebaut und zu Wein verarbeitet werden und dieser selbst abgefüllt wird. Das soll wiederum heißen, dass der Wein mit Stolz und Sorgfalt gemacht wurde und eigenen Charakter besitzt. In Frankreich steht *mis en bouteille au château/domaine/à la propriété* auf dem Etikett. In Australien werden traditionell hochwertige Verschnitte aus Trauben verschiedener Betriebe und Regionen gemacht, weshalb hier der Begriff weniger wichtig ist.

Cru Der französische Begriff bezeichnet eine Lage oder einen Weinort hoher Qualität, besonders im Bordelais, in Burgund und im Elsass.

Traditionelle Methode Schaumwein, der nach demselben Verfahren hergestellt wird wie Champagner (in Frankreich *méthode traditionelle*, in Italien *metodo classico*).

Alte Reben Die Trauben, die an alten Rebstöcken wachsen, liefern konzentrierteren Saft und ergeben dichtere, aromastärkere Weine als die von Junglingen. Frz. *vieilles vignes*, engl. *old vines*.

Jahrgang Ich möchte nicht, dass Sie Jahrgangsbewertungen auswendig lernen. Zu wissen, wie alt ein Wein ist, gibt jedoch einen Hinweis, ob er eher jung oder reif schmeckt.

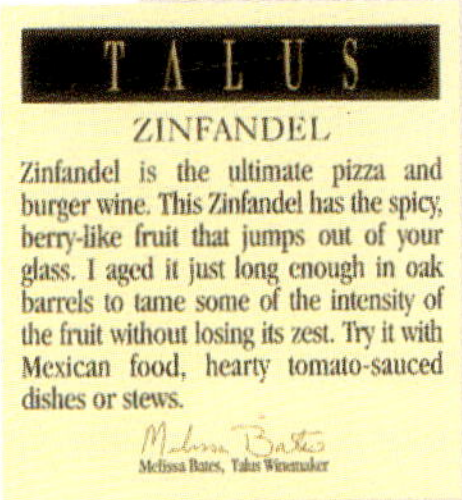

Auf dem Rückenetikett steht häufig Wichtiges über einen Wein, aber – denken Sie daran – auch viel Werbepoesie.

Der Tipp vom Fachmann

Fünf zweifelhafte Begriffe

Reserve In manchen Ländern, vor allem Italien und Spanien, werden Reserve-Weine (*riserva, reserva*) länger als normal in Eichenfässern ausgebaut und unterliegen schärferen Bestimmungen. Anderswo kann der Begriff für einen ähnlichen Weintyp gebraucht werden oder aber schlicht als leeres Werbewort.

Supérieur Das klingt nach etwas Besserem? Leider falsch geraten. Dieser französische Begriff und seine italienische Entsprechung *Superiore* kennzeichnen lediglich einen Wein mit etwas höherem Alkoholgehalt als der normale.

Grand Vin Im Bordelais wird damit der Hauptwein eines Guts bezeichnet (gegenüber dem Zweitwein). Es bedeutet nicht »Großer Wein«.

South-Eastern Australia Damit ist eigentlich alles in Ordnung. Nur bedenken Sie, dass Südostaustralien die große Mehrheit der australischen Weinregionen umfasst – was wie eine begrenzte Appellation aussieht, ist alles andere als dies.

Alles, was sich als etwas Besonderes ausgibt – *exceptional, classic, limited release, from the founder's bin…* Ignorieren Sie all dies, und halten Sie sich bei Vermutungen über die Qualität an das Grundsätzliche: Wer wo wann aus welchen Trauben den Wein gemacht hat.

Frankreich

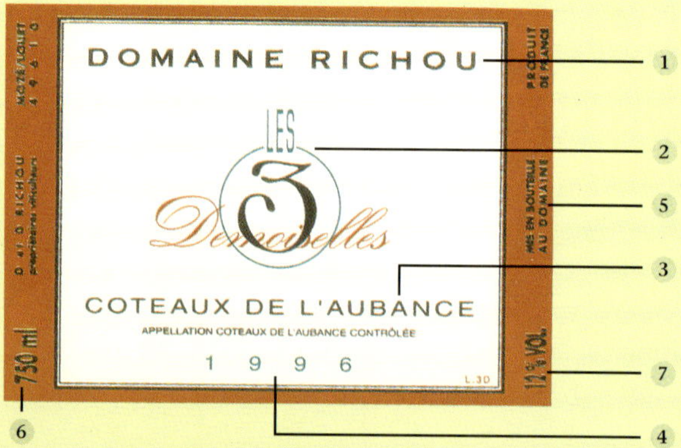

1 Name des Erzeugers
2 Name des Weins
3 Appellation: Qualitätsstufe und Herkunftsort. Die französischen Bestimmungen überlassen es Ihnen, aus dieser Angabe alles Nötige über die Art des Weins zu schließen. Diese Appellation im Loire-Tal zum Beispiel gilt nur für Süßweine aus der Chenin Blanc, was auf dem Etikett mit keinem Wort erwähnt wird
4 Das Jahr der Traubenlese (Jahrgang)
5 Vermerk, dass der Wein auf dem Gut des Erzeugers abgefüllt wurde, was auf einen höheren Qualitätsanspruch hinweist
6 Inhalt der Flasche; 0,75 l ist in der EU die Standardgröße
7 Alkoholgehalt in Vol.-%

Italienische und spanische Etiketten sind vergleichbar aufgebaut wie französische.

Deutschland

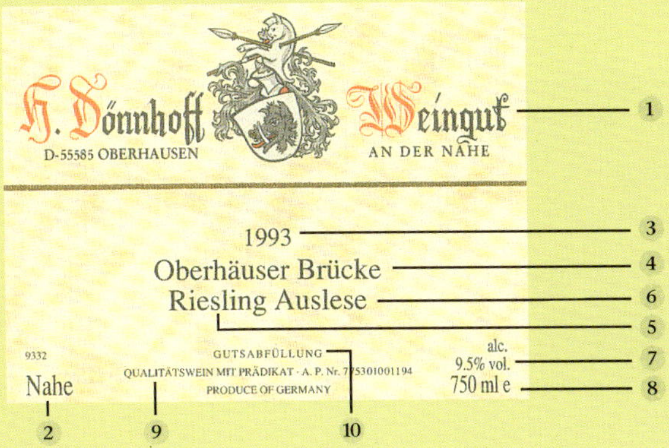

1 Name des Erzeugers

2 Anbaugebiet

3 Jahrgang

4 Weinort und Lage. Dieser Wein kommt aus Oberhausen, und zwar aus der Lage »Brücke«.

5 Rebsorte

6 Prädikat (siehe unten)

7 Alkoholgehalt in Vol.-%

8 Inhalt der Flasche

9 Qualitätsstufe mit Amtlicher Prüfnummer

10 Vermerk, dass der Wein durch den Erzeuger abgefüllt wurde

Qualitätswein mit Prädikat

Diese höchste deutsche Qualitätsstufe umfasst sechs unterschiedliche Weintypen (Prädikate), die durch das Mindestmostgewicht – differenziert nach Rebsorte und Anbaugebiet – bestimmt werden.

Kabinett Der leichteste QmP-Wein ist lieblich, wenn nicht als halbtrocken oder trocken ausgewiesen.

Spätlese Halbsüß, wenn nicht als halbtrocken oder trocken ausgewiesen.

Auslese wird aus besonders reifen »ausgelesenen« Trauben gemacht. Meist süß, es gibt auch einige trockene Weine.

Beerenauslese Köstlich süße Weine aus ausgelesenen einzelnen Weinbeeren, die meist von Edelfäule befallen sind.

Trockenbeerenauslese Intensiv süße Weine aus ausgelesenen, rosinenartig eingeschrumpften edelfaulen Beeren.

Eiswein wird aus überreifen Trauben gemacht, die bei unter -7 °C gefroren geerntet und gepresst werden.

Neue Welt

1 Name des Erzeugers

2 Herkunftsbereich des Traubenguts

3 Rebsorten (die überwiegende ist zuerst genannt)

4 Jahrgang

5 Inhalt der Flasche

6 Alkoholgehalt

Vorschriften außerhalb Europas

In den USA, in Südamerika, Australien, Neuseeland und Südafrika regeln Bestimmungen die Nennung des Herkunftsgebiets und der Rebsorten. Sie sichern eine korrekte Etikettierung, sagen aber nichts über Qualität aus. Australien hat jedoch inzwischen die Kategorien *outstanding* und *superior* für Spitzenlagen eingeführt und Kanada ein auf Qualität basierendes System (Vintners Quality Alliance, VQA).

Weinempfehlungen

Im folgenden Teil nenne ich ausgewählte Weine guter Erzeuger, um Sie bei der Entdeckungsreise durch die Weinwelt zu unterstützen. Der Name des Erzeugers ist fett gedruckt. Sie werden nur einen Teil dieser Weine bei Ihrem Händler finden, aber Versender, die Sie per Post oder Internet kontaktieren, sind eine große Hilfe. Auch andere Weine der genannten Erzeuger sind das Kennenlernen wert.

Die Weine sind nach Preisen aufsteigend geordnet, von preiswertem Alltagswein bis zu kostspieligen Weinen für besondere Anlässe.

Fünf Preiskategorien sollen einen ungefähren Anhaltspunkt bieten:

1 preiswert 2 mittlerer Preis 3 gehobener Preis
4 teuer 5 sehr teuer

Teil III

Die Welt des Weins

Einst waren die Länder Europas die einzigen wichtigen Orte auf der Landkarte des Weins, die über eine lange Tradition verfügen. Ab Ende der 1970er Jahre wurden sie dann von der so genannten Neuen Welt mit neuen Ideen und glänzenden, frischen, modernen Interpretationen der europäischen Klassiker herausgefordert. Kalifornien und Australien gingen voran, dann stießen Neuseeland und später Chile, Argentinien und Südafrika hinzu. Tradition und Innovation gehen heute jedoch in der Neuen wie in der Alten Welt Hand in Hand.

Weinberge gibt es rund um die Welt. Sie konzentrieren sich auf die Bereiche zwischen 30° und 50° nördlicher Breite sowie 30° und 40° südlicher Breite; die polnahen Gegenden sind zu kalt für den Weinbau, die nahe am Äquator gelegenen meist zu heiß und zu feucht.

Frankreich

Ja, Frankreich. Spricht man von französischem Wein, hat jeder seine Meinung: der beste, der schlechteste, zu teuer, billiges Zeug. Was immer Sie von Frankreich denken, auch das Gegenteil ist meist wahr. Unbestreitbar ist Frankreich jedoch das Zentrum der Weinwelt.

Was mich begeistert, ist die Vielfalt an Geschmäckern. Viele internationale Weintypen stammen ursprünglich aus Frankreich. Die weltweite Beliebtheit des Cabernet Sauvignon beruht auf den Schwarze-Johannisbeeren- und Zedern-Aromen des roten Bordeaux, Burgund ist das Vorbild für Chardonnay und Pinot Noir, und der Champagner hat tausende schäumende Nachahmer rund um den Globus.

Doch man spürt auch hier den Einfluss der Neuen Welt, der Charakter der Weine wurde weicher und runder. Dennoch können Sie immer noch erwarten, dass französische Weine weniger zugänglich sind als ihre Vettern der Neuen Welt, manchmal subtiler, manchmal zurückhaltender und ernster.

Beachten Sie auch, dass die Reputation Frankreichs als Weinerzeugerland auf der absoluten Spitzenklasse beruht. Unterhalb dieser Klasse sind die Verhältnisse sehr ungleichmäßig. Und bevor Sie Geld für einfachen französischen Wein ausgeben, sollten Sie bedenken, dass Sie bessere Weine zu niedrigeren Preisen aus einem Dutzend anderer Länder bekommen.

Französische Klassifikation

Frankreich hat wie alle EU-Länder ein vertikales Klassifikationssystem. Je höher die Stufe, desto strikter werden Herkunftsort, Rebsorten, Anbaumethoden und Vinifizierung geregelt. Missverstehen Sie aber die Einstufung als Appellation Contrôlée nicht als Qualitätsgarantie; sie garantiert nur, dass der Wein aus dem auf dem Etikett genannten Bereich stammt und gemäß den gesetzlichen Vorschriften produziert wurde.

Appellation d'Origine Contrôlée (AC, AOC) Die oberste Stufe des französischen Weins unterliegt engen Vorschriften. Im jeweiligen Bereich dürfen nur bestimmte Rebsorten angebaut und bestimmte Maximalerträge erzielt werden.

Vin Délimité de Qualité Supérieure (VDQS) Eine Art Junior-Kategorie der AOC, macht nur ca. 1 % der französischen Produktion aus.

Vin de Pays Relativ weit gefasste Regionen liefern »Landweine«, die den Charakter der Region wiedergeben sollen. Innovative Weinmacher bevorzugen diese Kategorie, weil sie hier im Prinzip tun können, was sie wollen.

Vin de Table Der einfachste Wein. Das Etikett nennt keine Region, ein Großteil wird aus Trauben aus ganz Frankreich zusammengemixt. Selten ein guter Kauf, nehmen Sie lieber Vin de Pays.

Weinbegriffe | **Château**

Die meisten Weine des Bordelais heißen »Château Soundso«. Das klingt ganz großartig, und einige Châteaus sind in der Tat höchst eindrucksvolle Paläste. Doch es ist nur ein Begriff für »Gut«, und dessen Größe kann von Großbetrieben bis zu »Handtüchern« von ein bis zwei Hektar variieren. Ein Château ist auch so etwas wie eine Marke; der Wein ist je nach Jahrgang verschieden, der grundsätzliche Typ bleibt jedoch erhalten.

Weinlese auf Château Palmer, einem der schönsten im Bordelais.

Bordeaux

Wenn es einen Wein gibt, der für Generationen das Aushängeschild Frankreichs war, dann roter Bordeaux. Er ist für die ganze Welt der Maßstab und der Urtyp des dichten Rotweins mit Schwarze-Johannisbeer-Aromen, doch Sie sollten beachten: Wenn Château Margaux auch herrliche, wunderbare Weine macht, glauben Sie deshalb nicht, dass das Wort Bordeaux automatisch Qualität und Prestige bedeutet. Das tut es nicht. Die Weine dieser Region erreichen absolute Höhen, aber auch tiefste Tiefen; schlechter Bordeaux ist unsäglich, und er ist nicht einmal billig.

Wenn ich davon spreche, wie roter Bordeaux schmeckt, dann meine ich gute bis sehr gute Weine. Seine Aromen sind in ihrer besten Form eine komplexe Mixtur aus Schwarzen Johannisbeeren und Pflaumen, Zedernholz und Zigarrenkistchen, vielleicht mit einem Touch von Veilchen oder Kaffeebohnen. Sie entstammen besonders dem Cabernet Sauvignon, der hier meist verschnitten wird, und zwar mit Merlot und Cabernet Franc. Weine, die mehr Merlot enthalten, sind weicher, gefälliger und fruchtiger.

Weine dieser Qualitätsebene kosten viel Geld, doch sie sind die einzigen, die sich zu kaufen lohnt. Die besten Güter machen wahrhaft sublime Weine von immenser Vielschichtigkeit und Faszination. Wenn Sie sich diese Schätze leisten können, ist das schön für Sie; roter Spitzenbordeaux kommt für die meisten nur für ganz besondere Anlässe in Betracht.

Aus dem Bordelais kommt auch Weißwein, süßer und trockener. Die berühmtesten, goldenen süßen Weißweine sind die aus Sauternes und dem benachbarten Barsac; einige weniger renommierte Gegenden machen leichtere Versionen. Bemerkenswerterweise können sie einen recht guten Kauf darstellen.

Auch die trockenen Weißweine am unteren Ende der Preisskala sind zu empfehlen. Zumindest sind sie frisch und sauber und besitzen eine grünliche Frucht. Sie stellen einfachere, weniger aggressive Versionen des grün-vegetabilen neuseeländischen Sauvignon Blanc dar. Diese Traube wird hier zum Teil mit Sémillon verschnitten. Die Spitzenklasse, die trockenen Weißweine aus Pessac-Léognan mit ihrem sahnigen Nektarinencharakter, gehört zu den besten in Frankreich.

Der Bordeaux Clairet ist, je nach Standpunkt, ein dunkler Rosé oder ein heller Rotwein. Jedenfalls ist er ein preiswerter trockener Wein mit erfrischendem Geschmack nach Sommerfrüchten.

Spielen regionale Unterschiede eine Rolle?

Ganz einfach: Ja. Grundlegend wird zwischen Gebieten unterschieden, die sich auf Cabernet Sauvignon stützen (Médoc, Haut-Médoc, Pessac-Léognan, Graves), und solchen, die sich auf Merlot spezialisiert haben (St-Émilion, Pomerol). Cabernet-Sauvignon-Weine besitzen mehr Tannin und strengere Aromen als die Merlot-basierten, besonders in jungen Jahren.

Auf der Karte sehen Sie auch weniger illustre Regionen wie Côtes de Castillon, Côtes de Bourg, Côtes de Blaye und Fronsac. Dort werden überall Rotweine gemacht, die einen Versuch wert sind, wenn Sie einfachere Produkte zu mode-

Weinbegriffe | Clairet

Dreihundert Jahre lang, von 1152 bis 1453, war Bordeaux der englischen Krone untertan. Kein Wunder also, dass England und später die Englisch sprechende Welt eine Vorliebe für dessen Wein entwickelte. Er wurde als **clairet** bezeichnet, da er gegenüber den mächtigen spanischen und portugiesischen Weinen leichter war. Dieser Name wurde zu **claret** anglisiert und ist in dieser Form noch heute als Bezeichnung für jeden Bordeaux gebräuchlich, während als **clairet** in Frankreich der roséartige helle Rotwein aus dieser Region bezeichnet wird.

Château L'Angelus aus St-Émilion ist einer der renommiertesten Weine des Bordelais.

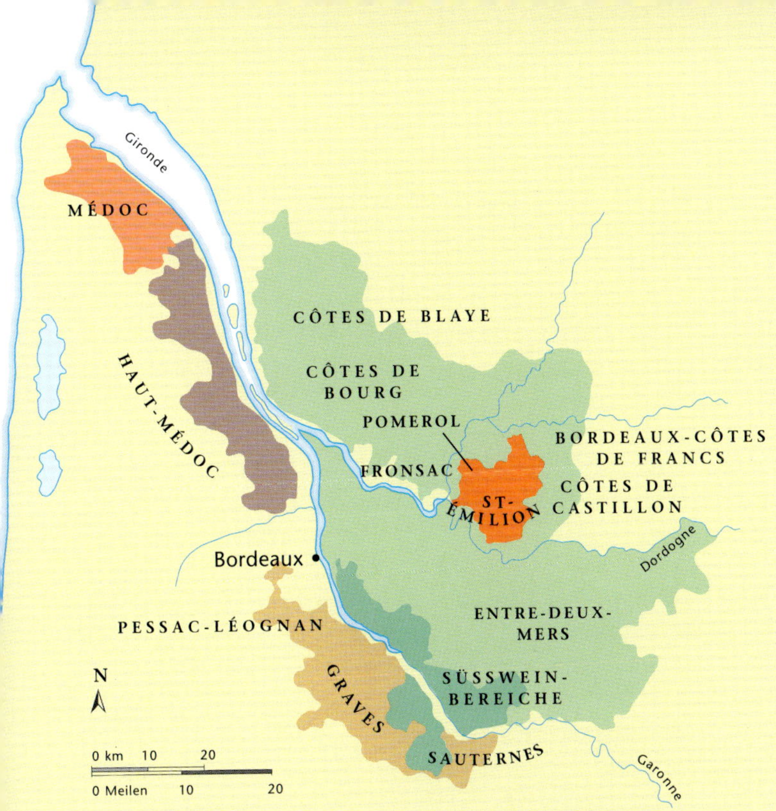

Die Hierarchie in Bordeaux

Bordeaux verfügt über drei AC-Klassen. Die einfache AC Bordeaux umfasst die ganze Region, die in große Bereiche mit eigenen Appellationen unterteilt ist. Innerhalb dieser gibt es einige Appellationen im Umkreis von Gemeinden mit besonders guten Weinbergen.

Doch der entscheidende Hinweis auf die Qualität ist das Château, und Spitzenbereiche haben ihre Spitzengüter, die als Cru Classé bezeichnet werden. Das Haut-Médoc teilt seine 61 Top-Châteaus vom Premier Cru bis zum Cinquième Cru ein, weitere gut 300 tragen den Titel Cru Bourgeois. Sauternes unterscheidet Premier Cru Supérieur, Premier Cru und Second Cru. In den Graves werden nur Crus Classés herausgestellt, St-Émilion hat Premiers Grands Crus und Grands Crus. Pomerol hält sich mit Crus überhaupt nicht auf.

Ein Großteil der Einstufungen hat sich in bald 150 Jahren zementiert und spiegelt die Weinqualität heute nicht mehr zuverlässig wider, bestimmt aber im Allgemeinen immer noch die Preise.

Übersicht | Bordeaux

Lage Das Bordelais liegt im südwestlichen Frankreich am Atlantik.

Rebsorten Aus den in unterschiedlichen Anteilen verwendeten Sorten Cabernet Sauvignon, Merlot und Cabernet Franc – mit kleinen Mengen Petit Verdot und Malbec – werden dichte Rotweine mit Schwarze-Johannisbeer-Aromen gemacht. Sémillon und Sauvignon Blanc sind die weißen Haupttrauben für trockene und Süßweine.

Cabernet-dominierte Gemeinden Listrac, Margaux, Moulis, Pauillac, St-Estèphe, St-Julien (alle im Haut-Médoc), Graves, Pessac-Léognan

Merlot-dominierte Gemeinden Pomerol, St-Émilion

Regionale Begriffe *Linkes und rechtes Ufer* Die Gironde teilt das Bordelais in zwei Teile. Die Appellationen Médoc, Haut-Médoc, Graves und Pessac-Léognan liegen am linken Ufer, die Appellationen St-Émilion, Pomerol u. a. am rechten Ufer. Die roten »Linkes-Ufer-Weine« sind von Cabernet dominiert, die »Rechtes-Ufer-Weine« von Merlot. *Grand Vin* bezeichnet den Erstwein eines Guts und bezieht sich nicht auf die Qualität. Einige Châteaus machen auch einen Zweitwein aus jungen Reben oder weniger guten Weinbergsteilen. *Petit Château* ist die Bezeichnung für die vielen nicht klassifizierten Güter. Einige sind gut, viele produzieren wertloses Zeug.

Gute Jahrgänge 2001, 2000, 1998, 1996, 1995, 1990, 1989, 1988, 1986, 1985

Zu meidende Jahrgänge 1992, 1991, 1987; bei Sauternes auch 2000 und 1994

Fünfzehn Weine zum Kennenlernen

Rot
- **Château la Prade** Bordeaux-Côtes de Francs 2
- **Château Annereaux** Lalande-de-Pomerol 3
- **Château la Tour-de-By** Médoc 3
- **Château Canon-de-Brem** Canon-Fronsac 3
- **Château Roc de Cambes** Côtes de Bourg 4
- **Château d'Angludet** Margaux 4
- **Château Chauvin** St-Émilion 4
- **Château Poujeaux** Moulis 4
- **Château Léoville-Barton** St-Julien 5

Weiß, trocken
- **Château Bonnet** Bordeaux Blanc 2
- **Château Carsin** Premières Côtes de Bordeaux 2
- **Château Reynon** Vieilles Vignes Bordeaux Sec 2
- **Château Haut Bertinerie** Premières Côtes de Blaye 2

Weiß, süß
- **Château Loubens** Ste-Croix-du-Mont 4
- **Château Lafaurie-Peyraguey** Sauternes 5

raten Preisen suchen. Ihr Charakter kann saftiger und fruchtiger sein als der der Spitzenweine, jedoch auch dünner und härter; was Sie bekommen, hängt ebenso sehr vom Erzeuger ab wie vom Bereich.

Lalande-de-Pomerol liefert einige gute Pomerol-Typen mit üppig-pflaumiger Frucht, und da Pomerol rar und teuer ist, stellen sie einen guten Ersatz dar. St-Georges-St-Émilion und Puisseguin-St-Émilion machen einfachere Versionen des St-Émilion, aber es gibt so viele einfache St-Émilions, dass man nicht auf sie ausweichen muss.

Die besten trockenen weißen Bordeaux kommen aus Pessac-Léognan und den Graves, schlichtere – zum Teil einfach als Bordeaux Blanc bezeichnet – aus dem Entre-Deux-Mers.

Sauternes und Barsac sind Top-Süßwein-Regionen, doch auch aus Loupiac, Cérons und Ste-Croix-du-Mont kommen sehr gute Exemplar. Monbazillac, dessen Weine dem Sauternes am nächsten kommen, liegt gerade eben außerhalb der Grenzen des Bordelais.

Ist der Jahrgang wichtig?

Im Bordelais ist der Jahrgang von großer Bedeutung. Das Wetter kann hier in einem Jahr herrlich warm und sonnig sein, im nächsten kalt und feucht, weshalb die Weine von intensiv und tief-fruchtig bis zu unreif und dünn variieren (siehe Übersicht S. 79). Alle guten roten Bordeaux benötigen einige Jahre der Reifung, einige Jahrgänge werden schneller reif als andere.

Einfache Weißweine sind den jährlichen Schwankungen weniger unterworfen und immer jung zu trinken. Bei Spitzenweinen müssen Sie auf den Jahrgang achten, auch sie sollten etwas reifen. Bei Sauternes ist der Jahrgang absolut entscheidend, da die Edelfäule, die dem Wein Süße und Charakter gibt, sich nicht zuverlässig jedes Jahr entwickelt.

Wann trinke ich Bordeaux?

Wenn Sie eine Flasche wirklich guten roten Bordeaux öffnen, ist das ein Ereignis. Guter Bordeaux besitzt eine Würde, die Respekt verlangt. Bewahren Sie ihn für die Momente, an denen Sie ihm Ehre tun können, und reichen Sie ihn zu Gerichten, die ihm schmeicheln (rosa gebratenes Lamm ist ideal).

Sauternes ist etwas ebenso Besonderes. Trinken Sie ihn wie die Bordelaiser zu Roquefort. Wirklich, die Kombination ist göttlich. Einfacher Weißwein erhebt keine Ansprüche: Trinken Sie ihn zum Picknick oder aus dem Wasserglas, es ist ihm egal.

Kann ich ihn mir leisten?

Sehen Sie, man muss auch ein wenig leben. Einmal im Leben sollte man für einen Spitzenrotwein die Haushaltskasse plündern. Er wird Sie nicht enttäuschen. Gute Weißweine, trocken oder süß, sind ebenfalls teuer, doch kann die Alltagsqualität hervorragenden Gegenwert bieten. Über die einfachen Rotweine habe ich mich bereits geäußert.

Burgund

Burgund ist wie Bordeaux eine klassische Region Frankreichs. Auf den Etiketten finden Sie den französischen Namen, Bourgogne. Es ist die Heimat von drei berühmten Rebsorten, deren Weine Maßstab für drei Weintypen sind: samtiger, nach Erdbeeren duftender Pinot Noir, intensiver, würziger Chardonnay und saftig-fruchtiger Beaujolais aus der Gamay-Rebe.

Erstklassige Chardonnays und Pinots Noirs sind sehr knapp und erzielen astronomische Preise. Beaujolais ist viel weniger bedeutsam und stellt viel geringere Ansprüche. Erstere werden mit viel Erfolg in anderen Teilen der Welt nachgeahmt, während der Beaujolais mehr als Inspiration fungierte: für fruchtig-süffige Rotweine aus einer Vielzahl anderer Trauben.

Pinot Noir ist die faszinierendste Rebsorte überhaupt, empfindlich im Weinberg und schwierig im Keller. Demgegenüber ist Cabernet robust und pflegeleicht, das Ergeb-

Im kühlen Klima Burgunds ist die Lage des Weinbergs entscheidend. Nur wenige Minuten wärmende Sonnenstrahlen pro Tag mehr können den Unterschied zwischen einem guten und einem sehr guten Weinberg ausmachen.

Weinbegriffe | Erzeuger und Händler

In Burgund kann der Wein vom Erzeuger oder von einem Händler, dem **négociant**, abgefüllt und verkauft werden, der Trauben und Weine von einer Reihe von Erzeugern kauft. In der Vergangenheit galt, dass die Erzeugerweine besser und charaktervoller sind als die der Handelshäuser; im Allgemeinen ist das noch der Fall, doch produziert heute eine Reihe ausgezeichneter négociants große Mengen hervorragender Weine. Persönlich bevorzuge ich jedoch immer noch die Erzeugerweine.

nis wird zuverlässig nach Cabernet schmecken, egal was man mit ihm anstellt. Pinot Noir ist leicht und subtil und verliert bei der geringsten Unachtsamkeit Frische, Duft oder seine herrlich samtige Art. Um guten Pinot Noir zu machen, braucht es einen sehr guten Weinbauern und einen sehr guten Weinmacher.

Um ein vollständiges Bild vom roten Burgunder zu bekommen, sind außer der widerspenstigen Natur des Pinot Noir die komplizierten Eigentumsverhältnisse in den Weinbergen zu berücksichtigen. Während Bordeaux aus großen Gütern mit arrondierten Flächen besteht, verfügt ein burgundisches Gut über winzige Parzellen in vielleicht 20 verschiedenen Weinbergen; dementsprechend ist ein Weinberg unter vielen Eignern aufgeteilt. Zurückzuführen ist dies auf das französische Erbrecht. Jedes Gut macht von seiner Rebfläche eigenen Wein, jeder trägt einen anderen Namen und ist (theoretisch) von anderem Charakter. All dies macht Burgund schwer überschaubar. In Bordeaux sind der Weinberg und der Erzeuger identisch und stehen füreinander; in Burgund müssen Sie sowohl auf den Erzeuger als auch auf den Weinberg achten.

Daraus mag man schließen, dass Burgunder, rot wie weiß, etwas für Spezialisten und nicht unbedacht zu kaufen ist. Und so ist es. In Burgund zahlt es sich mehr aus als irgendwo sonst, fachmännischen Rat einzuholen. Trinken Sie einmal Wein von einem schlechten Erzeuger, und Sie wissen warum.

Chardonnay ist in Burgund leichter anzubauen, zu vinifizieren und zu kaufen. Er ist viel zuverlässiger, aber die Nachfrage ist groß, und die Preise sind hoch. Chablis ist so schlank und mineralisch, wie Chardonnay nur sein kann, reift aber in einigen Jahren zu komplexer Würze. In der Côte d'Or, dem berühmten Herz der Region, reichen die Aromen von Nüssen und Getreideflocken bei einfacheren Weinen bis zu Butter und Sahne bei den besten. In der Côte Chalonnaise und im Mâconnais ist die Geschmackscharakteristik wieder schlichter und erinnert an Apfel und Melone. Aus Chardonnay wird auch der weiche, honigrunde schäumende Crémant de Bourgogne gemacht.

Kleine Mengen von schlankem, zitronigem Weißwein werden aus der Aligoté produziert. Er erreicht kaum je das Gewicht eines guten Chardonnays und ist jung zu trinken.

Und das Beaujolais? Dieses Gebiet ist nur einer roten Sorte gewidmet, der Gamay, und bietet einige Varianten auf der Basis von leichter, saftiger Fruchtigkeit. Beaujolais-Villages verfügt über die intensivsten Aromen, während einfacher Beaujolais und Beaujolais Nouveau oft Frucht vermissen lassen. Trinken Sie alle jung. Ein Beaujolais aus einem der zehn Spitzenweinorte, den so genannten Crus, ist meist tiefer und charaktervoller. Die bemerkenswertesten Crus sind der leichte Chiroubles, der duftende Fleurie und die körperreicheren Weine aus Morgon und Moulin-à-Vent.

Klassifikationen in Burgund

Einfache Appellationen Weine der einfachen, umfassenden Appellationen Bourgogne Rouge und Bourgogne Blanc können aus der ganzen Region kommen. Daneben gibt es zwei nicht berühmte, heute relativ selten anzutreffende Rotweine, Bourgogne Grand Ordinaire und Bourgogne Passe-Tout-Grains. Aligoté hat seine eigene Appellation, Bourgogne Aligoté.

Regionale Appellationen Beispiele: Côte de Nuits-Villages, Côte Chalonnaise. Für die Côte d'Or gibt es zwei Appellationen, Côte de Nuits und Côte de Beaune.

Gemeindeappellationen Die meisten Orte der Côte d'Or haben ihre eigene Appellation, etwa Gevrey-Chambertin, in anderen Bereichen – insbesondere dem Beaujolais – folgen einige Orte diesem Beispiel.

Premier Cru Das bedeutet »Erstes Gewächs«, gilt aber für die zweitbesten Weinberge. Der Name des Weinbergs wird auf dem Etikett genannt; allerdings sind manche genannten Lagen keine Premiers Crus. Ein Lagenname ist aber immer ein gutes Zeichen.

Grand Cru »Großes Gewächs«, die besten Reblagen. Sie sind voll gültige Appellationen, weshalb auf dem Etikett der Ortsname oft nicht erscheint. Le Chambertin etwa ist ein Grand-Cru-Wein vom gleichnamigen Weinberg in der Gemeinde Gevrey-Chambertin.

Spielen regionale Unterschiede eine Rolle?

Absolut. Chardonnay ist in Chablis schlank und frisch, in der Côte d'Or fülliger und komplexer, in der Côte Chalonnaise breiter und einfacher, leicht und recht frisch im Mâconnais. Beim Pinot Noir kommen die besten Exemplare von der Côte d'Or, die Weine der Côte Chalonnaise sind erdiger. Innerhalb der Côte d'Or verfügt jeder Ort über einen eigenen Stil und wiederum über eine Hierarchie von Reblagen. Beim Gamay haben Sie die Wahl zwischen süffigem, simplem Beaujolais, den seriöseren und einige Jahre lagerfähigen Cru-Weinen und den meist nicht beeindruckenden Weinen des Mâconnais.

Ist der Jahrgang wichtig?

Ja, aber der Erzeuger ist von größerer Bedeutung. Siehe Übersicht rechts.

Wann trinke ich Burgunder?

Gute Burgunder sind entspannte, hedonistische Weine, und ich trinke sie zusammen mit entspannten, hedonistischen Freunden. Ich möchte sie nicht an Menschen verschwenden, die sie zu ernst nehmen. Wenn ich guten Bordeaux trinke, habe ich das Gefühl, ich müsste eine Krawatte tragen und aufrecht sitzen. Bei Burgunder ziehe ich die Jacke aus und relaxe. Bei gutem Beaujolais ziehe ich auch noch die Schuhe aus.

Kann ich ihn mir leisten?

Guter Burgunder ist teuer, daran ist nichts zu ändern. Doch wenn Sie klug sind (und gut beraten werden), können Sie bemerkenswert »preiswerte« Weine finden. Der Trick bei Rotwein ist, einen guten Erzeuger in der Côte d'Or zu suchen und einen einfacheren Wein zu kaufen, etwa einen Bourgogne Rouge oder einen Chorey-lès-Beaune; er wird viel weniger kosten als eine große Appellation. Dasselbe gilt für Chardonnay. Was einfachen weißen Burgunder von der Côte Chalonnaise und aus dem Mâconnais angeht, fahren Sie in vielen Fällen mit einem Australier oder Chilenen besser.

Übersicht | Burgund

Lage Ein schmaler, nord-südlich verlaufender Streifen in Ostfrankreich.

Rebsorten Pinot Noir ergibt samtige Rotweine, Gamay saftig-fruchtige. Aus Chardonnay werden dichte, nussige Weißweine, im Chablis aber auch knochentrockene gemacht; Aligoté ist frisch.

Regionale Begriffe Ein *Climat* ist eine Einzellage, *Clos* ein von Mauern umgebener Weinberg, *Côte* ein Abhang.

Gute Jahrgänge 2004 (Weißwein), 2002, 1999, 1998, 1997, 1996, 1995, 1993

Zu meidende Jahrgänge (Rotwein) 2000, 1994

Zehn Weine zum Kennenlernen

Rot

- **Georges Duboeuf** Fleurie la Madone (Beaujolais Cru) 2
- **Domaine Michel Lafarge** Bourgogne Rouge 3
- **Tollot-Beaut** Chorey-lès-Beaune 3
- **Chevillon** Nuits-St-Georges 4
- **Jadot** Beaune Teurons 4

Weiß

- **Cave de Buxy** Montagny 1er Cru 2
- **Vincent** St-Véran Château de Fuissé 2
- **Domaine Defaix** Chablis 3
- **Sauzet** Bourgogne Blanc 4
- **Louis Carillon** Puligny-Montrachet 5

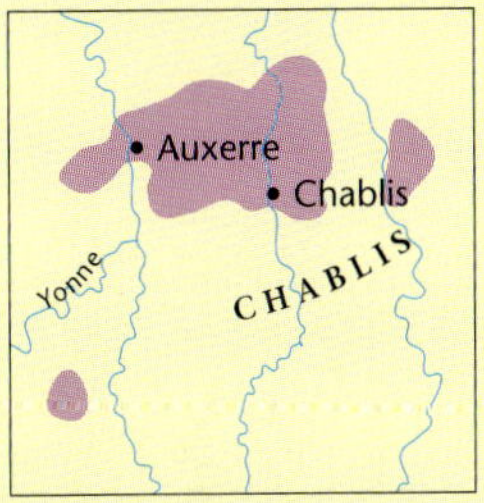

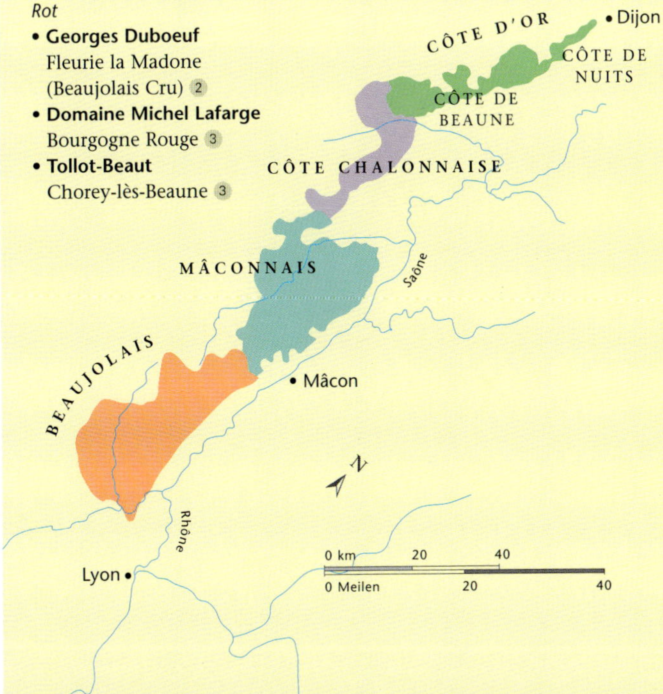

Übersicht | Champagne

Lage Die nördlichste bedeutende Weinregion Frankreichs liegt nordöstlich von Paris.

Rebsorten Chardonnay gibt dem Champagner Eleganz, Pinot Noir gibt ihm Körper und Pinot Meunier Weichheit. Die meisten Champagner sind Verschnitte aus allen drei Sorten.

Regionale Begriffe *NV* ist eine verbreitete Abkürzung für Non-vintage (siehe Kasten S. 85). Ein *Grand Cru* wird ausschließlich aus Trauben der besten Lagen der Region gemacht, ein *Premier Cru* liegt qualitativ einen Tick darunter. Ein *Blanc de Blancs* ist ausschließlich aus weißen Trauben gekeltert, d. h. Chardonnay, und sollte strahlend frisch und sahnig daherkommen. *Ein Blanc de Noirs* wird nur aus roten Trauben gemacht, Pinot Noir und Pinot Meunier, und ist meist körperreicher als andere Champagnertypen.

Gute Jahrgänge 1999, 1998, 1997, 1996, 1993, 1990

Zu meidende Jahrgänge 1994, 1992, 1991 sind nicht schlecht, doch nehmen Sie andere, wenn möglich.

Zehn Weine zum Kennenlernen
Alle genannten Häuser machen gute Jahrgangschampagner (Vintage, V) und jahrgangslose Weine (NV). Billecart-Salmon ist besonders zuverlässig und preiswürdig.

- **Lanson** NV 4
- **Moët et Chandon** NV 5
- **Louis Roederer** NV 5
- **Bollinger** NV 5
- **Veuve Clicquot** NV 5
- **Charles Heidsieck** NV 5
- **Pol Roger** NV 5
- **Henriot** NV 5
- **Billecart-Salmon** Cuveé N. F. Billecart V 5
- **Krug** NV 5

Oben: *Große Champagner werden oft als Grandes Marques bezeichnet, obwohl dieser Begriff offiziell aus dem Verkehr gezogen wurde. Er war nie ein Zeichen für Qualität, nur für Ansehen.* Rechts: *Die Champagne ist eines der kältesten Weinbaugebiete der Welt.*

Champagner

Der Champagner ist weltweit der Maßstab für Schaumwein. Auch wenn australische und kalifornische Erzeuger sich von ihm abheben möchten, bleibt er der Ausgangspunkt, und sie verwenden meist dieselben Rebsorten: Chardonnay, Pinot Noir und Pinot Meunier. Er ist einer der berühmtesten Weine der Welt, und da er meist unter Marken verkauft wird, ist die Wahl einfach.

Ein guter Champagner schmeckt nicht offen fruchtig; unter die Fruchtaromen mischen sich Noten von Gebäck, Nüssen oder gar Schokolade, und er reift und rundet sich in einigen Jahren zu wunderbar würzigem Charakter. Jedenfalls im Idealfall. Die Herstellungsmethode, beschrieben auf S. 28, gibt dem Champagner seinen Geschmack und die Bläschen.

Champagner können jedoch auch mager, grün und armselig schmecken. Zum Teil hängt dies vom Wetter ab – kalte, nasse Sommer ergeben unreife Weine –, hauptsächlich aber vom Erzeuger. Die meisten großen Marken sind heute jedoch zuverlässig.

Champagner kann von Flaschenreifung profitieren, auch nach dem Kauf. Wenn Sie jahrgangslosen Champagner noch ein halbes Jahr beiseite legen, gewinnt er eine Extraportion Rundheit, und Jahrgangschampagner ist erst zehn Jahre nach der Lese auf der Höhe.

Ist der Jahrgang wichtig?

Die meisten Champagner sind jahrgangslos, d. h. ein Verschnitt aus Weinen verschiedener Jahrgänge. Alle Häuser verfügen über Vorräte an älteren Jahrgängen, um Jahr für Jahr gleichartige Weine herstellen zu können. Jahrgangschampagner werden (theoretisch) nur in sehr guten Jahren gemacht. Sie bezahlen mehr für sie, und Sie sollten dafür mehr Geschmackstiefe, Charakter und Gewicht bekommen, mehr von allem. Jahrgangschampagner sind aber nicht einfach größere Ausführungen der jahrgangslosen, sie sollten vielschichtiger sein und den Charakter des Jahrgangs erkennen lassen.

Typen des Champagners

Champagner gibt es in drei nach Qualität und Körperreichtum unterschiedlichen Typen.

Jahrgangsloser Champagner (Non-vintage), der leichteste, ist ein Verschnitt von Weinen verschiedener Jahrgänge. Er wird trinkreif verkauft, gewinnt aber noch durch 6 Monate Lagerung.

Jahrgangschampagner (Vintage) wird nur in guten Jahren gemacht. Er ist körperreicher und aromatischer als jahrgangsloser, muss aber bis zu 10 Jahre reifen.

Luxuscuvées sind meist, aber nicht immer Jahrgangschampagner. Diese absoluten Spitzenweine werden oft in besonderen Flaschen und zu astronomischen Preisen verkauft. Sie können jahrzehntelang lagern.
Außerdem ist der **Süßegrad** unterschiedlich. Der meiste Champagner ist **brut** (trocken), **ultra brut/zéro brut** ist noch trockener, während **extra dry** jedoch weniger trocken bedeutet. **Sec** meint lieblich, **demi-sec** mittelsüß.

Rosé Champagner ist gewichtiger als weißer und schmeckt mehr nach Erdbeeren.

Wann trinke ich Champagner?

Jederzeit und überall. Er ist herrlich in der Badewanne, am Strand, zum Frühstück, auf eleganten Partys – überall. Jahrgangschampagner ist anspruchsvoller, und Sie sollten ihm mehr Aufmerksamkeit widmen. Doch bringt mich Champagner immer in so frivole und sorglose Stimmung, dass ich alle Andacht vergesse.

Jahrgangschampagner ist ein guter Begleiter zum Essen, jahrgangsloser mehr etwas für Partys, wenn dies ein hilfreicher Hinweis ist.

Kann ich ihn mir leisten?

Wenn Sie es wirklich wollen, auf jeden Fall. Verzichten Sie dafür einfach auf etwas anderes. Billiger Champagner kann ziemlich schrecklich sein, doch viele gute Häuser bieten unter eigenen Etiketten exzellente Weine an, die deutlich preiswerter sind als die großen Marken.

Das Rhône-Tal

Wenn Sie würzige, warme Rotweine von bemerkenswerter Tiefe und Komplexität suchen, sind Sie hier richtig. Zumindest innerhalb von Frankreich, denn das Rhône-Tal ist die Heimat der Syrah, die für reiche Kräuter-und-Rauch-Aromen sorgt. Auch in Australien – dort Shiraz genannt – ist diese Sorte zu Hause; wenn Sie sich ein vollständiges Bild vom Charakter der Traube verschaffen wollen, vergleichen Sie einen guten Rhône-Rotwein mit einem weicheren, offener fruchtigen Shiraz aus dem Barossa Valley. An dieser einen Sorte zeigt sich der ganze Unterschied zwischen der Alten und der Neuen Welt.

Die Rhône ist zweigeteilt, in Norden und Süden. Auf der Karte ist sie wie ein Trichter geformt: oben schmal, unten sich plötzlich weitend. Das schmale Stück ist der Norden, in dem Syrah die einzige rote Traube ist. Der sich weitende Teil, der Süden, verfügt über eine ganze Reihe von Rebsorten, 13 sind für die diversen Appellationen zugelassen. Weine aus dem Süden haben nicht den mineralisch-rauchigen Ernst derer aus dem Norden, dafür sind sie breiter und großzügiger, hauptsächlich auf Grund der weichen, saftigen Grenache im Verschnitt. Im Süden wird natürlich auch sehr viel mehr Wein produziert, was zwei Effekte hat: Im Norden sind die Preise generell höher, im Süden ist die Qualität ungleichmäßiger.

So viel zu den Rotweinen. Bei den Weißweinen gibt es einige Überraschungen. Aus der Sorte Viognier macht man hier einige der aromatischsten Weine der Welt, mit einem Bukett von Aprikosen und Frühlingsblumen und vielleicht einer Note von Gewürzen. Heimat der Viognier sind winzige, hochpreisige Appellationen an der Nordrhône, Condrieu und Château-Grillet.

Eine gute Nachricht ist, dass die Erzeuger der Südrhône sich die Beliebtheit der Viognier zu Nutze machen und diese Sorte eifrig pflanzen, weshalb preiswertere Versionen auftauchen. Zugegeben, sie haben nicht die Magie eines

Condrieu oder Château-Grillet, aber auch sie verfügen über die herrlichen Aromen der Traube.

Die anderen weißen Sorten der Nordrhône sind Marsanne und Roussanne. Dieses Duo ist für die trockenen Weißweine des Nordens verantwortlich – weißen Hermitage, Crozes-Hermitage, St-Joseph und St-Péray – und sorgt für recht außergewöhnliche, breite Kräuteraromen. Die trockenen Weißweine des Südens variieren je nach Sortenmix, doch wenn Sie den allgemeinen Eindruck prägnant vegetabiler, krautiger anstatt fruchtiger Geschmackscharakteristik – manchmal durch Geißblatt gemildert – haben, liegen Sie nicht falsch.

Der Süden verfügt noch über einen weiteren Trumpf. Hier werden aus der Muscat goldene Süßweine gemacht, die einen umwerfenden Cocktail von Trauben-, Rosen- und Orangenduft mit Eleganz paaren. Dazu kommt eine ordentliche Portion Alkohol, denn sie werden mit Weingeist aufgespritet. Der berühmteste und beste ist der Mus-

Übersicht | Das Rhône-Tal

Lage Das Rhône-Tal liegt im südöstlichen Frankreich und ist als Weinbaugebiet zweigeteilt: steile Hänge an der Nordrhône und heiße, steinige Ebenen an der Südrhône.

Rebsorten Syrah, die rote Traube des Nordens, ergibt mineralisch-rauchige Weine; die Rotweine des Südens sind ein ganzer Cocktail von Sorten, darunter Syrah und Grenache, Letztere für weicheren Charakter. Alle Rhône-Rotweine sind Spielarten des körperreichen, würzig-warmen Typs. Viognier ist eine hocharomatische weiße Traube, Marsanne und Roussanne liefern Kräuteraromen. An der Südrhône wird Muscat für angereicherte goldene Süßweine verwendet.

Syrah-dominierte Gemeinden Cornas, Côte-Rôtie, Crozes-Hermitage, Hermitage, St-Joseph (alle im Norden)

Appellationen mit roten Verschnitten Châteauneuf-du-Pape, Coteaux du Tricastin, Côtes du Lubéron, Côtes du Rhône, Côtes du Rhône-Villages, Côtes du Ventoux, Gigondas, Lirac, Vacqueyras (alle im Süden)

Viognier-Gemeinden Château-Grillet, Condrieu

Gute Jahrgänge 2004, alle zwischen 2001 und 1995 und von 1991 bis 1988

Zu meidende Jahrgänge 2002; 1993 (rot, Nordrhône)

Zehn Weine zum Kennenlernen

Rot
- **Chapoutier** Côtes du Rhône Belleruche 2
- **Graillot** Crozes-Hermitage 2
- **Domaine Santa Duc** Gigondas Cuvée Tradition 2
- **Cuilleron** St-Joseph 3
- **Domaine du Vieux Télégraphe** Châteauneuf-du-Pape 3
- **Verset** Cornas 4

Weiß
- **Guigal** Côtes du Rhône 2
- **Gaillard** Côtes du Rhône Viognier 3
- **Perret** Condrieu Coteau de Chéry 5

Weiß, süß
- **Domaine de Durban** Muscat de Beaumes-de-Venise 3

Der Berg Hermitage ist die berühmteste der Steillagen an der nördlichen Rhône. Im Süden öffnet sich das Tal zu einer weiten Ebene.

cat de Beaumes de Venise, doch wenn Sie mir erlauben, für einen Moment über die Grenzen der Rhône hinauszugreifen, möchte ich Ihnen auch einige andere südfranzösische Süßweine vorstellen: Muscat de Frontignan, Muscat de Mireval, Muscat de Rivesaltes und Muscat de St-Jean-de-Minervois.

Spielen regionale Unterschiede eine Rolle?

Es gibt Unterschiede zwischen dem Norden und dem Süden, aber die Rotweine sind grundsätzlich von würzig-warmem Charakter und die Weißweine – mit Ausnahme des aromatischen Viognier – von faszinierendem Kräuterduft, ungeachtet der Teilregion.

Ist der Jahrgang wichtig?

Man sagt, dass die Jahrgänge im Norden und im Süden durchaus unterschiedlich ausfallen können. Aber halten Sie sich nicht zu sehr damit auf, sie sind selten schlecht. Siehe Überblick S. 87.

Wann trinke ich Rhône-Weine?

Das ist eine Frage der Stimmung und des jeweiligen Essens. Die Rotweine sind was für kaltes Wetter, für den Sommer sind sie viel zu mächtig. Man kann fast die Wärme aus der Flasche strömen spüren. Am besten passen sie zu herzhaften, würzigen Gerichten.

Viognier passt zu Dingen wie Stopfleber, aber er schmeckt so ungewöhnlich, dass man ihn am besten solo genießt. Die anderen Weißweine sind interessant, da auch sie ganz eigene Aromen besitzen; als Essensbegleiter sind sie sehr flexibel. Die süßen Muscats können Sie wie die Franzosen als Aperitif nehmen oder – ebenfalls stilecht – zu Schokoladendesserts.

Kann ich sie mir leisten?

Die Spitzenweine sind wie überall teuer und werden noch teurer. Die kostspieligsten roten Appellationen sind Hermitage und Côte-Rôtie im Norden und Châteauneuf-du-Pape im Süden. Viognier aus Condrieu und Château-Grillet haben astronomische Preise. Aber auch in der Mitte und am unteren Ende der Preisskala finden Sie viele sehr schmackhafte Weine.

Im Süden ist die Qualität nicht gleich bleibend hoch, er ist dafür zu groß. Die Appellation Côte du Rhône umfasst alles von körperreichen, konzentrierten Weinen bis zu dünner Plörre. Meiden Sie daher die billigsten Rhône-Weine, bezahlen Sie lieber mehr für einen Gutswein eines seriösen Erzeugers, so bekommen Sie einen sehr viel besseren Gegenwert.

Das Loire-Tal

Das Loire-Tal ist Heimat einiger klassischer französischer Weine, die anderswo in der Welt wenig nachgeahmt werden. Rote wie weiße Produkte sind in den Pariser Restaurants beliebt, dort werden sie gern zum Mittagessen getrunken. Und warum nicht? Sie passen hervorragend zum Essen, und seit einigen exzellenten Jahrgängen in den 1990er Jahren steigt die Qualität deutlich.

Die Weißweine sind auch im Ausland sehr bekannt. Die guten sind grünlich-pikant mit mineralischer Säure. Tatsächlich werden an der Loire zwei Versionen dieses Typs gemacht, eine aus Sauvignon Blanc (die in Neuseeland mit mächtiger Frucht überzeugt) und eine aus Chenin Blanc, die hier so gut ist wie sonst nirgends.

Beide Sorten können Ihnen beim ersten Kennenlernen einen gehörigen Schrecken einjagen, der erfrischend zitronige Charakter des Sauvignon Blanc ist jedoch leichter zugänglich. An Chenin Blanc muss man sich erst ein wenig gewöhnen, aber seine stahlig-mineralische, an Äpfel erinnernde Art und seine hohe Säure reifen bei guten

Weinbegriffe | **Welcher Pouilly?**

Pouilly-Fumé ist der berühmte knackig-frische Loire-Wein aus Sauvignon Blanc; seine leicht rauchige Kante rechtfertigt das »Fumé«. Verwechseln Sie ihn nicht mit Pouilly-sur-Loire, dem im selben Gebiet produzierten uninteressanten Wein aus der Chasselas. Und verwechseln Sie ihn nicht mit Pouilly-Fuissé, Pouilly-Loché und Pouilly-Vinzelles: runde, buttrige Chardonnays aus Burgund.

Übersicht | Das Loire-Tal

Lage Ein großes Gebiet entlang der Loire von Zentralfrankreich bis zur Westküste.

Rebsorten Sauvignon Blanc und Chenin Blanc ergeben grünlich-pikante Weißweine, Melon de Bourgogne den neutralen weißen Muscadet. Aus Cabernet Franc und Pinot Noir gewinnt man durchweg leichte Versionen des Schwarze-Johannisbeer-Typs, Gamay ist einfach und leicht.

Sauvignon-Blanc-Appellationen Menetou-Salon, Quincy, Reuilly, Pouilly-Fumé, Sancerre

Chenin-Blanc-Appellationen Anjou Blanc, Montlouis, Saumur Blanc, Savennières, Vouvray

Chenin-Blanc-Appellationen (süß) Bonnezeaux, Coteaux de l'Aubance, Coteaux du Layon, Quarts de Chaume, Vouvray

Regionale Begriffe *Sur lie* auf dem Hefesatz ausgebaut, *crémant* nach traditioneller Methode hergestellter Schaumwein.

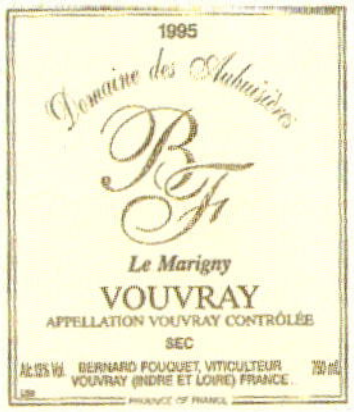

(1) Muscadet
(2) Anjou-Saumur
(3) Touraine
(4) Sancerre und Pouilly-Fumé

Gute Jahrgänge 2004, 2003, 2002, 1997, 1996, 1995, 1990, 1989

Zehn Weine zum Kennenlernen

Rot

- **Château de Fesles** Anjou Rouge Vieilles Vignes 2
- **Domaine Filliatreau** Saumur-Champigny 2

Weiß, trocken

- **Domaine Richou** Anjou Blanc 1
- **Sauvion & Fils** Muscadet de Sèvre-et-Maine sur lie 1
- **Domaine des Aubuisières** Vouvray 2
- **Lucien Crochet** Sancerre 2
- **Château de Tracy** Pouilly-Fumé 3

Weiß, süß

- **Baumard** Quarts de Chaume 5
- **Huet** Vouvray Clos du Bourg Moelleux 5

Schaumwein

- **Langlois-Château** Crémant de Loire 3

Oben: *Die Domaine des Aubuisières macht hervorragenden Vouvray von trocken bis süß.* Links: *Sancerre erhebt sich auf einem Hügel über den Sauvignon-Blanc-Reben.*

Exemplaren zu herrlich üppigen Honig- und Quittenaromen. Die ernsteren Weine aus Vouvray und Savennières benötigen mehrere Jahre Flaschenreifung. Der leichtere Saumur kann jung getrunken werden.

Von Edelfäule befallene Chenin-Blanc-Trauben ergeben sehr schöne Süßweine: Achten Sie auf Vouvray Moelleux, Quarts de Chaume, Bonnezeaux und Coteaux du Layon. Verstecken Sie sie in einem dunklen Winkel, denn sie müssen zehn und mehr Jahre in der Flasche reifen, damit sich ihre hervorstechende Süße und Säure zu wunderbar weicher honig- oder quittenartiger Rundheit verbinden.

Einen dritten bedeutenden weißen Wein gibt es an der Loire, den Muscadet. Gemacht wird er aus Melon de Bourgogne, und er schmeckt nach nicht viel. Er ist so neutral, wie ein Wein nur sein kann; umso verwunderlicher ist es, dass es eine Reihe verschiedener Appellationen gibt, die eigentlich auch unterschiedlich sein sollten. Egal: Worauf Sie auf dem Etikett nur achten müssen, ist der Vermerk *sur lie*; er besagt, dass der Wein nach der Gärung auf dem Hefesatz – den abgestorbenen Hefezellen – reifte, was ihm etwas Lebendigkeit und sahnige Tiefe vermittelt. Das macht den Unterschied zwischen langweiliger und interessanter Neutralität aus.

Bei den Rotweinen sollte man daran denken, dass sie sehr französisch sind. Sie verfügen über viel Frucht, aber nicht in der offenen Art der Neuen Welt. Sie sind grasig und schmecken nach Roten Johannisbeeren, Himbeeren, sogar Pflaumen, aber sie sind viel zugeknöpfter als irgendein Wein aus Kalifornien oder Australien. Einige können sogar Körper haben, die meisten sind aber im Vergleich mit der Neuen Welt Leichtgewichte.

Nun, ob ich sie mag? Ja doch! Sie sind köstlich und ihren Preis wert, und sie passen wunderbar zum Essen. Die Haupttraube ist Cabernet Franc; es gibt auch etwas Pinot Noir, der generell rustikaler ist als roter Burgunder und nicht dessen süßen Duft oder Samtigkeit besitzt. Der Gamay ähnelt sehr dem einfachen Beaujolais, kommt er von einem guten Erzeuger, hat er jedoch mehr Mumm und ist besser.

An der Loire macht man auch recht pikante Schaumweine nach der Champagner-Methode. Die weißen haben mehr »apfelige« Frucht als ein Champagner, und man stößt auch auf einige Rosé-Schaumweine. À propos Rosé: Die Loire enttäuscht mit dem süßlichen Rosé d'Anjou, der selten erfreulich ist. Cabernet d'Anjou ist meist trockener und macht mehr Spaß.

Spielen regionale Unterschiede eine Rolle?

Ja, denn es werden verschiedene Rebsorten angebaut. Sancerre und Pouilly-Fumé im Osten haben Sauvignon Blanc und Pinot Noir; das Anjou und die Touraine in der Mitte kultivieren überwiegend Chenin Blanc und Cabernet Franc, wobei die besten Touraine-Weißweine aus Sauvignon Blanc sind. Im Pays Nantais im Westen baut man Melon für den Muscadet an.

Ist der Jahrgang wichtig?

Sehr sogar, und zwar auf unterschiedliche Weise. Chenin Blanc und die roten Trauben geraten in warmen Jahren am besten; wird es jedoch zu warm, wird der Sauvignon Blanc flach. Die großen Süßweine werden nur in sehr günstigen Jahren gemacht. Siehe Übersicht S. 89.

Wann trinke ich Loire-Weine?

Chenin Blanc und die Rotweine drängen sich geradezu als Essensbegleiter auf. Ihre Balance und Finesse fügen sich brillant ein. Die Rotweine sind perfekt für den Sommer geeignet und auch gut genug, um bedeutendere Festivitäten zu begleiten. Muscadet sollte man eigentlich nur zu Meeresfrüchten in Betracht ziehen – aber da gibt es kaum etwas Besseres.

Kann ich sie mir leisten?

Chenin Blanc ist ebenso wie die Rotweine sehr preisgünstig, Sancerre und Pouilly-Fumé hingegen relativ kostspielig. Andere Weine aus Sauvignon Blanc sind billiger. Muscadet ist für seine meist eher bescheidene Qualität zu teuer.

Elsass

Wenn es um Weißweine aus aromatischen Sorten geht, kommt keine Region der Welt dem Elsass gleich. All diese Weine verfügen über eine üppige, trockene Würzigkeit und einen öligen Charakter, der anders ist als alles, was es sonst in Frankreich und in der Welt gibt.

Gewürztraminer (in Frankreich Gewurztraminer) ist die würzigste, duftreichste Traube der Welt und stellt den Maßstab für den Typ des aromatischen Weißweins dar. Doch auch der Pinot Blanc, der sonst überall ein recht braver, schlichter Wein ist, wird im Elsass überschwänglich. Silvaner (hier Sylvaner), üblicherweise leicht und neutral, bekommt einen Touch Würze. Riesling, der in Deutschland über mineralisch-rauchige Pfirsicharomen und in Österreich über ein Limonen-Toast-Bukett verfügt, wird hier – einfach würzig. Pinot Gris steht in Üppigkeit nur dem Gewurztraminer nach, zeigt jedoch einen rauchig-erdigen, honigartigen Charakter gegenüber dem Rosen- und Litschi-Duft des Letzteren.

Die Ausnahme von all diesem Gewürzreichtum ist die winzige Menge von trockenem Muscat, die im Elsass gemacht wird; er zeichnet sich durch ein himmlisch blumiges, traubiges Bukett aus.

Und diese Weine sind alle trocken. Das heißt, dass sie gut zum Essen passen, besonders zu gut gewürzten oder solchen, die süße und würzige Aromen vereinen.

Natürlich gibt es auch süße Weine. Die reichsten werden aus edelfaulen Trauben gemacht, sind aber rar und teuer. Im Elsass genießt man sie zu Foie gras. Man produziert auch leichten Rotwein aus Pinot Noir, der kaum mehr ist als ein dunkler Rosé.

Weinbegriffe | Spätlesen

Trauben, die man nach der normalen Lese am Stock hängen lässt, werden bei gutem Wetter überreif. Weine aus solchen Trauben heißen im Elsass **Vendange Tardive** (»Spätlese«) und sind körper- und alkoholreich; ihr Süßegrad reicht von üppig-trocken bis zu dessertsüß. Köstlich süße Weine gewinnt man aus Trauben, die von Edelfäule befallen sind; sie heißen **Sélection de Grains Nobles**.

Übersicht | Elsass

Lage Im Nordosten Frankreichs, an Deutschland grenzend.

Rebsorten Die weißen Sorten, aufsteigend nach Würzigkeit und Intensität, sind Sylvaner, Pinot Blanc, Riesling, Pinot Gris (auch noch Tokay-Pinot Gris genannt), Muscat und Gewürztraminer. Etwas Pinot Noir wird für leichte Rotweine angebaut.

Regionale Begriffe *Grand Cru* ist die offizielle Klassifikation der 50 besten Lagen, die sehr tiefe und interessante Weine liefern. Der *Edelzwicker* ist ein leichter weißer Verschnitt aus mehreren Sorten. Begriffe wie *Réserve spéciale* sind nicht legalisiert und werden von den Erzeugern benutzt, um Weine herauszustellen; eine Qualitätsgarantie sind sie nicht.

Gute Jahrgänge 2004, 2003, 1998, 1997, 1995, 1990, 1989

Zu meidende Jahrgänge 1994 und 1991 waren bescheiden.

Zehn Weine zum Kennenlernen

- **Cave Co-opérative de Turckheim** Gewurztraminer 2
- **Josmeyer** Pinot Blanc Mise du Printemps 2
- **Albert Mann** Riesling 2
- **Ostertag** Sylvaner Vieilles Vignes 2
- **Cave de Pfaffenheim** Tokay-Pinot Gris 2
- **Schoffit** Gewurztraminer Cuvée Caroline 2
- **Rolly Gassmann** Muscat Moenchreben 3
- **Domaine Paul Blanck** Riesling Furstentum Vieilles Vignes 4
- **Zind-Humbrecht** Gewurztraminer Clos Windsbuhl 4
- **Domaine Weinbach** Tokay-Pinot Gris Cuvée Ste-Cathérine 4

Die elsässischen Dörfer scheinen noch einer anderen Zeit anzugehören. Schilder wie dieses, mit dem ein Winzer auf seinen Keller hinweist, sind in den engen gepflasterten Straßen häufig zu sehen.

Übersicht | Südfrankreich

Lage Südfrankreich teilt sich in drei Anbauregionen: Südwesten, Languedoc-Roussillon und Provence.

Rebsorten Im Südwesten sind Cabernet Sauvignon, Cabernet Franc und Merlot sehr verbreitet; Malbec kommt in Cahors groß raus, Tannat und Négrette sind interessante lokale Sorten. Weißwein wird häufig aus Sémillon und Sauvignon Blanc gemacht. Carignan ist die traditionelle rote Traube des Languedoc-Roussillon, inzwischen werden auch die Rhône-Sorten Grenache, Syrah, Mourvèdre und Cinsaut angebaut. Internationale Rebsorten gewinnen an Boden. Die Provence verfügt über dieselben roten Sorten plus Cabernet Sauvignon.

Zehn Weine zum Kennenlernen

Rot

- **Domaine Ste-Eulalie** Minervois 1
- **Domaine Gauby** Côtes du Roussillon 2
- **Château de Lastours** Corbières Cuvée Simon Descamps 2
- **Mas Jullien** Coteaux du Languedoc, Les États d'Âme, 2
- **Alquier** Faugères 2
- **Pech Redon** La Cape Alicante 2
- **Château de Pibarnon** Bandol 3

Weiß, trocken

- **Domaine de la Baume** Vin de Pays d'Oc Sauvignon Blanc 1
- **Domaine de Cauhapé** Jurançon 2

Weiß, süß

- **Domaine Cazes** Muscat de Rivesaltes 3

Ist der Jahrgang wichtig?

Die herrlichen Süßweine werden nur in den besten Jahren hergestellt, die Rotweine benötigen warme Sommer. Sonst brauchen Sie sich über den Jahrgang keine großen Gedanken zu machen.

Wann trinke ich elsässische Weine?

Zu jeder Gelegenheit. Im Restaurant sind sie immer eine gute Wahl, da sie zu einer ganzen Palette unterschiedlicher Gerichte gut passen, und ich habe noch nie erlebt, dass sie jemand nicht mochte. Und sie sind ungewöhnlich genug, um bei besonderen Anlässen Eindruck zu machen. Riesling ist der beste Allround-Wein zum Essen, Gewurztraminer und Pinot Gris eignen sich besonders gut zu chinesischen und anderen asiatischen Gerichten. Sie sind auch solo ein reiner Genuß, ebenso der Muscat.

Kann ich sie mir leisten?

Aber sicher. Sie gehören nie zu den billigen Weinen, und die besten sind recht teuer. Aber Sie können bedenkenlos in jeder Preiskategorie wählen, auch die preiswertesten Weine sind immer ein guter Kauf.

Südfrankreich

In diesem Teil Frankreichs, wo die Alte auf die Neue Welt trifft, spielt gegenwärtig die Musik. In den Vin-de-Pays-Regionen, besonders Vin de Pays d'Oc, sind – angezogen vom enormen Potenzial der Weinberge – australische und in Australien ausgebildete Weinmacher in Scharen am Werk, um Weine mit der für die Neue Welt typischen geradlinig-offenen Frucht zu produzieren, die mit buttrigen Aromen von neuen Eichenfässern abgerundet wird. Gegenüber den Verschnitten aus den traditionellen Rebsorten, die die Erzeuger der AC-Bereiche verwenden, bevorzugen sie sortenreine Weine aus den internationalen Varietäten wie Cabernet Sauvignon, Merlot, Chardonnay und Sauvignon Blanc. Auch Syrah und etwas Viognier wird eingesetzt.
Dieser Trend ist auch in den traditionellen AC-Weinen des Südwestens, des Languedoc-Roussillon und der Provence

Unter der Obhut des Château d'Aguilar liefern alte Carignan-Reben einen der mächtigsten Weine des AC-Gebiets Fitou.

zu spüren. Immer mehr Erzeuger setzen bessere Techniken ein, um aus den lokalen Rebsorten, die hier überall anzutreffen sind, das Beste zu machen. Dennoch bleibt der Geschmack der Weine definitiv Alte Welt. In großen Teilen des Südwestens ist der Einfluss von Bordeaux deutlich; wenn man sich weiter von Bordeaux entfernt, trifft man auf höchst individuelle Weine, die oft sehr robust und fast barbarisch krautig sind, aber mehr und mehr von der modernen Frische profitieren.

Spielen regionale Unterschiede eine Rolle?

In großem Maß, auf Grund der Spaltung zwischen den Alte- und Neue-Welt-Typen. In Bergerac und den Côtes de Duras im Südwesten bekommen Sie rote und weiße Bordeaux-Doppelgänger, etwas weiter von Bordeaux entfernt die unzivilisierten, würzig-muskulösen und tanninreichen Rotweine von Cahors und Madiran.

Im Languedoc-Roussillon sind die Rotweine von Gewürzen und Kräutern geprägt, manchmal auch von einer trockenen Strenge. Diesen Charakter zeigen die Weine aus den Gebieten Fitou, Minervois, Corbières, Faugères, Costières de Nîmes, St-Chinian, Coteaux du Languedoc und Côtes du Roussillon.

Die Provence mit ihren Appellationen Bandol, Côtes de Provence, Coteaux d'Aix-en-Provence und Les Baux-de-Provence erzeugt Rotweine sowohl vom würzig-warmen als auch vom intensiven Schwarze-Johannisbeer-Typ, dazu viele gute Rosés. Die dominante Traube bestimmt den Stil: Cinsaut ergibt den hellsten Rosé, Syrah den aromatischsten Rosé und Rotwein.

Der Vin de Pays d'Oc und andere aus dem Süden sind meist gefälligere, offener fruchtige Versionen dieser Rotwein- und Rosé-Typen; in ihr Repertoire gehören auch Weißweine der reif-würzigen Art.

Die traditionellen Weißweine zeigen ein Spektrum von völlig trocken und neutral bis zu einem scharfen Kräutercharakter; Jurançon kann ein sehr feines Bukett aufweisen. Die Rosés erinnern an Erdbeeren und haben ebenfalls eine Prise Kräuter im Aromenmix. Der schäumende Blanquette de Limoux mit seinem Apfelaroma ist geschliffen und erfrischend. Aus Frontignan, Mireval, Rivesaltes und St-Jean-de-Minervois kommen auch süße, aufgespritete Muscats und aus Monbazillac – Tür an Tür mit Bordeaux – der süße, goldene Vetter des Sauternes.

Wann trinke ich Weine aus Südfrankreich?

Wann immer Ihnen danach ist. Rotweine sind meist zu kraftvoll für warmes Wetter, dann sind aber die Weißweine und Rosés optimal.

Kann ich sie mir leisten?

Mit der Ausnahme einiger Kultweine ohne Probleme.

Italien

Italien hat seine eigenen Traubensorten und seine eigene Art, mit ihnen umzugehen; und das tut es immer besser. Berühmte Namen wie Soave, Valpolicella und Chianti gewinnen ihren alten Glanz zurück, während der Süden sich mit preisgünstigen, höchst charaktervollen Weinen – die sich jeder Weinladen in seinen Regalen wünscht – neu positioniert.

Italien hat durchaus andere Weine als andere Länder, und selbst wenn italienische Winzer internationale Sorten wie Cabernet oder Chardonnay sowie moderne Vinifikationsmethoden verwenden – wie den Ausbau in neuer Eiche –, geben sie ihren Weinen einen definitiv italienischen Touch.

Wann ist also ein Italiener richtig? Wenn Sie etwas zu essen vor sich haben. Die Rotweine zeichnen sich durch eine gleichzeitig süße und säuerliche Kirschfrucht aus, die das Wasser im Mund zusammenlaufen lässt, und die Weißweine sind so kultiviert, dass sie sogar zum feinsten Gericht passen. Sie sind auch herrliche Aperitifs.

Italienische Klassifikation

Das italienische System ist in etwa dem französischen nachgebildet. DOC ist das Gegenstück zur AOC Frankreichs.

Denominazione di Origine Controllata e Garantita (DOCG) Theoretisch die klassischsten Weine Italiens, auf wenige Bereiche beschränkt und mit engen Bestimmungen zu Erträgen und Produktionsmethoden.

Denominazione di Origine Controllata (DOC) Die bedeutenden Appellationen, entsprechend den AOC-Bereichen Frankreichs. Rebsorten, Erträge, Lagen und Produktionsmethoden sind vorgeschrieben.

Indicazione di Origine Controllata (IGT) Die 1996 eingeführte Kategorie für Weine mit regionaler Identität, ähnlich den französischen Vins de Pays. Nach anfänglichen Schwierigkeiten steigt die Zahl der IGT-Weine stark an.

Vino da Tavola (VdT) Der »Tafelwein«, die unterste Qualitätsstufe, darf nur die Herkunftsbezeichnung »Italia« und die Angabe der Farbe tragen. Die berühmten großen Weine, die vor allem in der Toskana und im Piemont unter Mißachtung der DOC-Bestimmungen entstanden und die italienische Weinrevolution einleiteten, wurden von den Erzeugern ebenfalls als VdT vermarktet.

Piemont und Nordwesten

Wenn Sie mächtige, bukettreiche Rotweine mögen, die majestätisch altern, sind Sie hier richtig. Die Traube ist Nebbiolo und Barolo – wenn Sie sich einmal reich fühlen – das Ziel Ihrer Ambitionen. Der Barolo ist eine Bombe von Rotwein. Stellen Sie sich den Duft von Kirschen und Schokolade, von Pflaumen und Tabak, von Teer und Rosen vor,

Übersicht | Nordwestitalien

Lage Das Piemont ist die zentrale und bedeutendste Region Nordwestitaliens.

Rebsorten Nebbiolo, Barbera und Dolcetto ergeben Rotweine im typisch süß-säuerlichen Stil, wobei Nebbiolo die körper- und aromareichste ist. Spanna ist ein lokales Synonym für Nebbiolo. Die weiße Arneis ist ziemlich und die Moscato sehr aromatisch, letztere wird für Süß- und Schaumweine verwendet. Cortese ist trocken und frisch.

Nebbiolo-dominierte Bereiche Barbaresco, Barolo, Carema, Gattinara, Langhe, Nebbiolo d'Alba

Barbera-dominierte Bereiche Barbera wird in ganz Nordwestitalien kultiviert. DOC-Bereiche sind u. a. Barbera d'Alba und Barbara d'Asti.

Dolcetto-dominierte Bereiche DOC-Bereiche sind u. a. Dolcetto d'Acqui, Dolcetto d'Alba und Dolcetto d'Asti.

Regionale Begriffe *Bricco* ist eine erstklassige Hügellage, *sori* eine nach Süden ausgerichtete Hugelflanke. *Spumante* schäumend, *riserva* Wein mit längerer Lagerung vor Abfüllung.

① Barolo und Barbaresco
② Asti

Gute Jahrgänge 2004, 2003, alle zwischen 2001 und 1995 sowie 1990 bis 1988

Zu meidende Jahrgänge 2002, 1994, 1993, 1992, 1991

Zehn Weine zum Kennenlernen

Rot

- **Bava** Arbest, Barbera d'Asti (2)
- **Albino Rocca** Dolcetto d'Alba (2)
- **Elio Altare** Dolcetto d'Alba (2)
- **Vajra** Langhe (3)
- **Aldo Conterno** Conca Tre Pile, Barbera d'Alba (3)
- **Ascheri** Barolo (3)
- **Pio Cesare** Barbaresco (5)
- **Domenico Clerico** Ciabot Mentin Ginestra Barolo (5)

Weiß

- **Giuseppe Rivetti** La Spinetta Moscato d'Asti (2)
- **Giacosa** Roero Arneis (3)

Großes Bild: *Die Nebbiolo ist nach ital.* nebbia *(»Nebel«) benannt, da sie sehr spät reift. Hier das Castello Falletti di Barolo in Serralunga d'Alba.*
Kleines Bild: *Die besten und teuersten Barolos sind Weine von Einzellagen, wie der Cicala von Aldo Conterno.*

und mixen Sie alles zusammen – so etwa schmeckt Barolo. Früher brauchte er viele Jahre, um zu reifen, doch die neue Generation moderner Erzeuger macht Weine, die weit weniger Tannin enthalten und sehr viel früher zugänglich sind. Andere Nebbiolo-Weine – Barbaresco, Langhe, Nebbiolo d'Alba, Carema, Gattinara und Spanna – reichen von weich und rund bis ungehobelt.

Doch Nebbiolo ist in den Weinbergen des Nordwestens nicht vorherrschend. Diese Rolle fällt Barbera zu, die überall angebaut ist. Sie ist durch hohe Säure und niedrigen Tanningehalt charakterisiert, ihr Geschmack durch leicht unreife Pflaumen und Rosinen; die meisten Weine sind jung zu trinken, die besten reifen auch sehr schön. Die dritte Hauptrebe ist Dolcetto, sie ist fruchtiger und saftiger als die beiden anderen, hat aber auch die typisch italienische Pikanz und ebenso ein ordentliches Tanningerüst. Weißwein spielt hier kaum eine Rolle, außer dem herrlich traubigen süßen Asti und anderen Schaumweinen aus Moscato. Es gibt ein wenig aromatischen Arneis und erfrischenden, jedoch überteuerten Gavi aus der Cortese-Traube.

Spielen regionale Unterschiede eine Rolle?

Ja, denn die Weintypen sind unterschiedlich. Barolo ist der mächtigste, großartigste Nebbiolo, gefolgt von Barbaresco, dann den anderen erwähnten Weinen. Dolcetto d'Asti und Dolcetto d'Acqui sind meist leichter als Dolcetto d'Alba; Barbera d'Alba und Barbera d'Asti sind die besten Barberas.

Ist der Jahrgang wichtig?

Bei den besseren Weinen. Siehe Übersicht S. 95.

Wann trinke ich diese Weine?

Rotwein am besten zum Essen, und da die Oberklasse sowohl ausgezeichnet als auch teuer ist, ist sie für besondere Gelegenheiten exzellent geeignet. Asti und andere süße Moscatos passen gut zu üppigen Desserts.

Kann ich sie mir leisten?

Spitzen-Barolos und -Barberas sind exorbitant teuer. Suchen Sie einen relativ einfachen Nebbiolo von einem guten Erzeuger, aber auch der wird nicht billig sein. Barbera und Dolcetto sind weniger kostspielig, Asti ist preiswert und macht Spaß.

Nordostitalien

Dies ist Weißweinland. Nicht, dass es keine Rotweine gäbe, aber beginnen wir mit den weißen. Ihr Charakter reicht von leicht und bergfrisch oben in Südtirol bis zu substanzielleren Typen weiter südlich und östlich, in Venetien und Friaul; denken Sie aber immer an die italienische Vorliebe für neutrale Weine. Sogar bei geschmacksintensiven Sorten wie Sauvignon Blanc ist eine Pikanz wie bei den Neuseeländern nicht zu finden. Pinot Grigio ist allgemein leicht und knackig-frisch, ganz anders als der Pinot Gris im Elsass. Der schäumende leichte Prosecco versprüht Lebensfreude.

Sehr viele Weine werden nur aus einer Rebsorte vinifiziert und nach ihr benannt, weshalb man über den zu erwartenden Geschmack nicht rätseln muss. Soave ist die wichtigste Ausnahme: Er besteht aus Garganega und Trebbiano und ist einer der typischen italienischen, völlig trockenen und neutralen Weißweine. Soave kann recht elegant sein und eine überraschende Tiefe und Alterungsfähigkeit besitzen; meist ist er aber leichtgewichtig und – solange Sie den Soave Classico aus dem Zentrum der Region nehmen – unkompliziert und sehr angenehm.

Die Rotweine – darunter Valpolicella und Bardolino – sind ebenfalls leicht, zeichnen sich aber auch durch individuelle Aromatik aus. Internationale Sorten wie Merlot sind fast immer viel leichter als die Versionen aus anderen Ländern. Ein Valpolicella mit dem »Vornamen« Recioto, aus rosinierten Trauben gemacht, ist jedoch süß und üppig, und er kann herrlich sein. (Auch beim Soave gibt es einen – ebenso guten – Recioto). Der faszinierende Amarone, ein trocken ausgebauter Recioto, ist ein bitter-säuerlicher, schwergewichtiger Rotwein.

Für den süßen Recioto und den bitteren Amarone werden Trauben auf Holzgestellen teilweise getrocknet, um den Extrakt zu konzentrieren.

Spielen regionale Unterschiede eine Rolle?

In großem Maß, denn jeder Bereich hat seinen eigenen Charakter. In Südtirol werden die leichtesten Weine gemacht, die aus dem Trentino sind etwas körperreicher und die aus dem Friaul die intensivsten. Im Veneto sind Valpolicella, Bardolino und Soave am berühmtesten; hier ist die Qualität durch Überproduktion beeinträchtigt, eine Reihe von Erzeugern liefert jedoch Weine von der Art, die den Ruf dieses Bereichs begründeten. Halten Sie sich an Weine mit dem Zusatz »Classico«.

Ist der Jahrgang wichtig?

Die Jahrgänge variieren, aber außer bei Recioto und Amarone – die bis zu zehn Jahre reifen sollten – sowie bei teuren Weißweinen muss man sich damit nicht aufhalten. Siehe Übersicht rechts.

Kann ich sie mir leisten?

Nicht alle bieten sehr guten Gegenwert. Friaul ist für seine Qualität teuer, Südtirol in geringerem Maß. Das Veneto – insbesondere Valpolicella und Soave – ist, wenn man gut wählt, preiswert.

Übersicht | Nordostitalien

Lage Das Veneto und Friaul-Julisch-Venetien liegen im Hinterland von Venedig. Die Region Trentino-Südtirol erstreckt sich von der österreichischen Grenze nach Süden.

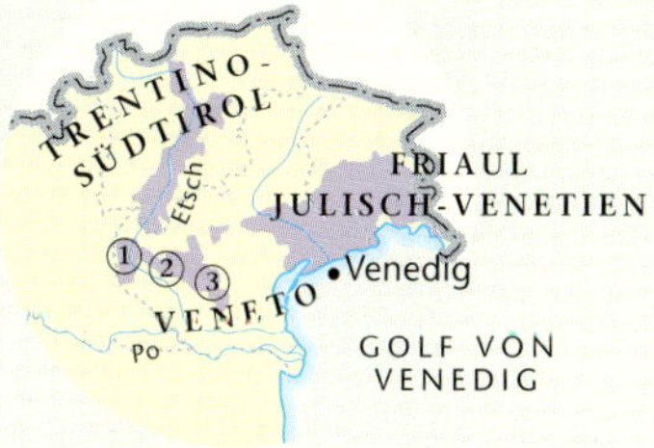

① Bardolino ③ Soave
② Valpolicella

Rebsorten Aus Garganega und Trebbiano macht man Soave und andere neutrale Weißweine. Die rote Corvina ist die Hauptsorte in Valpolicella und Bardolino. Südtirol verfügt über einige einheimische Sorten, dazu Traminer (Gewürztraminer), der Tocaj ist ein ausdrucksvoller Weißwein aus dem Friaul. An internationalen Sorten werden angebaut: Pinot Bianco, Pinot Grigio, Chardonnay und Sauvignon Blanc (weiß), Merlot, Pinot Nero und Cabernet Sauvignon (rot).

Regionale Begriffe *Classico* Zentrum und bester Teil einer Region; *recioto* süßer Soave oder Valpolicella aus teilrosinierten Trauben; *amarone* völlig vergorener Recioto; *ripasso* gewöhnlicher Wein, der auf den Beerenhäuten aus der Recioto-Produktion noch einmal gärt, um ihm mehr Geschmack und Alkohol zu geben.

Gute Jahrgänge (Amarone) 2004, 2003, 2001, 2000, 1997

Zu meidende Jahrgänge (Amarone) 1992, 1991

Zehn Weine zum Kennenlernen

Rot

- **Tedeschi** Valpolicella Classico Superiore ②
- **Zenato** Valpolicella Superiore Ripasso ②
- **Foradori** Teroldego Rotaliano ②
- **Villa Russiz** Collio Merlot Graf de la Tour ③
- **Allegrini** Amarone della Valpolicella Classico ④

Weiß

- **Pieropan** Soave Classico Superiore ②
- **Jermann** Pinot Bianco ③
- **Mario Schiopetto** Collio Tocai Friulano ④
- **Anselmi** Recioto di Soave ④

Schaumwein

- **Ferrari** Brut ③

Der Tocai Friulano von Mario Schiopetto zeichnet sich durch ein intensives Bukett mit Noten von Birnen, Zitronen und Kräutern aus.

Toskana und Mittelitalien

Der Chianti ist bei weitem der berühmteste Wein dieser Region – in der Tat wohl der berühmteste ganz Italiens. Er ist die Verkörperung des süßen und gleichzeitig säuerlichen, nach Kirschen schmeckenden Typs, der die italienischen Rotweine dominiert, daneben zeigt er in der Nase auch Veilchen und Teeblätter, das Ganze durch Tannin gut gestützt. Und besonders erfreulich zu hören ist, dass die Qualität wieder sehr rasch ansteigt.

Der Schlüssel zu den meisten Rotweinen in diesem Teil Italiens, einschließlich Chianti, ist die Sorte Sangiovese. Am leichtesten ist ihre Ausprägung in den billigen Vini da Tavola, die man in jedem toskanischen Supermarkt findet, und am intensivsten (und kostspieligsten) in den beiden DOCGs Brunello di Montalcino und Vino Nobile di Montepulciano. Diese brauchen einige Jahre, damit sich ihre Säure und Tannine runden; ihre »Juniorversionen«, Rosso di Montalcino und Rosso di Montepulciano, sind weicher und können viel jünger getrunken werden. Morellino di Scansano verfügt über eine leichte, schöne Kirschfrucht, Carmignano ist elegant und seriös.

Die apfelfrische und pflaumig-runde Sorte Montepulciano (die mit der toskanischen Stadt und ihrem berühmten Wein nichts zu tun hat) ist eine weitere Hauptsorte Mittelitaliens; bekannt ist der ordentliche, eher raue Montepulciano d'Abruzzo. In den schmackhaften Weinen Rosso di Conero und Rosso Piceno ist sie mit Sangiovese veschnitten.

Die Weißweine der Gegend sind leicht, trocken und neutral; am bekanntesten sind Vernaccia di San Gimignano, Verdicchio, Frascati, Orvieto. Sie können sehr attraktiv sein, doch mit Ausnahme der Topweine sind sie austauschbar. Lambrusco aus der Emilia ist ein leichter weißer oder roter Perlwein; der beste ist trocken und verfügt über einen scharfen Biss, der in Mengen exportierte jedoch gesüßt und weitgehend geschmacklos.

Spielen regionale Unterschiede eine Rolle?

Mit Ausnahme der »Supertoskaner« und der »Designerweine« (siehe unten) besitzt die Toskana einen grundlegenden Rotweintyp. Die Regionen stellen eher eine Hierarchie in Qualität und Preis dar. An der Spitze stehen Vino Nobile di Montepulciano und Brunello di Montalcino, dann kommen Chianti Classico und Carmignano, dann der restliche Chianti; zuletzt einfachere DOCs wie Morellino di Scansano sowie die alltäglichen Vini da Tavola. Rotweine aus der Sorte Montepulciano sind anders: körperreicher, aber auch rauer.

Die Weißweine der Basisqualität schmecken alle fast gleich, wirklich gute Verdicchios und Orvietos sind jedoch etwas Feines.

Ist der Jahrgang wichtig?

Ja, bei den guten Rotweinen, die einige Jahre in der Flasche reifen müssen. Siehe Übersicht S. 99.

Kann ich sie mir leisten?

Ja und nein. Die Spitzenrotweine gehören schon zu den Investitionsgütern. Weniger teure Weine bieten einen guten Gegenwert und sind so individuell, dass Sie es sich nicht leisten können, sie nicht zu probieren.

Weinbegriffe | **Supertoskaner und moderne Designerweine**

Früher gab es in Italien ein Weingesetz, das die toskanischen Erzeuger zu manchen Absurditäten zwang. Dagegen rebellierten die Topwinzer. Sie experimentierten mit Rebsorten, die bei DOC-Weinen verboten waren – wie Cabernet Sauvignon –, und dem ebenso verbotenen Ausbau im neuen Eichenfass. Sie stuften ihre Produkte als einfache Vini da Tavola ein und gaben ihnen Fantasienamen wie Sassicaia und Tignanello – und verlangten Fantasiepreise. Diese Weine wurden als **Supertoskaner** berühmt. Die Weingesetze wurden inzwischen geändert, einige der Weine sind heute als DOC oder IGT eingestuft. Die Winzer besitzen großes Renommee sowohl für traditionelle Weine wie Chianti als auch für modische **Designerweine** aus internationalen Traubensorten, darunter Cabernet, Syrah, Merlot, Pinot Noir, Chardonnay und Viognier.

Übersicht | Mittelitalien

Lage Diese Weinregionen bilden den Schaft des italienischen Stiefels. Am bedeutendsten ist die Toskana.

Rebsorten Für Rotweine weit überwiegend Sangiovese. Montepulciano wächst in den Marken und Abruzzen. Trebbiano, Verdicchio und Vernaccia sind die weißen Hauptsorten; Cabernet Sauvignon und Chardonnay sind etabliert, mit vielen anderen internationalen Sorten wird experimentiert.

Regionale Begriffe *Riserva* vor dem Verkauf länger gelagerter Wein; *classico* Zentrum und bester Teil einer Region; *Rufina* die beste Teilregion nach dem Chianti Classico; weitere Teilregionen sind Colli Aretini, Colli Fiorentini, Colli Senesi, Colline Pisane und Montalbano.

Gute Jahrgänge 2004, 2003, 2001 bis 1997, 1995, 1993, 1990

Zu meidende Jahrgänge 2002, 1992

Zehn Weine zum Kennenlernen

Rot

- **Cornacchia** Montepulciano d'Abruzzo 2
- **Castello di Brolio** Chianti Classico 2
- **Avignonesi** Vino Nobile di Montepulciano 3
- **Argiano** Rosso di Montalcino 3
- **Umani Ronchi** Cúmaro Rosso Conero 3
- **Villa Cafaggio** Chianti Classico Riserva 3
- **Carpazo** Brunello di Montalcino 5
- **Isole e Olena** Cepparello 5

Weiß

- **La Carraia** Orvieto 2
- **Antinori** Cervaro della Sala 4

Weinbegriffe | **Vin santo**

Eine traditionell toskanische Spezialität, die heute in ganz Italien produziert wird. Der »Heilige Wein« wird aus getrockneten Trebbiano-, Malvasia- und anderen Trauben gemacht, trocken oder süß, je nachdem, ob er als Aperitif oder als Dessertwein gedacht ist. Die besten schmecken himmlisch nach Nüssen, getrockneten Aprikosen und kandierter Orangenschale.

Hügelland, Pappeln, Landsitze und Weinberge tragen zur magischen Anziehungskraft der Toskana bei.

Übersicht | Süditalien

Lage Apulien, Kampanien, Basilikata und Kalabrien, die den Fuß des italienischen Stiefels bilden, sowie die Inseln Sizilien, Sardinien, Pantelleria und Lipari.

Rebsorten Mandelduftender Aglianico, dunkler, finsterer Negroamaro und üppiger Nero d'Avola sind die aufregendsten Rotweine, gefolgt vom stämmig-pfeffrigen Primitivo. Cannonau ist eine sardische Verwandte der Grenache-Rebe, weitere heimische Sorten sind Greco, Fiano, Torbato, Nuragus, Vermentino, Vernaccia, Malvasia und Catarratto. Moscato ergibt herrliche Süßweine.

Angereicherte Weine Marsala, Moscato di Pantelleria

Zehn Weine zum Kennenlernen

Rot

- **Candido** Salice Salentino 2
- **Cantina Copertino** Copertino 2
- **Santadi** Monica di Sardegna 2
- **Fratelli d'Angelo** Aglianico del Vulture 2
- **Planeta** Santa Cecilia 4
- **Caggiano** Taurasi 6
- **Duca di Salaparuta** Duca Enrico 5

Weiß

- **Cantele** Chardonnay Barrique 2
- **Sella e Mosca** La Cala Vermentino di Sardegna 2
- **De Bartoli** Vecchio Samperi 3

Der Vecchio Samperi ist ein trockener, nicht aufgespriteter Marsala, der Salice Salentino von Candido bietet besten Gegenwert.

Süditalien

Diesem Teil Italiens gehört meine besondere Liebe. Die Weine sind ausgezeichnet und nicht teuer, voll gepackt mit Aroma, ungezügelt und fast wild. Sie könnten gar nicht italienischer schmecken. Mit anderen Worten: Dies ist eine kommende Region, und sie kommt so schnell, dass man kaum Schritt halten kann. Die Rotweine sind ihre Sache: stämmig, würzig und schokoladig mit einem Touch Pflaumen, Rosinen und Kaffeebohnen. Salice Salentino und Copertino sind besonders empfehlenswert. Apulien ging voran, Sizilien schreitet rasch voran und Sardinien tut alles, um mitzuhalten. Süditalien verfügt über viele sehr interessante rote Rebsorten wie Aglianico, Nero d'Avola und Negroamaro; vor allem aber ist es Heimat des Primitivo, der als der europäische Ahn des kalifornischen Zinfandels gilt. An manchen Orten entstehen auch fantastische Weißweine; Apulien macht sie im Allgemeinen aus internationalen Sorten wie Chardonnay, sonst findet man faszinierende, kräuterduftende einheimische Sorten. Ich mag auch den aufgespriteten Marsala wegen seiner Rohzuckersüße und seiner prickelnden Säure, noch mehr aber die seltenen nicht angereicherten, trockenen Weine.

Spielen regionale Unterschiede eine Rolle?

Kaum – der süditalienische Charakter ist vorhanden, was auch immer Sie wählen.

Ist der Jahrgang wichtig?

Ebenfalls kaum.

Wann trinke ich diese Weine?

Sie sind nicht sonderlich anspruchsvoll, verdienen aber Aufmerksamkeit; es wäre schade, sie gedankenlos zu trinken. Gute, herzhafte italienische Gerichte sind dazu richtig.

Kann ich sie mir leisten?

Ja und nochmals ja. Es gibt Unmengen Weine von ausgezeichnetem Gegenwert, die teuren sind erstklassig.

Spanien

Spanien hat sich geändert. Müde, dumpfe Weine gehören der Vergangenheit an. Das moderne Spanien ist in Mode, und es ist sich dessen bewusst. Junge, gefällige Rotweine sind das gegenwärtige Aushängeschild, und ich bin begeistert von ihnen. Ich liebe diese leichtherzigen, süffigen Weine mit ihren Pflaumen- und Erdbeeraromen. La Mancha, Valdepeñas, Valencia, Tarragona und Jumilla produzieren ebenso wie die Regionen, die ich näher vorstellen werde, schmackhafte Tropfen.

Ich mag auch die seriöseren Rotweine, würzig-warme Exemplare, deren pflaumig-runder Charakter durch Nelken- und Sahnenoten sowie ein gutes Rückgrat weicher Tannine akzentuiert wird. Und ich schätze die Weißweine, jetzt da sie eine strahlend frische, grasig-vegetabile Frucht besitzen.

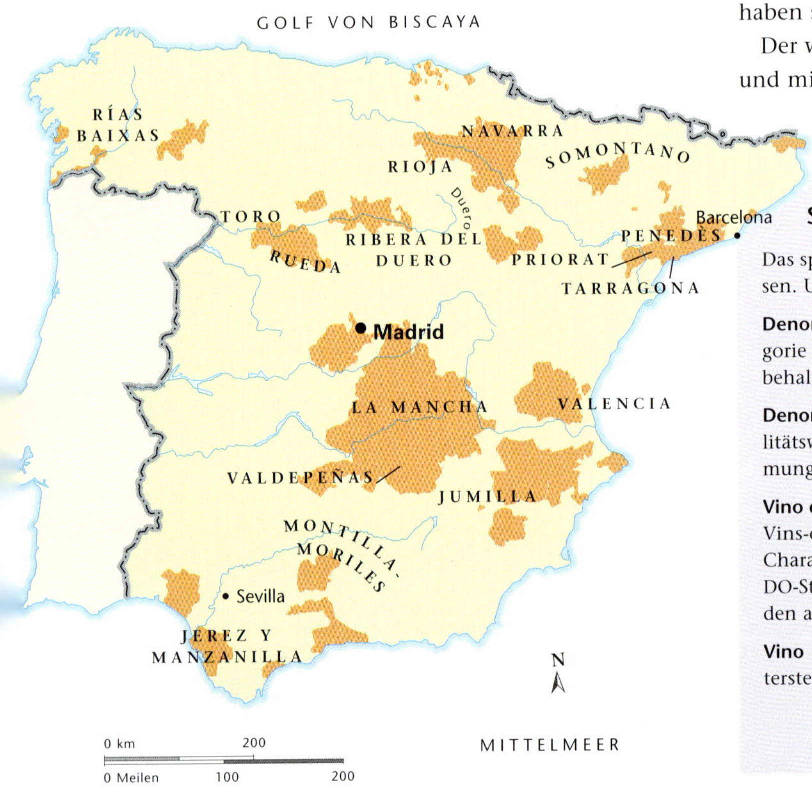

Das Beste Spaniens ist aber nicht verschwunden. Rioja hat noch immer seine runden, nach Erdbeeren und Sahne duftenden Rotweine und die cremigen, in Eiche ausgebauten Weißweine. Und guter Sherry hat immer noch einige der ungewöhnlichsten Aromen, die in einer Weinflasche zu finden sind.

Rioja

Dies ist die traditionsreichste spanische Weinregion. Das heißt nicht, dass nichts anders geworden ist, dennoch ist ein Rioja der Rotwein, der den Geschmack des alten Spaniens repräsentiert: Vanille und Erdbeeren, reifer, an Leder erinnernder Charakter. In Rioja werden auch Unmengen von »jungen« Rotweinen gemacht, den traditionellen Typ haben sie aber nicht abgelöst.

Der weiße Rioja vom alten Schlag – lange im Fass gereift und mit leicht gelbem Farbton – ist schwieriger zu finden. Die meisten Erzeuger bieten weißen Rioja als mo-

Spanische Klassifikation

Das spanische System definiert wie alle in der EU Qualitätsklassen. Und wie Italien hat es eine Spitzenklasse.

Denominación de Origen Calificada (DOC) Diese Super-Kategorie ist Weinen mit einer langen Tradition hoher Qualität vorbehalten. Gegenwärtig trägt nur der Rioja diesen Titel.

Denominación de Origen (DO) Die Standardappellation für Qualitätswein gilt für über 50 Bereiche mit relativ engen Bestimmungen u. a. zu Traubensorten und Erträgen.

Vino de la Tierra Diese Bereiche entsprechen den französischen Vins-de-Pays-Regionen. Die Weine sollen einen regionalen Charakter besitzen, manche warten auf die Beförderung zum DO-Status. Weine aus weniger genau definierten Bereichen werden als **Vino Comarcal** bezeichnet.

Vino de Mesa Wie in anderen europäischen Ländern die unterste Kategorie (Tafelwein).

Übersicht | Rioja und Nordosten

Lage Rioja und Navarra liegen benachbart im Norden, Somontano, Penedès und Priorat weiter östlich.

Rebsorten Roter Rioja ist traditionell ein Verschnitt aus Tempranillo und Garnacha (frz. Grenache), manchmal mit etwas Graciano und Mazuelo. Auch anderswo sind Tempranillo und Garnacha zu finden, dazu Cariñena (frz. Carignan) sowie internationale Sorten. Der Charakter reicht von fruchtig-gefällig bis warm und würzig. Die weißen Traditionstrauben sind Viura und Malvasía; in Katalonien sind Parellada, Xarel-lo und Macabeo (= Viura) verbreitet, dazu internationale Sorten.

Regionale Begriffe *Joven* jung, *sin crianza* (»ohne Reifung«) meint etwa dasselbe: Der Wein wird im ersten oder zweiten Jahr nach der Lese verkauft. *Crianza* bedeutet mindestens ein Jahr Reifung in Fass und Flasche, *Reserva* mindestens drei Jahre Reifung in Fass und Flasche, *Gran Reserva* mindestens vier Jahre. Weiße Reservas und Gran Reservas reifen nicht so lange.

Gute Jahrgänge (Rioja) 2003, 2001, 1996, 1995, 1994

Zwanzig Weine zum Kennenlernen

Rot

- **Principe de Viana** Agramont, Navarra (1)
- **Guelbenzu** Crianza, Navarra (2)
- **Baso** Navarra (1)
- **Artadi** Orobio Rioja (2)
- **Enate** Crianza, Somontano (2)
- **Palacio Glorioso** Crianza, Rioja (2)
- **Raïmat** Abadía, Costers del Segre Mas Castell, Costers del Segre (2)
- **Campillo** Reserva, Rioja (3)
- **Scala Dei** Priorat Negre (3)
- **Remelluri** Reserva, Rioja (3)
- **Chivite** Colección 125 Reserva, Navarra (3)
- **CVNE** Imperial Gran Reserva, Rioja (4)
- **Costers del Siurana** Clos de l'Obac, Priorat (5)

Weiß

- **Torres** Viña Sol, Penedès (1)
- **Nekeas** Chardonnay, Navarra (2)
- **Viñas del Vero** Chardonnay (aus dem Barrique) Somontano (2)
- **Marqués de Murrieta** Reserva, Rioja (2)

Rosé

- **Ochoa** Garnacha Rosé (2)

Schaumwein weiß

- **Codorníu** Cuvée Raventos (2)

dernen, grünlich-pikanten Typ mit knackiger zitroniger Frucht an. Die traditionellen Exemplare sind dicht und würzig, die besten sahnig, ähnlich einem reifen weißen Burgunder, jedoch mit einer scharfen Note von saurer Sahne.

Spielen regionale Unterschiede eine Rolle?

Eigentlich nicht. Rioja Alta und Rioja Alavesa sind die besten Teilregionen, aber die meisten Riojas werden aus Trauben aus der ganzen Region gemacht.

Ist der Jahrgang wichtig?

Bei den Spitzenweinen ja (siehe Übersicht links). Bei jungen Weinen brauchen Sie sich nicht darum zu kümmern.

Wann trinke ich diese Weine?

Zu jeder Zeit. Sie passen sich jeder Gelegenheit an, wobei die guten roten Riojas ernstere Tropfen sind, die ein gutes Essen verdienen. Ein echter traditioneller weißer Spitzen-Rioja kann auf jemanden, der ihn nicht kennt, wie ein Schock wirken. Die leichten Roten sind auch im Sommer angenehm.

Kann ich sie mir leisten?

Im Allgemeinen ja. Rioja ist allerdings schon teurer, als seine Qualität rechtfertigt, und die besten (als Gran Reserva etikettiert) sind recht kostspielig. Einfache junge Riojas bieten nicht mehr denselben Gegenwert wie andere spanische Weine.

Modernes Nordostspanien

Es könnte kein besseres Beispiel dafür geben, was in den letzten Jahren mit dem spanischen Wein geschah. Navarra, das einst als armer Vetter von Rioja galt, ist heute ein »Silicon Valley« des Weins: Es wird so heftig experimentiert, dass man kaum einen gemeinsamen Weintyp definieren kann. Es gibt junge, fruchtig-gefällige Rotweine und in Eiche gereifte, stoffige Weine, sortenreine Weine und Verschnitte, alte spanische Rebsorten wie Garnacha und Tempranillo und internationale Sorten wie Cabernet und Chardonnay; man macht auch große Mengen frischer Weißweine und nach Erdbeeren duftender *rosados* (Rosés). Penedès war der erste Bereich in Spanien, der internationale Traubensorten wie Chardonnay und Cabernet Sauvignon anpflanzte und definitiv internationale Weine produzierte. Weißweine gibt es vom grünlich-pikanten Typ ebenso wie vom weich-toastigen, die Roten besitzen Dichte und schöne Schwarze-Johannisbeer-Aromen oder sind würzig und muskulös. Einige werden sortenrein vinifiziert, andere sind Verschnitte traditioneller und internationaler Trauben. Das nahe Costers del Segre verfügt über gute reif-würzige Rotweine und körperreiche Weißweine.

Während Penedès seitdem mit den Entwicklungen nicht immer Schritt hielt, machte Somontano einen gewaltigen Satz in die Zukunft. Man kultiviert moderne Sorten in großem Stil und macht sortenreine Cabernet Sauvignons, Merlots, Pinots Noirs, Gewürztraminer und Chardonnays. Und zwar von bemerkenswerter, delikater Finesse.

Im Priorat (so die katalanische Schreibweise), einem der neuen Stars des spanischen Weins, ging der Wandel noch weiter. Die besten Weine entwickeln Kultstatus, und die Preise steigen raketenartig. Eine Reihe großer Investoren erkannten das Potenzial des Bereichs und begannen damit, die besten hier denkbaren Weine herzustellen. Sie halten die Erträge niedrig und lesen fast jede Traube einzeln, mit dem Ergebnis unglaublich würziger, warmer Rotweine. Man macht aber auch einige erschwingliche, herrlich fleischige Rotweine von gleicher Art und sogar »junge« mit saftiger Frucht.

Ich darf den Cava nicht vergessen. »Cava« ist das spanische Wort für nach traditioneller Methode hergestellten Schaumwein. Er kann im Prinzip aus dem ganzen Nordosten kommen, der meiste allerdings aus Penedès. Erwarten Sie nicht, dass er wie Champagner schmeckt. Heute kann in der Cuvée etwas Chardonnay sein, damit sie etwas eleganter wird, doch die Haupttrauben sind Parellada,

Die Weinregion Rioja liegt im Tal des Ebro, das durch die Sierra de Cantabria begrenzt wird.

Macabeo und Xarel-lo, die alle keine Anwärter für den Preis der besten weißen Traube sind. In bester Form ist Cava angenehm, frisch und sauber, einer der weltbesten preiswerten Schäumer. Schlechter Cava schmeckt erdig-muffig und kann einem den Spaß verderben.

Spielen regionale Unterschiede eine Rolle?

Nicht innerhalb der beschriebenen Bereiche.

Ist der Jahrgang wichtig?

Nein.

Wann trinke ich diese Weine?

Die Kultweine des Priorat werden Sie wohl nur kosten, wenn Sie bei einem Millionär zum Dinner geladen sind. Sonst passen die Weine zu fast jeder Gelegenheit; Penedès und Costers del Segre bieten sehr schmackhafte Rotweine, die auch für hochgestochene Festivitäten geeignet sind.

Kann ich sie mir leisten?

Hm, meistens. Topweine des Penedès sind teuer und ihren Preis nicht immer wert; Sortenweine aus dem Somontano sind hervorragend preiswert, was aber nicht billig bedeutet. Dasselbe gilt für Navarra. Die »jungen« Weine sind immer ein guter Kauf. Die Spitzenweine des Priorat habe ich schon erwähnt.

Nordwestspanien

Dies ist ein bunt zusammengesetztes Weinland. Die Produkte reichen von üppig-runden, konzentrierten Rotweinen bis zu leichten, bukettreichen Weißweinen, den Extremen dessen, was Spanien heute im Programm hat. Gemeinsam ist ihnen, dass sie in Spanien sehr in Mode sind und sich ihre Preise bewegen – nach oben.

Zuerst Ribera del Duero. Die fast ausschließlich aus Tempranillo gekelterten, teils in Eiche ausgebauten Weine zeigen strahlende Schwarze-Johannisbeeren-Frucht mit einem Hauch Vanille und Gewürzen. Die Qualität ist hoch und steigt weiter, dennoch rechtfertigen sie ihren Preis häufig nicht. Sie brauchen einige Jahre Reifung, damit ihre Tannine runder werden.

Als Nächstes Toro. Er kann als jüngerer Bruder des Ribera del Duero gelten: runder, robuster, vielleicht nicht mit derselben klaren Aromatik, dennoch ein gewaltiges Maul voll explosiver Frucht. Die Preise sind gestiegen, dennoch bietet Toro guten Gegenwert.

Rueda ist ohne Zweifel die führende Weißweinregion Spaniens: grünlich-pikante Aromen, zuverlässige Qualität. Auf den ersten Schluck könnte man annehmen, sie seien

Rías Baixas ist der grünste Teil Nordwestspaniens. Weinberge steigen von den großen, rías *genannten Flussmündungen auf.*

alle aus Sauvignon Blanc gemacht, doch gefehlt: Die Hauptsorte ist Verdejo. Einige Weine werden in Eiche gelagert, was ihnen runde Butter-und-Toast-Noten mitgibt. Rías Baixas ist Spaniens anderer Anwärter auf den Weißweinpreis. Die aromatischen, nach Aprikosen duftenden Weine werden aus Albariño gekeltert; nicht alle haben die Eleganz und Leichtfüßigkeit, die ich erwarte – und sie sind teuer. Ähnliche Weine aus Valdeorras, Ribeiro und Ribeira Sacra können billiger und bukettreicher sein. Also greifen Sie zu diesen.

Spielen regionale Unterschiede eine Rolle?

Nur im beschriebenen Umfang.

Ist der Jahrgang wichtig?

Bei Ribera del Duero. Siehe Übersicht unten.

Wann trinke ich diese Weine?

Ribera del Duero ist richtig, wenn Sie beeindrucken wollen, Toro und Rueda bei Ihren Freunden. Alle sind gute Essensbegleiter. Rías Baixas ist am besten als Aperitif.

Kann ich sie mir leisten?

Toro und Rueda sind am preisgünstigsten. Ribera del Duero erreicht astronomische Höhen. Nehmen Sie Valdeorras, Ribeiro oder Ribeira Sacra, wenn Rías Baixas zu kostspielig ist.

Übersicht | Nordwestspanien

Lage Die meisten Weingebiete liegen am Fluss Duero.

Rebsorten Tempranillo (rot), Sauvignon Blanc, Verdejo, Albariño (weiß)

Regionale Begriffe *Reserva* vor dem Verkauf länger gelagerter Rotwein, sollte von höherer Qualität sein; *Gran Reserva* sehr lange gelagerter Rotwein, sollte von deutlich höherer Qualität sein.

Gute Jahrgänge (Ribera del Duero) 2003, 2001, 1999, 1996, 1995, 1994, 1991

Zu meidende Jahrgänge (Ribera del Duero) 2002

① Rías Baixas ② Ribera del Duero ③ Toro ④ Rueda

Zehn Weine zum Kennenlernen

Rot

- **Frutos Villar** Miralmonte Crianza, Toro 2
- **Fariña** Gran Collegiata Reserva, Toro 2
- **Pesquera** Condado de Haza, Ribera del Duero 2
- **Pago de Carraovejas** Ribera del Duero 2
- **Viña Pedrosa** Reserva, Ribera del Duero 4
- **Vega Sicilia** Alión Reserva, Ribera del Duero 4

Weiß

- **Marqués de Riscal** Rueda 2
- **Bodegas Godeval** Viña Godeval, Valdeorras 2
- **Belondrade y Lurton** Rueda 3
- **Pazo de Senorans** Albariño, Rías Baixas 3

Übersicht | Sherry

Lage Jerez y Manzanilla – wie die Region offiziell heißt – liegt im äußersten Südwesten Spaniens. Siehe Karte S.101.

Rebsorten Sherry wird meist aus Palomino gemacht; sie ergibt einen unglaublich langweiligen Wein, der eine wunderbare Wandlung zu Sherry durchmacht. Die andere Hauptsorte (in Manzanilla vorwiegend) ist Pedro Ximénez (PX), die einen herrlich traubigen süßen Sherry liefert.

Regionale Begriffe *Dulce* süß, *muy dulce* sehr süß, *muy viejo* sehr alt, *seco* dry. Ein *almacenista* ist ein Kleinerzeuger mit nur wenigen hochwertigen Fässern. Die Firma Emilio Lustau ist auf ihre Vermarktung spezialisiert.

Zehn Weine zum Kennenlernen

Fino und Manzanilla
- **Barbadillo** Manzanilla de Sanlúcar 1
- **Domecq** La Ina 2
- **Hidalgo** La Gitana 2
- **Valdespino** Inocente 2

Amontillado
- **Hidalgo** Napoleon 2
- **Valdespino** Coliseo 3
- **González Byass** Del Duque 4

Oloroso
- **Williams & Humbert** Dos Cortados 2
- **González Byass** Matusalem (süß) 5
- **Osborne** Solera India 5

Sherry braucht Jahre, um seine Aromen zu entwickeln. Die Atmosphäre in einer Bodega muss genau gesteuert werden.

Sherry

Für den, der's noch nicht weiß: Sherry – einer der großen gespriteteten Weine der Welt – muss keineswegs das süße braune Gebräu sein, das wir alle einmal über uns ergehen ließen. Sherry, wie ihn die Spanier trinken, ist ganz anders. Zunächst ist er strohtrocken, zum Zweiten ist er höchst aromatisch, er duftet nach Backhefe, Nüssen und Zwetschgen, Kaffee und Toast. Trockener Sherry kann sehr blass sein (Fino, Manzanilla), etwas dunkler und konzentrierter (Amontillado) und noch eine Stufe dunkler und körperreicher (Oloroso).

Gute süße Sherrys gibt es durchaus. Die Sorte Pedro Ximénez liefert intensiv traubige, bukettreiche, fast schwarze Weine. In Spanien genießt man sie zum Dessert oder gießt sie übers Eis. Gute süße Sherrys tragen oft die Bezeichnung *dulce* oder *muy dulce* (süß, sehr süß). Solche Adjektive – auch *muy viejo*, sehr alt, oder *seco*, trocken – sind ein gutes Zeichen: Sie signalisieren, dass derselbe Wein auch in Spanien verkauft wird, an Menschen, die auf Qualität achten.

In Montilla macht man in Typ und Aromatik ähnliche Weine, die jedoch selten den Biss eines guten Sherrys aufweisen.

Spielen regionale Unterschiede eine Rolle?

Suchen Sie sich den Typ aus, den Sie mögen, egal wo er herkommt.

Ist der Jahrgang wichtig?

Kein Sherry ist ein Jahrgangswein. Er wird im Solera-System hergestellt, das aus mehreren Reihen von Fässern mit Weinen unterschiedlicher Reife besteht. Abgefüllt wird aus den »ältesten« Fässern, wobei nur ein Teil abgezapft wird. Diese Fässer werden aus der nächstjüngeren Reihe aufgefüllt, diese wiederum aus der nächstjüngeren und so weiter bis zur letzten, die mit neuem Wein ergänzt wird. Jede Flasche Sherry ist also ein Art Verschnitt vieler Altersstufen.

Wann trinke ich Sherry?

Fino ist ein perfekter Aperitif und ideal zu Tapas. Trockener Amontillado oder Oloroso übernehmen diese Rolle im Winter, wenn es für Fino zu dunkel und kalt ist; richtig süße Sherrys begleiten Desserts ausgezeichnet. Fino sollte man, wenn die Flasche geöffnet ist, rasch aufbrauchen.

Kann ich ihn mir leisten?

Guter Sherry ist für seine Qualität verblüffend billig.

Portugal

Portugal ist dabei, sich selbst zu entdecken. Port und Madeira gehören weiterhin zu den großen aufgespriteten Weinen der Welt, doch kommen jetzt die Tischweine, rot und weiß, auf die Beine; insbesondere die Rotweine verfügen über Aromen, die Sie kaum anderswo finden: Schokolade, Backpflaumen und Vanille; weich und saftig, doch auch leicht säuerlich.

Gute Rotweine kommen aus dem Douro-Tal, wo sie normalerweise zu Portwein aufgespritet werden; aus Dão und Bairrada mit krautigerem Charakter; aus dem Süden, besonders Alentejo und Ribatejo und deren Teilregionen, mit seiner wachsenden Zahl ernst zu nehmender Erzeuger.

Die Weißweine sind im Allgemeinen weniger aufregend, dennoch frisch und attraktiv. Und es gibt auch einige sehr seriöse Weißweine, die reifen können und einen reichen, honig- und lanolinartigen Charakter entwickeln; sie sind das Produkt qualitätsbewusster Erzeuger, keiner besonderen Region.

Der charakteristischste Wein Portugals ist der Vinho Verde (den es trotz seines Namens in Rot und in Weiß gibt). Bekannt ist im Ausland vor allem der weiße, der völlig trocken und von durchdringender Säure sein sowie ein scharfes Aprikosen-Lorbeer-Aroma aufweisen sollte.

Bekannt ist der portugiesische süßliche Rosé, der in bocksbeutelähnlichen Flaschen verkauft wird und für echte Weinfreunde kein Thema ist.

Spielen regionale Unterschiede eine Rolle?
Die nördlichen Regionen wie Douro, Dão und Bairrada unterscheiden sich beträchtlich von den südlichen.

Ist der Jahrgang wichtig?
Nur manchmal und nur im Norden.

Wann trinke ich diese Weine?
Wann nicht? Sie sind so herrlich anders, dass man sie ständig trinken möchte. Guter Vinho Verde passt ausgezeichnet zu Fisch und Meeresfrüchten.

Kann ich sie mir leisten?
Ja und nochmals ja. Die Weine des Südens sind für ihre Qualität extrem preiswert. Die Douro-Weine können teurer sein, sind aber ihr Geld wert.

Port und Madeira
Zwei berühmte aufgespritete, jedoch völlig unterschiedliche Weine. Port ist süß und nussig, ein Vintage Port (Jahrgangs-Portwein) strömt über von schwarzen Früchten, Pfeffer und Gewürzen; ein Madeira ist pikant und beißend mit trockenem Finale, auch wenn er süß ist.

Bei Port sind jahrgangslose (Non-vintage) und Jahrgangsweine (Vintage) zu unterscheiden. Vintage Port kommt aus einem Jahr, und nur die besten Jahrgänge erklären die Erzeuger zur Vintage. Diese Weine sollten zehn bis 15 Jahre in der Flasche reifen. Eine Variante sind die Single-Quinta Vintage Ports: Sie kommen aus dem besten Gut (Quinta) des Erzeugers, werden aber in »zweitbesten« Jahren gemacht; sie sind nach etwa zehn Jahren trinkreif.

Portugiesische Klassifikation

Die höchste Qualitätsstufe (entsprechend der französischen AOC) ist **Denominação de Origem Controlada (DOC)**, **IPR** (Indicação de Proveniênçia Regulamentada) ist eine Stufe darunter, dann kommen **Vinho Regional** (Landwein) und **Vinho de Mesa** (Tafelwein).

Auch der Late Bottled Vintage (LBV) stammt aus einem Jahrgang und wird 4–6 Jahre nach der Lese abgefüllt, aber meist zu intensiv behandelt (filtriert u. a.); traditioneller ungefilterter LBV ist ein herrlich aromatischer Tropfen, der sofort nach dem Kauf genossen werden kann.

Crusted ist ein jahrgangsloser Verschnitt, der meist eine hervorragende preiswerte Alternative für Vintage Port abgibt; ein Vintage Character ist meist gewöhnliches Zeug. Von den Non-vintages ist der Tawny der wunderbarste; zehn Jahre alter Tawny verbindet Reife mit Frische, 20 Jahre alter ist runder und nussiger, 40 Jahre alter schon fast ein Likör. Dann gibt es noch Portweine mit einem Fantasienamen. Einige sind nicht schlecht, die meisten aber nur optisch aufgemotzte billige Rubys oder Tawnys. Achten Sie auf das Rückenetikett; wenn es »Ruby« nennt, ist es der einfachste und jüngste Port.

Madeira ist in andere Klassen eingeteilt. Sercial ist der leichteste und trockenste, Verdelho ist etwas gewichtiger und lieblich. Bual ist süß und üppig, Malmsey sehr süß. Alle bekommen sie ihre scharfe, rauchige Note von der Art der Herstellung; sie reifen in beheizten Räumen und oxidieren dadurch. Dieser Geschmack ist in anderen Weinen nicht erwünscht, für Madeira jedoch entscheidend.

Spielen regionale Unterschiede eine Rolle?
Nein.

Ist der Jahrgang wichtig?
Nur für Vintage Port. Madeira ist meist jahrgangslos.

Wann trinke ich diese Weine?
Zum Ende eines Tages, oder wenn Sie einschlafen wollen. In Portugal trinkt man Tawny als Aperitif, trockener Madeira ist dazu ebenfalls geeignet. Vintage Port verdient eine würdige Behandlung.

Kann ich sie mir leisten?
Gute Portweine und Madeiras sind nicht billig und schlechte ihr Geld nicht wert.

Übersicht | Portugal

Lage Vinho Verde, Port, Dão und Bairrada kommen aus dem Norden, die aufstrebenden Bereiche sind weiter südlich Ribatejo, Alentejo und Estremadura. Madeira liegt westlich von Marokko.

Rebsorten Das Geheimnis des »portugiesischen Geschmacks« liegt in der großen Vielfalt einheimischer Sorten. Wenige werden auf dem Etikett genannt, Touriga Nacional, Baga und Tinta Roriz (Tempranillo) sind gute rote Sorten. Die Hauptsorten auf Madeira sind Sercial, Verdelho, Bual und Malmsey, die jeweils reinsortige Weine ergeben.

Regionale Begriffe *Quinta* Gut; *5/10/20/40-Year-Old* Angaben, die sich auf das durchschnittliche Alter der Verschnittweine beziehen, nicht auf einen bestimmten Jahrgang. Dieses Alter ist für Tawny Port ein Hinweis auf den Typ. Kaufen Sie nur Madeira mit Altersangabe, besonders 10-Year-Old.

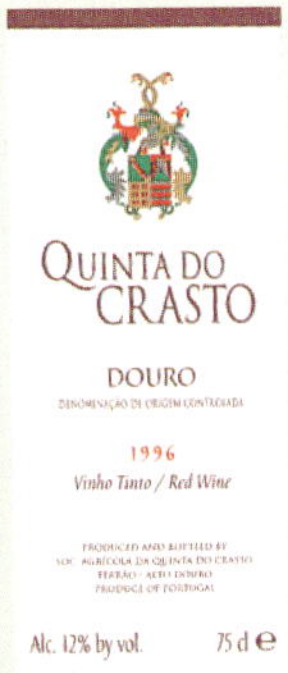

Gute Jahrgänge (Port) 2003, 2000, 1997, 1994, 1992, 1991, 1985, 1983, 1980

Zehn Weine zum Kennenlernen

Rot

- **Senda do Vale** Ribatejo 1
- **Bright Brothers** Palmela 2
- **Quinta do Crasto** Douro 2
- **Esporão** Reguengos 2
- **Quinta da Boavista** Alenquer 2
- **Luis Pato** Vinha Pan, Bairrada 4

Port

- **Ramos Pinto** Quinta da Ervamoira 10-Year-Old Tawny 4
- **Taylor** Quinta de Vargellas (Single-Quinta Vintage) 5

Madeira

- **Blandy's** 10-Year-Old Verdelho (dry) 4
- **Henriques & Henriques** 10-Year-Old Malmsey (süß) 4

Die Quinta do Crasto im Douro-Tal war eines der ersten Portweingüter, die mit Rotwein Erfolg hatten.

Deutschland

Hand aufs Herz: Wie halten Sie es mit dem deutschen Wein? In der Tat produziert man in Deutschland eine ganze Reihe sensationell guter Weine – einige gehören zu den besten in der Welt. Sie besitzen Eleganz, Raffinesse und Fülle, einige können in Jahrzehnten faszinierend reifen. Doch diese Weinwunder blieben viele Jahre hinter schrecklichen Erzeugnissen verborgen, billigem, süßem Zeug, und was in die Regale der Supermärkte gelangt, orientiert sich zum großen Teil immer noch am Massengeschmack.

Jeder, der einmal wirklich guten deutschen Wein getrunken hat und sich in ihn verliebt hat – was meist ein einziger Vorgang ist –, weiß, um welchen Wein es uns hier geht. Die Tatsache, dass Sie dieses Kapitel lesen, signalisiert Ihre Bereitschaft, sich über das traditionelle und immer noch nicht ungültige Bild vom deutschen Wein hinaus zu begeben. Lesen Sie weiter, ich gebe Ihnen ein paar Tipps.

Riesling

Riesling, die klassische weiße deutsche Edelrebe, ist im Anbau zu teuer, um schlechte Weine aus ihr zu machen – somit ist schon die Angabe »Riesling« auf dem Etikett ein Hinweis auf Qualität. Der Riesling besitzt in Deutschland ein charakteristisch pikantes, jedoch nicht besonders grünliches Aroma; traubig und blumig, manchmal nach Pfirsich, manchmal nach Apfel duftend, häufig mineralisch und meist mit einem Hauch Süße als Gegengewicht für die hohe natürliche Säure der Traube. Die Süße ist wichtig, da es sich um leichte Weine mit wenig Alkohol handelt und die Säure sonst zu aggressiv wäre. Anders ausgedrückt: Lassen Sie sich bei gutem Riesling von einem süßen Touch nicht abschrecken; die Säure verhindert, dass sie klebrig wirkt.

Weinberge begleiten den Rhein südlich von Bonn mit ihrem Grün und Gold. Wenige Teile Deutschlands sind für den Weinbau warm genug.

So weit der grundsätzliche Charakter. Das Bild wird komplizierter durch das deutsche Klassifikationssystem, das die Weine nach dem Mostgewicht, d. h. nach dem Grad der Reife und dem natürlichen Zuckergehalt des Mostes einordnet. Somit sind die höchsten Kategorien immer sehr süß, niedrigere können lieblich oder trocken sein. Die meisten deutschen Weine sind mehr oder weniger lieblich, und auch in guten trockenen Exemplaren ist immer noch ein wenig süße Fruchtigkeit festzustellen.

Im Prinzip ist Deutschland ein Weißweinland. Die bedeutendste rote Traube ist Spätburgunder (Pinot Noir), die vor allem an der Ahr, in Baden, Württemberg und der Pfalz – teils im Barrique ausgebaut – schöne, samtige Weine liefert.

Deutsche Klassifikation

Tafelwein und **Landwein** sind die einfachsten Kategorien. **Qualitätswein bestimmter Anbaugebiete (QbA)** kommt aus einem der 13 großen Weinbaugebiete; er wird als Alltagswein konsumiert und kann ordentlich sein. Die nächste Stufe – auf die man achten sollte – ist der **Qualitätswein mit Prädikat (QmP)**, von dem es sechs Typen gibt. Nach Mostgewicht und Preis aufsteigend geordnet sind dies Kabinett, Spätlese, Auslese, Beerenauslese und Trockenbeerenauslese (Einzelheiten siehe S. 73).

Das Gebiet, aus dem ein Wein kommt, hat auf den Wein großen Einfluss. Die Anbaugebiete sind in **Bereiche** eingeteilt. Wenn das Etikett nur einen Bereich nennt, haben Sie einen einfachen Wein vor sich. Bernkastel z. B. ist ein Spitzenweinort mit ausgezeichneten Produkten; der Bereich Bernkastel ist jedoch viel größer und schließt eine Reihe minderwertiger Weinberge ein. Auf dem Etikett ist meist ein Ortsname mit dem daran angehängten Lagennamen genannt. Diese Lage kann eine **Einzellage** oder eine **Großlage** sein; letztere sind große Gebiete ohne besonderen Charakter. Sie sind auf dem Etikett nur für Eingeweihte erkennbar, da sie wie wertvolle Einzellagen bezeichnet werden: »Niersteiner Gutes Domtal« ist eine Großlage, »Niersteiner Pettenthal« eine Einzellage. Man sollte auf Wein aus Einzellagen Wert legen.

Übersicht | Deutschland

Lage Die Anbaugebiete liegen meist im Westen und Süden am Rhein und seinen Nebenflüssen.

Rebsorten Riesling ergibt die besten Weine von pikanter, aber nicht grüner Art. Scheurebe duftet nach Grapefruit, Weißburgunder (Pinot Blanc) ist weniger pikant und würziger; Grauburgunder oder Ruländer (Pinot Gris) ist rund und erdig, Silvaner meist lieblich und neutral. Gewürztraminer ist intensiv blumig, Müller-Thurgau im Allgemeinen nicht herausragend. Der beste Rotwein ist Spätburgunder (Pinot Noir).

Regionale Begriffe *VDP/Charta* ist die Organisation der Spitzenerzeuger im Rheingau, die sich u. a. die Klassifikation hochwertiger »Großer Lagen« zum Ziel gesetzt hat.

Gute Jahrgänge 2004, 2003, 2001, 1999, 1998, 1997, 1996 (außer Mosel), 1995 (außer Pfalz), 1993

Zu meidende Jahrgänge
2000

Zehn Weine zum Kennenlernen
Die folgenden Winzer erzeugen jeweils mehrere Weine aus Einzellagen ihres Anbaugebiets. Die Preise rangieren von 2 für Kabinett über 3 für Spätlese bis zu 5.

- **Kurt Darting** Pfalz
- **Hermann Dönnhoff** Nahe
- **Gunderloch** Rheinhessen
- **Fritz Haag** Mosel
- **Toni Jost** Mittelrhein
- **von Kesselstatt** Mosel
- **Franz Künstler** Rheingau
- **J. Leitz** Rheingau
- **Dr. Loosen** Mosel
- **Müller-Catoir** Pfalz

Dornfelder und Portugieser werden zunehmend gepflanzt und sortenrein verwendet, württembergische Spezialitäten sind Lemberger und Trollinger.

Spielen regionale Unterschiede eine Rolle?

In großem Maße, doch ist die Wahl guter Sorten wichtiger. Die besten Weine kommen meist von der Mosel (leicht, schlank, rauchig), dem Rheingau (gewichtiger, runder), aus Rheinhessen (weich, mit einigen guten Einzellagen neben großen Massenweinbergen) und der Pfalz (mächtige, reife Weine aus Riesling, Weiß- und Spätburgunder und anderen Sorten). Die badischen Weine, weiß und rot, können ausgezeichnet sein (hier dominiert die Pinot-Familie), und Franken verfügt über eindrucksvollen trockenen Silvaner und ordentlichen Müller-Thurgau.

Ist der Jahrgang wichtig?

Ja und nein. Die Jahrgänge sind sehr unterschiedlich, die Klassifikation nach Mostgewicht bedeutet jedoch, dass höhere Kategorien nur gekeltert werden, wenn die Trauben reif genug sind; in schlechten Jahren wird nur einfacherer Wein gemacht.

Wann trinke ich deutsche Weine?

Leichtere Weine wie QbA, Kabinett und Spätlese sind nicht nur als Aperitif geeignet, sondern passen besonders gut zu Fisch, Pasteten und zurückhaltend gewürzten asiatischen Speisen. Süße Weine serviert man zum Dessert oder nach dem Essen. Denken Sie daran, dass ein Riesling Flaschenreife benötigt; sogar ein leichter Kabinett wird in vier Jahren besser, höhere Stufen benötigen länger.

Kann ich sie mir leisten?

Glücklicherweise ja. Spitzenweine sind auf Grund der großen Nachfrage teuer; man kann aber sehr gute Kabinetts und Spätlesen zu niedrigeren Preisen kaufen, als man für einen vergleichbaren Wein aus anderen Ländern ausgeben müsste.

Andere europäische Länder

Hier treffen wir auf ungewohnte Rebsorten und Geschmäcker, die – ohne exotisch zu wirken – auf neue Gleise führen. Weinberge verteilen sich von den Grenzen Deutschlands bis zum Schwarzen Meer über den Kontinent. Und auch im Norden, in England und Wales, trifft man auf ein paar Flecken Rebland.

Österreich

Hier klassifiziert man den Wein fast genauso wie in Deutschland (mit ein, zwei Unterschieden), doch ist der österreichische Wein von anderem Typ. Die meisten deutschen Weine sind leicht und haben wenig Alkohol, und je nach Erzeuger sind sie lieblich oder trocken. Die Österreicher werden im Allgemeinen trocken ausgebaut, sind jedoch runder und körperreicher mit deutlich mehr Alkohol. Die Weißweine sind häufig neutral bis grünlich-pikant oder aber intensiv und stoffig; die Rotweine zeigen eine saftig-pfeffrige Art, wobei seriösere Exemplare, anstatt vordergründig zu gefallen, unter ihrer samtigen Frucht eine ausgeprägte Struktur erkennen lassen. Und wenn Österreich die Weine süß macht, sind sie sehr süß: honigartig-üppig, komplex und sehr dicht.

Die verschiedenen Regionen liefern unterschiedliche Weine. Die besten, samtigsten Rotweine kommen aus dem Burgenland, ebenso die intensiven Süßweine vom Neusiedler See und recht gute trockene Weißweine. Die Steiermark geht mit leichten, bis zur Aggressivität säurebetonten Weinen ins andere Extrem. In Niederösterreich macht man feine, feste Weißweine mit schönem Duft – aus der Wachau kommt vorzüglicher Riesling. Die Region produziert auch den besten Grünen Veltliner Österreichs, den leichten, appetitanregenden Alltagswein mit seinem pfeffrigen Lorbeerblattaroma, der sich durch hohe Qualität auszeichnet.

Schweiz

Die Schweiz ist durch drei Typen von Wein gekennzeichnet: französischen, italienischen und deutschen. Die meisten Weine kommen aus der französischen Schweiz, wo Chasselas die dominierende Rebsorte ist. Die meist leichten Rotweine werden aus Gamay und Pinot Noir oder aus einem Verschnitt der beiden gemacht wie der Dôle. Sie erreichen einen Burgunder oder Beaujolais nicht, sind aber ebenso teuer.

Welche Weine sollte man aussuchen? Die Weine aus Chasselas können überraschend schmackhaft sein. Versuchen Sie auch einmal eine der Traubenspezialitäten der Schweiz wie Petite Arvine, Amigne und Humagne Blanc; sie ergeben körperreiche trockene Weine und auch einige Süßweine, die beiden Ersten duften besonders intensiv. Aus dem Wallis kommen auch gute Chardonnays und Syrahs.

In der Deutschschweiz ist Müller-Thurgau verbreitet, hier Riesling x Sylvaner genannt. Spitzenqualität kann man von dieser Sorte nicht erwarten. Außerdem gibt es hier elegante, eher leichte Rotweine aus Blauburgunder.

Rechts: *Der englische Nyetimber wird nach der Champagner-Methode hergestellt.* Rechts Mitte: *Die Kategorie »Ausbruch« für einen Süßwein gibt es nur in Österreich.*

Links Mitte: *Schweizer Pinot Noir ist leichter als ein burgundischer.* Links: *Der Naoussa ist ein würzig-warmer griechischer Rotwein aus der Xynomavro-Traube.*

Die italienische Schweiz stellt weichen, manchmal eindrucksvollen Merlot her.

England und Wales

Die meist weißen Weine sind trocken bis lieblich; die erfolgreichsten würde ich in zwei Gruppen teilen. Die einen sind leichte und trockene, neutrale Weine mit gewisser Alterungsfähigkeit; Seyval Blanc ist hier die geeignete Traube. Die anderen verkörpern den grünlich-pikanten Typ. Manche verfügen über ein schweres Bukett von Kräutern oder Holunderblüten. Wenn sie ausgewogen sind, können diese Weine recht angenehm sein; bei zu viel Süße werden sie jedoch rasch fade. Einige Schaumweine, wie Nyetimber, sind hervorragend, die meisten schmecken aber ein wenig unreif und grün. Die Qualität ist nicht zuverlässig, verbessert sich aber.

Griechenland

Griechenland verfügt über eigene Rebsorten, die sonst nirgends angebaut werden, und gute dazu: Weißweine nennen etwa Robola, Roditis und Moschofilero, Rotweine Xynomavro, Limnio oder Agiorgitiko. Die Weißweine sind vegetabil und pikant mit frischem Zitronenaroma und guter Säure, während Moschofilero aromatisch und Muscat meist süß ist. Die Rotweine sind würzig-warm, körperreich und kräftig.

Osteuropa

Die osteuropäischen Länder produzieren sowohl moderne Weine im Stil der Neuen Welt als auch traditionelle Weine aus einheimischen Trauben. Gegenwärtig stellen die preiswerten, zuverlässigen Neue-Welt-Weine den besten Kauf dar, doch da von Jahr zu Jahr mehr Weinberge neu angelegt und die Weinbereitungstechniken verbessert werden, sollten wir bald auch mehr aufregende regionaltypische Weine zu sehen bekommen.

Bulgarien macht aus Cabernet Sauvignon, Merlot und Chardonnay preisgünstige Kopien klassischer französischer Typen; die Sorten Mavrud, Gamza und Melnik ergeben gute saftige, leicht marmeladige Rotweine. Die Qualität schwankt zwar etwas, dafür sind die Weine billig, und ein Versuch ruiniert nicht das Sparbuch.

Ungarn verfügt u. a. über den nach Rosen duftenden weißen Irsai Olivér und die Rotweine Kadarka und Kékfrankos, Letzterer – wenn gut gemacht – überströmend vor Rote-Johannisbeeren-Frucht. Auch aus internationalen Trauben wie Sauvignon Blanc, Chardonnay und Pinot Gris wird eine wachsende Zahl exzellenter Weine gemacht; auf lange Sicht ist das Potenzial Ungarns enorm. Der Tokajer, Ungarns berühmter Süßwein, der nach Honig, Orangenschale, Bienenwachs und Rauch duftet, ist heute wie seit hunderten von Jahren führend.

In Rumänien verzeichnet man schwankende Qualität und niedrige Preise. Die Rotweine sind weich und fruchtbetont, die Weißen im besten Fall würzig-rund. Sehr guter Süßwein wird aus der Sorte Tămîioasă gemacht, auch die aromatische Fetească gehört zu den guten Trauben. Tschechien und die Slowakei exportieren kaum, verfügen aber über leichte, würzige Weißweine. Aus Slowenien kommen körperreiche Weine aus Laski Rizling und Pinot Blanc, pikanter Sauvignon Blanc und saftige Rotweine.

Spielen regionale Unterschiede eine Rolle?

Die meisten Regionen verfügen über einen bedeutenden Weinbaubetrieb, und auf ihn kommt es an.

Ist der Jahrgang wichtig?

Die Frische ist nicht immer gewährleistet, kaufen Sie also den jüngsten Jahrgang.

Wann trinke ich diese Weine?

Die meisten sind Alltagsweine. Tokaji ist etwas für besondere Gelegenheiten, er beschließt ein Mahl.

Kann ich sie mir leisten?

Guter Tokaji ist teuer. Auch in Slowenien sind die Preise relativ hoch, der Rest Osteuropas bietet jedoch guten, sehr preiswerten Wein in großen Mengen.

Übersicht | Osteuropa

Lage Bulgarien, Ungarn und Rumänien sind die Hauptexportländer. Auch Tschechien, Slowakei, Slowenien und Moldawien haben gute Weine.

Rebsorten Bulgarien verfügt über viel Cabernet Sauvignon, Merlot, Gamza, Mavrud und Melnik, aus denen recht intensive Rotweine gemacht werden. Die Weißweine sind von unregelmäßiger Qualität. In Ungarn macht man aus Furmint und Hárslevelü den Tokajer, aus Irsai Olivér, Kékfrankos und Kékporto aromatische Weißweine und weiche Rotweine; auch internationale Sorten sind vorhanden. In Rumänien sind Pinot Noir, Chardonnay u. a. zu finden, daneben die einheimischen Feteascǎ und Tǎmîioasǎ; in Slowenien Laski Rizling, Pinot Blanc, Sauvignon Blanc und andere Sorten.

Sieben Weine zum Kennenlernen

Bulgarien, rot
- **Iambol** oder **Sliven** Merlot 1
- **Lovico Suhindol** oder **Russe** Cabernet Sauvignon 1

Bulgarien, weiß
- **Domaine Boyar** Preslav Chardonnay (aus dem Eichenfass) 1

Ungarn, weiß
- **Chapel Hill** Irsai Olivér 1 oder Chardonnay 1
- **Hilltop** Neszmély Region Sauvignon Blanc 1
- **Royal Tokaji Wine Company** Tokaji Aszú, 5 Puttonyos (süß) 5

Rumänien, weiß
- **Pietroasele** Tǎmîioasǎ (süß) 1

Weinbegriffe | **Tokaji**

Der köstliche Süßwein Ungarns ist einzigartig pikant und rauchig. Für ihn werden Trauben mit hohem Zuckergehalt verwendet (meist als Ergebnis der Edelfäule, eines Pilzes, der das Wasser in den Trauben verdunsten lässt), die als Aszú (Ausbruch) bezeichnet werden. Die Weine heißen Tokaji Aszú, ihre Süße wird in puttonyos (Butten) gemessen. Ein 3-puttonyos-Aszú ist süß, ein 6-puttonyos überaus konzentriert und üppig. Aszú Eszencia ist noch intensiver und süßer. Szamorodni (wie gewachsen) enthält unter 50 % Aszú-Trauben und kann trocken bis mittelsüß sein.

Oben: Tokajer wird durch Abziehen geklärt.

USA

In den USA begann die Revolution des modernen Weins, die Bewegung, die auf der ganzen Welt zur Produktion von sauberen, frischen, fruchtigen Weinen zu erschwinglichen Preisen führte. Genauer begann sie in Kalifornien, dessen warmes, trockenes Klima von dem der klassischen europäischen Weinbaugebiete Welten entfernt ist. Möglich gemacht hat sie die Technik des ausgehenden 20. Jahrhunderts, und das kalifornische Weinforschungszentrum, die University of California in Davis, lieferte das Know-how und bestens ausgebildete Weinmacher.

Das Resultat sind Weine, die in den 1970er Jahren die Vorherrschaft Europas herausforderten, in den 1980ern den Wandel anführten und heute selbstbewusst ihre eigene Geschichte schreiben. Auch in vielen anderen Staaten wird Wein produziert, vor allem Washington, Oregon und New York. In Qualität und Quantität ist Kalifornien jedoch führend.

Kalifornien

Was Kalifornien brillant vermag, ist, aus einer relativ kleinen Anzahl von Rebsorten eine riesige Bandbreite von Weinen zu machen, und zwar durch die Bank vom großen, reifen, ultramodernen Typ. Cabernet Sauvignon, Merlot und Zinfandel, die kalifornische Spezialität, dominieren bei den Rotweinen, die überwiegend den sehr dichten Schwarze-Johannisbeeren-Typ oder den würzig-warmen Typ repräsentieren. Weißwein ist runder, toastiger Chardonnay vorherrschend; auch Riesling und Sauvignon Blanc sind verbreitet, verfügen aber meist nicht über den pikanten Charakter wie in anderen Ländern. Letzterer kann für weiche, würzige Art in neuer Eiche ausgebaut werden (dann oft als Fumé Blanc bezeichnet), was sehr gute Ergebnisse zeitigt.

Kalifornische Weine sind einfache Massenweine oder sehr komplexe, körperreiche und teure Weine, die in kleinen Mengen hergestellt werden. Was Sie wählen, hängt davon ab, wie viel Sie ausgeben wollen. Bedenken Sie aber,

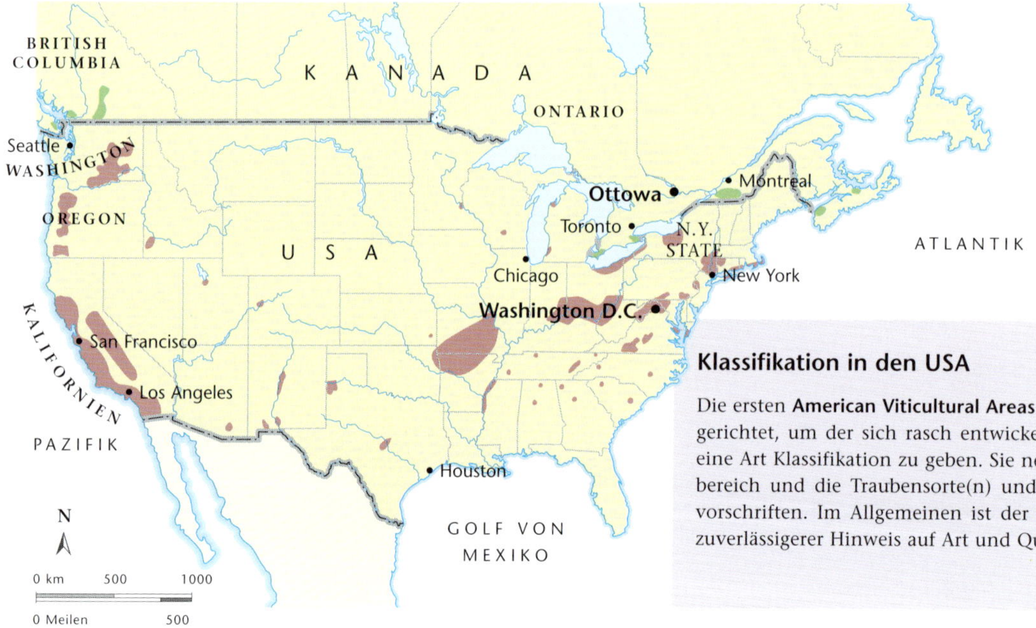

Moderne Technik – wie diese gekühlten Gärtanks in der Mondavi Winery in Oakville – war der Schlüssel zum Potenzial Kaliforniens.

Klassifikation in den USA

Die ersten **American Viticultural Areas (AVA)** wurden 1983 eingerichtet, um der sich rasch entwickelnden US-Weinindustrie eine Art Klassifikation zu geben. Sie nennt nur den Ursprungsbereich und die Traubensorte(n) und macht keine Qualitätsvorschriften. Im Allgemeinen ist der Name des Erzeugers ein zuverlässigerer Hinweis auf Art und Qualität des Weins.

161
CAPACITY

Übersicht | Kalifornien

Lage An der Westküste der USA.

Rebsorten Intensive Weine vom Schwarze-Johannisbeer-Typ werden aus Cabernet Sauvignon (manchmal mit Merlot) oder nur aus Merlot gemacht. Kühle Gegenden liefern guten Pinot Noir. Zinfandel gibt's in vielen Arten, die besten sind warm-würzig. Würzig sind auch die Verschnitte mit Syrah, Mourvèdre und Grenache sowie die Italiener wie Sangiovese. Die Weißweine zeigen meist toastig-runden Charakter, gemacht werden sie aus Chardonnay, Sauvignon Blanc und Riesling, wobei Letztere weniger pikant sind als woanders.

Gute Jahrgänge 2003, 2002, 2001, 2000, 1999, 1998, 1997

Zwanzig Weine zum Kennenlernen

Rot

- **Cline Cellars** California Zinfandel 2
- **Ridge** Coastal Range Zinfandel 3
- **Ravenswood** Sonoma Valley Zinfandel 3
- **Saintsbury** Pinot Noir 3
- **Au Bon Climat** Santa Barbara County Pinot Noir 3
- **Qupé** Syrah 3
- **Beringer** Knight's Valley Cabernet Sauvignon 4
- **Bonny Doon** Le Cigare Volant 4
- **Beaulieu Vineyard** Georges de Latour Cabernet Sauvignon 5
- **Matanzas Creek** Merlot 5
- **Laurel Glen** Cabernet Sauvignon 5
- **Spottswoode** Cabernet Sauvignon 5
- **Caymus** Cabernet Sauvignon 5

Weiß

- **Clos du Bois** Sonoma Chardonnay 2
- **Beringer** Napa Valley Chardonnay 2
- **Calera** Viognier 4
- **Kistler** Sonoma Valley Chardonnay 5
- **Newton** Unfiltered Chardonnay 5

Schaumwein

- **Mumm** Cuvée Napa Brut 3
- **Roederer Estate** Anderson Valley Brut 3

Süß, aufgespritet

- **Quady** Elysium Black Muscat 3

Zehn Weine für Einsteiger
Hervorragender kalifornischer Wein ist teuer. Diese preiswerten Weine geben Ihnen einen guten Eindruck von der Art der Kalifornier.

Rot

- **Sutter Home** Zinfandel 1
- **Cline Cellars** Côtes d'Oakley 1
- **Delicato** Shiraz 2
- **Pepperwood Grove** Cabernet Franc 2
- **Fetzer** Zinfandel 2
- **Marietta** Old Vine Red Lot 22 2

Weiß

- **Glen Ellen** Chardonnay 1
- **Fetzer** Viognier 2
- **St-Supéry** Sauvignon Blanc 2
- **Fetzer** Mendocino Barrel Select Chardonnay 2

Weinbegriffe | Meritage

Die kalifornischen Erzeuger kreierten diesen Marketingbegriff für Weine, die aus denselben Rebsorten gemacht werden wie die Klassiker des Bordelais. Bezeichnet werden damit sowohl rote Verschnitte aus Cabernet Sauvignon, Merlot und Cabernet Franc als auch weiße aus Sauvignon Blanc und Sémillon. Die meisten dieser Weine werden unter einem hochtrabenden Fantasienamen verkauft. Wenn ein kalifornischer Wein Tapestry, Anthology, Elevage, Hommage, Affinity oder ähnlich heißt, ist er vermutlich ein Meritage.

dass Sie bei den teuersten Kultweinen mindestens ebenso viel für das Ego des Weinmachers hinblättern wie für die Qualität des Weins: In Kalifornien können Sie einen Weltklasse-Superpremium-Wein herstellen, indem Sie es einfach behaupten und einen Weltklasse-Superpremium-Preis verlangen. Um Weine zu finden, die wirklich Weltklasse und dabei erschwinglich sind – solche gibt es in Mengen –, sollten Sie auf bekannte Qualitätserzeuger mit gutem Ruf achten.

Die Palette der Weintypen wird zurzeit größer, da immer mehr Erzeuger sich für die Rebsorten von der Rhône und aus Italien interessieren. Sangiovese ist in Mode, ebenso Syrah, Grenache und Mourvèdre; sie ergeben mächtige, würzige Rotweine. Auch die aromatische weiße Viognier wird populär. Die Schaumweinproduktion steht weithin unter dem Einfluss der Champagne, denn viele Champagnerhäuser haben hier Tochterfirmen gegründet. Über wunderbar runde Fruchtaromen verfügen die wenigen süßen Sémillons im Sauternes-Stil und die aufgespriteten Muscats.

Der Zinfandel verdient eine besondere Erwähnung. Diese Traubensorte hat sich als mit dem Primitivo identisch erwiesen, einer rustikalen süditalienischen Sorte; Zinfandel ist inzwischen jedoch weit renommierter als der italienische Bruder. In seiner besten Form ergibt er warme, schwergewichtige Rotweine voller Beerenfrucht mit weichen Tanninen; aber er ist äußerst vielseitig und kann zu allen möglichen Weinen verwendet werden, von gefälligen, saftigen Zechweinen über pinkfarbenen, süßlichen »Blush« bis zum stämmigsten, komplexesten Rotwein.

Spielen regionale Unterschiede eine Rolle?

Die AVA (American Viticultural Area) spielt grundsätzlich nicht die Rolle einer französischen AOC oder italienischen DOC. Es gibt keine Vorschriften, welche Rebsorten anzubauen sind oder welche Art Wein produziert werden darf. Der Himmel für den Weinmacher: Sie können machen, wo und was Sie wollen, solange die Natur es gestattet und solange es zu verkaufen ist.

Dennoch sind einige Bereiche für bestimmte Trauben und Weintypen besonders geeignet. Das Napa Valley ist der berühmteste Bereich Kaliforniens; hier sind viele der renommiertesten Weingüter ansässig, und seine Rotweine, besonders Merlots und Cabernet Sauvignons, gelten als kalifornische Klassiker. Stags Leap und Rutherford sind bedeutende Unterbereiche für Cabernet Sauvignon.

Das Sonoma County ist Napa Valley benachbart und liefert exzellente Weiß- und Rotweine; Letztere sind meist etwas runder und weicher als die von Napa. Die Unterbereiche, Dry Creek Valley und Russian River Valley, machen aufregende Chardonnays und interessante Zinfandels und Pinots Noirs. Südlich von Napa und Sonoma erstreckt sich Carneros, ein kühler, nebliger Bereich, der für Chardonnay, Pinot Noir und Schaumwein bekannt ist.

Südlich von San Francisco verteilen sich Weinbaugebiete entlang der Küste bis Los Angeles. Die bedeutendsten sind Monterey, San Luis Obispo und besonders Santa Barbara mit dem Santa Maria Valley, aus dem einige der besten Pinots Noirs und Chardonnays Kaliforniens kommen.

Die weiter im Binnenland gelegenen Sierra Foothills produzieren großspurigen Zinfandel, während das Central Valley (auch San Joaquin genannt) – eine riesige Agrarfabrik – die Masse des kalifornischen Alltagsweins liefert. Wenn auf dem Etikett North Coast genannt ist, ist damit die Region nördlich von San Francisco bis Mendocino gemeint, mit Central Coast die Region südlich von San Francisco.

Ist der Jahrgang wichtig?

Nur für die besten Weine und die kühlsten Bereiche. Aber auch da sind die Schwankungen nicht so groß wie etwa in Bordeaux. Siehe Übersicht S. 118.

Wann trinke ich diese Weine?

Fast alle kalifornischen Weine sind trinkreif, nur die besten können gelagert werden. Und da diese unglaublich teuer sind, werden Sie sie mit gebührendem Respekt nur für besondere Anlässe vorsehen.

Übersicht | Washington & Oregon

Lage Zwei Staaten im Nordwesten der USA. Zusammen mit dem benachbarten Idaho werden sie oft als Pazifischer Nordwesten bezeichnet.

Rebsorten Pinot Noir (rot), Pinot Gris, Pinot Blanc und Chardonnay (weiß) in Oregon; in Washington sind Cabernet Sauvignon und Merlot die wichtigsten roten Trauben, weiße sind Chardonnay, Semillon, Riesling und Sauvignon Blanc.

Gute Jahrgänge
(Oregon Pinot Noir) alle zwischen 2004 und 1998 Rotweine aus Washington sind immer gut.

Zu meidende Jahrgänge
(Oregon Pinot Noir) 1997, 1995

Zehn Weine zum Kennenlernen
Weine aus Washington und Oregon werden außerhalb der USA selten angeboten.

① Willamette Valley
② Yakima Valley
③ Walla Walla

Rot
- **Chateau Ste Michelle** Southern Slopes Cabernet Sauvignon, Washington 2
- **Adelsheim** Pinot Noir, Oregon 2
- **Columbia Crest** Merlot, Washington 2
- **Rex Hill** Pinot Noir, Oregon 3
- **L'École No.41** Merlot, Washington 4
- **Domaine Drouhin** Pinot Noir, Oregon 5
- **Andrew Will** Seven Hills Merlot, Washington 5

Weiß
- **Columbia Crest** Chardonnay, Washington 2
- **Argyle** Dry Riesling, Oregon 2
- **Cooper Mountain** Pinot Gris, Oregon 2

Oben: *Samtiger Merlot ist der beste der hervorragenden Weine aus dem Gut L'École No. 41 in Washington.*
Rechts: *Das Yakima Valley in Washington liegt im Regenschatten der Cascade Mountains, weshalb bewässert werden muss.*

Kann ich sie mir leisten?

Diese Weine sind im Vergleich mit anderen Ländern nicht billig, besonders die einfacheren. In der obersten Kategorie steigen die Preise, anscheinend konkurrieren die Erzeuger darum, den teuersten Cabernet oder Chardonnay zu machen. Pinot Noir ist etwa ebenso teuer wie sein burgundisches Pendant; Spitzen-Cabernet macht keine Versuche, billiger als Spitzen-Bordeaux zu sein.

Washington und Oregon

Diese Weinregionen sind jünger als Kalifornien und noch dabei, sich zu etablieren. Die beiden Staaten machen recht unterschiedliche Weine, wobei die Cascade Mountains eine saubere Grenze ziehen. Westlich von ihnen liegen die Weinberge von Oregon, einige wenige verstreute gehören zu Washington. Die Weine von dort sind leicht, mit Pinot Noir vom samtigen Erdbeer-Typ, zurückhaltendem weichem Chardonnay, würzigem Pinot Gris, ziemlich neutralem Pinot Blanc und gutem Riesling hie und da.

Der größte Teil von Washingtons Weinbergen liegt östlich der Cascades, und ihre Weine sind wesentlich körperreicher. Pinot Noir lässt beim intensiven Schwarze-Johannisbeer-Typ Cabernet Sauvignon und Merlot den Vorrang; die Weißweine aus Chardonnay und Semillon sind toastig-rund, die aus Sauvignon Blanc recht pikant. Auch Riesling – trocken und süß – ist einen Versuch wert. Und während Oregon wenige echte Stars und viele Möchtegerns aufweist, verfügt Washington über die bessere allgemeine Qualität.

Spielen regionale Unterschiede eine Rolle?

Jeder Staat hat seine Star-Regionen: Dundee Hills im Willamette Valley in Oregon, Yakima Valley und Walla Walla in Washington. Doch hängt die Qualität mehr vom Erzeuger ab als von der Region.

Ist der Jahrgang wichtig?

In Oregon mehr als in Washington und am meisten bei Pinot Noir. Siehe Übersicht S. 120.

Übersicht | New York State

Lage Der Bundesstaat New York liegt an der Ostküste.

Rebsorten Die besten europäischen Sorten hier sind Merlot und Pinot Noir (rot) sowie Chardonnay und Riesling (weiß). Amerikanische Sorten und Hybriden – z. B. Concord, Baco Noir, Seyval Blanc, Vidal – ergeben sehr ungewohnte Weine.

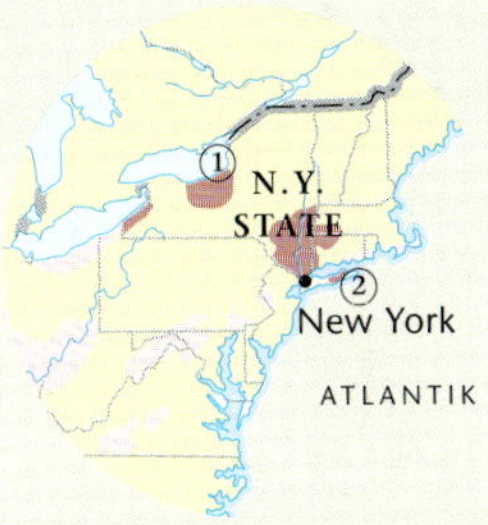

① Finger Lakes ② Long Island

Zehn Weine zum Kennenlernen
Weine aus dem Staat New York werden außerhalb der USA selten angeboten.

Rot
- **Hargrave** Le Noirien Pinot Noir (2)
- **Pellegrini** Cabernet Sauvignon (2)
- **Paumanok** Assemblage (3)
- **Bedell** Reserve Merlot (4)

Weiß
- **Glenora** Chardonnay (2)
- **Lamoreaux Landing** Dry Riesling (2)
- **Standing Stone** Riesling (2)
- **Fox Run** Reserve Chardonnay (2)
- **Gristina** Chardonnay (2)
- **Hermann J Wiemer** Chardonnay (2)

Wann trinke ich diese Weine?

Jederzeit. Die Rotweine aus Washington sind gute Essensbegleiter.

Kann ich sie mir leisten?

Oregon-Weine sind nie billig, die Bedingungen sind für Massenproduktion nicht geeignet. Washington jedoch liefert großartige Aromen zu fairem Preis.

New York State

Die besten Weine im Bundesstaat New York werden aus europäischen Trauben wie Merlot, Pinot Noir, Chardonnay und Riesling gemacht, es gibt hier aber auch eine lange Geschichte im Anbau einheimischer Sorten und Hybriden (Kreuzungen zwischen amerikanischen und europäischen Sorten), die mit dem rauen Klima besser zurechtkommen.

Die einheimischen Sorten gehören einer anderen Rebenspezies an als die Europäer und ergeben Weine mit ganz anderem Charakter: erdbeerartig, jedoch mit intensivem blumigem Bukett.

Was die »europäischen« Weine angeht, ist die Qualität schon recht gut, und sie wird immer besser. Chardonnay ist recht leicht, Riesling blumig-zitronig. Merlot tendiert zur grünlichen Version des saftig-fruchtigen Typs anstatt zum körperreichen, Pinot Noir ist in seiner Bestform seidig-üppig.

Spielen regionale Unterschiede eine Rolle?

Long Island mit den Hamptons und North Fork ist der beste Bereich; wichtig sind auch die Finger Lakes.

Ist der Jahrgang wichtig?

Die Jahrgänge sind unterschiedlich, jedoch sollten fast alle Weine jung getrunken werden.

Wann trinke ich diese Weine?

Am besten, wenn Sie in den Hamptons Urlaub machen. Wenn das nicht geht, zu jeder Zeit.

Kann ich sie mir leisten?

Ja, aber erwarten Sie keine Sonderangebotspreise.

Andere US-Weinbaubereiche

Fast jeder Staat hat ein paar Reben, meist amerikanische Sorten. Im Allgemeinen verlässt der Wein den Ort nicht, geschweige denn den Staat. Allerdings beginnen sich viele Erzeuger auf die Erfordernisse der modernen Weinproduktion für den internationalen Markt einzustellen.
Idaho im Westen verzeichnet Erfolge bei Riesling und Chardonnay. In Richtung Osten machen Pennsylvania, Maryland und Virginia einige ordentliche Weine aus diesen Trauben, dazu aus Sauvignon Blanc, Merlot und Cabernet Sauvignon. In Texas finden Sie fruchtigen Cabernet Sauvignon und attraktive runde Chardonnays und Sauvignons Blancs.

Übersicht | Kanada

Lage Die Weinberge liegen im Süden an den Ufern der Großen Seen sowie nahe dem Atlantik bzw. dem Pazifik. Siehe Karte S. 116.

Rebsorten Pinot Noir, Merlot und Hybriden (rot), Chardonnay, Pinot Gris und Hybriden (weiß), Riesling und Vidal (weiß, Eiswein).

Regionale Begriffe Die Vintners Quality Alliance (VQA) ist eine Organisation, die hohe Qualitätsstandards anstrebt.

Zehn Weine zum Kennenlernen Weine aus Kanada werden in anderen Ländern selten angeboten.

Weiß

- **Cave Spring** Dry Riesling 2
- **Chateau des Charmes** Chardonnay 2
- **Henry of Pelham** Reserve Chardonnay 2
- **Burrowing Owl** Pinot Gris 2
- **Hillebrand Estates** Gewürztraminer 2
- **Lakeview** Riesling 2
- **Vineland Estates** Reserve Riesling 2
- **Mission Hill** Grand Reserve Barrel Select Chardonnay 2 Eiswein
- **Inniskillin** 2

Rot

- **Thirty Bench** Reserve Blend 2

Der süße, üppige kanadische Eiswein ist ein gerechter Lohn für die klammen Finger bei der Ernte mitten im Winter.

Kanada

Hier ist Eiswein der Star – süßer Wein, aus Trauben gemacht, die bei klirrender Kälte in hart gefrorenem Zustand geerntet werden. Diese Trauben werden gepresst, bevor sie auftauen, so dass das in ihnen enthaltene Wasser als Eis in der Presse verbleibt und nur dicker, süßer Saft abfließt. Dieser bemerkenswerte Wein wird in winzigen Mengen aus den Sorten Riesling und Vidal gewonnen.

Die kanadischen Winzer sind eifrig dabei, die Qualität ihrer trockenen Weine zu verbessern, und bringen leichte, recht elegante Weine aus den klassischen Rebsorten kalter Klimate auf den Markt. Pinot Noir und Merlot ergeben angenehme, sanfte Rotweine, die Weißweine umfassen weichen Chardonnay, mild-würzigen Pinot Gris und zitronigfrischen Riesling. Aus Hybriden, die in großem Ausmaß angepflanzt sind, werden einfache, aromatische Rotweine und eher liebliche Weißweine gemacht, die besten Weine beruhen jedoch auf europäischen Trauben.

Spielen regionale Unterschiede eine Rolle?

Die zwei Hauptanbaugebiete sind Niagara Peninsula im südlichen Ontario und Okanagan Valley in British Columbia. Einen eigenen Stil haben sie bisher nicht entwickelt.

Ist der Jahrgang wichtig?

Die Jahrgänge sind unterschiedlich, doch sollten die Weine jung getrunken werden.

Wann trinke ich diese Weine?

Die Weißen sind gute, leichte Allzweckweine. Eiswein (Icewine) ist zum Dessert oder nach dem Mahl andächtig zu genießen; EU-Bürger müssen sich aber zuerst ein Flugticket kaufen, denn auf Grund langwieriger gesetzlicher Regelungen bezüglich des Alkoholgehalts darf er nicht importiert werden.

Kann ich sie mir leisten?

Ja, sie sind preiswert, wenn auch nicht billig.

Südamerika

Die große Weinrevolution – die Geburt weicher, fruchtiger Rot- und Weißweine zu für jedermann erschwinglichen Preisen – begann in den 1970er Jahren in Kalifornien und erfasste Australien in den 1980ern. Doch gegen Ende dieses Jahrhunderts war Südamerika schon zu einer ernsthaften Konkurrenz geworden und erhob Anspruch auf den Titel der konsumentenfreundlichsten Weinbauregion der Welt. Die Gründe sind klar: Frucht, Geschmack und Preiswürdigkeit.

Südamerikanischer Wein ist der Inbegriff des modernen Neue-Welt-Stils: Rotweine von weicher, saftiger Art und saubere, pikante oder runde Weißweine. Das Experiment ist Alltag in den beiden Hauptexportländern Chile und Argentinien, und außer den Alltagsweinen sind einige äußerst seriöse Flaschen zu finden.

Brasilien produziert einige ordentliche Weine; zusammen mit Uruguay und seinen fleischigen Tannat-Rotweinen könnte es sich zu einer zweiten Liga entwickeln, doch gegenwärtig sind Chile und Argentinien die besten neuen Freunde des Weintrinkers.

Chile

Chile ist auf dem besten Weg zum Star. Es hat das Glück, über riesige, von Schädlingen freie Rebflächen zu verfügen, die im Regenschatten der Anden liegen und daher endlosen Sonnenschein genießen – und für die Bewässerung mit unerschöpflichen Wasserreserven aus demselben Gebirge gesegnet sind. In den Weinbergen sind europäische Sorten angepflanzt, und mit der neuen politischen und wirtschaftlichen Stabilisierung in den 1990er Jahren war Chile reif dafür, mit Macht auf den internationalen Markt zu drängen.

Beim Rotwein ist Chile für weiche, süffige Merlots und Cabernets besonders bekannt, beim Weißwein für runden Chardonnay mit tropischer Frucht sowie knackig-rezenten Sauvignon Blanc. Doch gedeihen hier Reben aller Sorten: Syrah, Pinot Noir, Malbec, Carignan, Cinsaut, Carmenère, Sangiovese, Zinfandel und andere für Rotwein, Riesling, Semillon, Chenin Blanc, Gewürztraminer und Viognier für Weißwein.

Der grundlegende Charakter beim Rotwein sind Unmengen reifer, runder Aromen; die Weißweine sind frisch und von guter Säure, Weine aus aromatischen Sorten wie Viognier und Gewürztraminer verfügen über ein wunderbares Bukett. Auch dunkler Rosé mit feinem Erdbeerduft wird produziert. Die Qualität ist äußerst zuverlässig, weniger jedoch bei den wenigen sehr hochpreisigen Rotweinen; einige sind wirklich exzellent, andere eher das Ergebnis eines smarten Marketings.

Übersicht | Chile

Lage Die Rebflächen liegen hauptsächlich im Großen Längstal mit seinen Bereichen Maipo, Rapel, Curicó und Maule. Weiter nördlich liegt Aconcagua mit dem bedeutenden Casablanca-Tal. Die als weniger wertvoll geltende Südregion umfasst die Bereiche Itata und Bío-Bío.

① Aconcagua
② Maipo
③ Rapel
④ Curicó
⑤ Maule

Rebsorten Chile produziert die ganze Palette internationaler Sorten, hauptsächlich Merlot und Cabernet Sauvignon für Rotwein, Chardonnay und Sauvignon Blanc für Weißwein. Über die Hälfte der Reben, die bisher als Merlot galten, entpuppten sich als Carmenère (auch Grande Vidure genannt), die ganz im Stil des Merlot attraktive weiche, süffige oder aber köstlich würzige, üppige Rotweine ergibt.

Zehn Weine zum Kennenlernen

Rot

- **Errázuriz** Merlot ②
- **Cono Sur** Reserve Pinot Noir ②
- **Viña Casablanca** Santa Isabel Estate Cabernet Sauvignon ②
- **Casa Lapostolle** Cuvée Alexandre Merlot ②
- **Montes** Alpha Syrah ②
- **Concha y Toro** Don Melchor Cabernet Sauvignon ③
- **Santa Rita** Casa Real Cabernet Sauvignon ④

Weiß

- **La Palmería** Chardonnay Reserve ②
- **Viña Casablanca** Sauvignon Blanc ②

Rosé

- **Torres** Santa Digna Cabernet Sauvignon ②

Oben: *Don Melchor ist der Spitzen-Cabernet von Concha y Toro, dem größten Weingut Chiles.*
Links: *Chile ist kein Neuling im Weingeschäft. Der Weinberg Panquehue von Errázuriz im Aconcagua-Tal existiert seit 1870.*

Übersicht | Argentinien

Lage Mendoza in Zentralargentinien produziert bei weitem am meisten Wein. Salta im äußersten Norden und Rio Negro im Süden sind aufstrebende Qualitätsweinregionen. Weiterhin zu nennen sind San Juan und La Rioja im Norden und San Rafael im Süden.

Rebsorten Rote Malbec und weiße Torrontés sind die Haupttrauben, außerdem findet man spanische Tempranillo, die italienischen roten Sorten Sangiovese, Barbera und Bonarda sowie internationale Favoriten wie Cabernet, Syrah und Chardonnay.

Zehn Weine zum Kennenlernen

Rot

- **Bodegas Balbi** Malbec 1
- **Santa Julia** Tempranillo 1
- **Norton** Sangiovese 1
- **Finca el Retiro** Syrah 2
- **Vallée de Vistalba** Cabernet Sauvignon 2
- **Humberto Canale** Malbec 2
- **Catena** Malbec 2

Weiß

- **Bodegas J & F Lurton** Pinot Gris 1
- **Etchart** Torrontés 1
- **Michel Torino** Don David Torrontés 2

Die Weinberge Argentiniens sind in der Nähe der Anden angesiedelt. Die Höhenlage hält die Temperaturen niedrig, außerdem ist das Gebirge ein lebenswichtiges Wasserreservoir.

Spielen regionale Unterschiede eine Rolle?
Bei Weißweinen sollte man kühle Herkunftsgebiete bevorzugen, insbesondere Casablanca.

Ist der Jahrgang wichtig?
Im Allgemeinen nicht, kühle Regionen wie Casablanca verzeichnen gewisse Schwankungen.

Wann trinke ich diese Weine?
Mit Freunden, nach der Arbeit, zum Essen, ohne Essen, jeden Tag zu jeder Zeit. Mit den ganz teuren Rotweinen können Sie Bordeaux-Fans verblüffen.

Kann ich sie mir leisten?
Ohne weiteres, zumindest 99 Prozent. Beim restlichen 1 Prozent der Weine sollten Sie sorgfältig auf die Preis-Gegenwert-Relation achten.

Argentinien
Wenn Chile sich fest auf internationale Weine stützt, ist Argentinien ein Ort preiswerter, schmackhafter Weine aus anderen Rebsorten als den Neue-Welt-Favoriten Cabernet Sauvignon, Merlot, Chardonnay und Sauvignon Blanc (aber natürlich werden auch diese kultiviert und ergeben schöne Weine).

Malbec, Argentiniens rote Hauptrebsorte, bringt Aromen von Wildkräutern und Gewürzen, dazu eine weiche, saftige Frucht; die weiße Spezialität Argeniniens ist Torrontés, ein aromatisch-sinnlicher, nach Moschus duftender Wein. Die vielen spanischen und italienischen Einwanderer brachten eine große Zahl weiterer Rebsorten mit, Barbera, Bonarda, Sangiovese und Tempranillo ergeben sehr schöne, köstlich fruchtige Rotweine.

Argentinien brauchte länger als Chile, um seine politischen und ökonomischen Probleme in den Griff zu bekommen, und betrat mithin einige Jahre später die internationale Weinszene. Die Qualität ist noch nicht so zuverlässig wie dort, holt aber rasch auf, und auf längere Sicht könnte Argentinien das interessantere Weinland sein.

Spielen regionale Unterschiede eine Rolle?
Noch nicht. Keine Region hat ein eigenes Profil, und die große Mehrzahl der Weine kommt aus Mendoza.

Ist der Jahrgang wichtig?
Nein. Die meisten Weine sollten jung getrunken werden.

Wann trinke ich diese Weine?
Wann immer Ihnen nach etwas Besonderem ist. Einen Torrontés werden Sie sonst in der Welt kaum finden. Malbec gibt es in Frankreich (in Bordeaux und Cahors), Sangiovese, Barbera und Bonarda in Italien, aber nicht mit diesen Aromen.

Kann ich sie mir leisten?
Absolut.

Weitere Länder Südamerikas

Mexiko leidet unter großer Hitze und Trockenheit. Mit Hilfe der Bewässerung sind Baja California im Norden und hoch gelegene Weinberge weiter südlich gute Plätze für Wärme liebende rote Trauben. Mächtiger, rustikaler Cabernet Sauvignon und marmeladiger Petite Syrah sind führend, daneben gibt es Malbec, Grenache, Merlot, Zinfandel und Nebbiolo. Weißweine fallen etwas ab.

Brasilien ist nach Argentinien und Chile der drittgrößte Weinproduzent Südamerikas. Hauptziel ist Quantität, die Weinberge in den tropischsten Regionen liefern zwei Ernten im Jahr. Am erfolgreichsten, wenn auch etwas dünn, sind die Weißweine; der Rotwein ist sehr leicht.

Uruguay besitzt einiges Potenzial, besonders erfolgreich ist es mit Weinen aus der Tannat-Rebe, die aus Südwestfrankreich kommt.

Peru verarbeitet den größten Teil der Traubenproduktion zu Pisco, dem einheimischen Brandy; Wein wird in der südlichen Region Ica gemacht.

Bolivien favorisiert ebenfalls Weinbrand, einige Tafelweine werden aus Muscat hergestellt. Auch in Paraguay, Ecuador, Venezuela und Kolumbien werden geringe Mengen Wein produziert.

Australien

Australien ist, wie man es von einem Land der Pioniere erwarten kann, auch beim Wein Pionier. Es war nicht zu erwarten, dass eine Nation, die sich von Anfang an ihre eigenen Regeln geben musste, mit den Normen der klassischen Weintypen glücklich werden würde. Und so erfand sie ihre eigenen: unmittelbar zugängliche Frucht, opulente Textur und Verwendung neuer Eichenfässer, alles zu erschwinglichem Preis und bei Rot- wie Weißwein gleichermaßen erfolgreich. Man begann damit, »europäische Weine« zu machen (einheimische Sorten gibt es nicht), hauptsächlich Klassiker wie Cabernet Sauvignon, Shiraz (die französische Syrah), Chardonnay, Semillon und Riesling. Doch heute verfügt Australien über seine eigenen klassischen Weine, und sein Einfluss hat sich – mit seinen hoch qualifizierten Weinmachern – in Europa ausgebreitet.

Australiens Weinindustrie ist ganz anders organisiert als die europäische. Zum Ersten: In jedem Wein produzierenden Staat werden fast alle Weintypen erzeugt. Wenn Sie kühles Klima haben wollen, gehen Sie in die Berge und weiter nach Süden; wenn Sie heißes brauchen, gehen Sie nach Norden und bleiben in der Ebene. Auf diese Weise können Sie den Charakter der Weine von schlank bis äußerst üppig steuern. Ein deutlicher Trend geht zu kühlen Klimaten und subtileren Weinen; dennoch werden Aussie-Weine nie ihre runde Art verlieren. Sie ist die einzige wirklich wichtige nationale Eigenschaft.

Wein kann aus Trauben aller Staaten zusammengemischt werden. Betrachten Sie einmal die Distanzen: Trauben werden vielleicht vom Hunter Valley nördlich von Sydney ins Barossa Valley bei Adelaide gekarrt, wo sie in perfektem Zustand ankommen und zu frischen, reifen Weinen verarbeitet werden. Das verweist auf das technische Know-how, das als Standard gilt.

Australische Klassifikation

Das **Labelling Integrity Programme** stellt sicher, dass das Etikett den Herstellungsbereich, den Jahrgang und die verwendeten Rebsorten nennt. Ein System von **Geographical Indications** definiert die Herkunftsgebiete auf unterschiedlichen Ebenen. **Produce of Australia** ist die grundlegende Bezeichnung, gefolgt von **South-Eastern Australia**, mit der populäre Verschnittweine häufig gekennzeichnet sind. **State of Origin** ist noch spezifischer, und jeder Staat verfügt über eine Anzahl **Zones**.

Regions und Subregions sind noch kleinere Einheiten. Wein aus Spitzenreblagen kann die Bezeichnung **Outstanding** oder **Superior** tragen.

Gegenüberliegende Seite: *Die weiten Ebenen des Oberen Hunter Valley in Neusüdwales.*

Die Weinmacher sind darauf getrimmt, saubere, schmackhafte, fruchtige Weine selbst in den heißesten, trockensten und ungünstigsten Gegenden zu machen, die man in Europa in der Vergangenheit als Weinbaugebiet abgeschrieben hätte. Australien änderte alles mit der Einführung der gekühlten Gärung sowohl bei Weiß- wie Rotweinen, wohl der größte Fortschritt in der Vinifikationstechnik.

New South Wales

Neusüdwales' Stärke sind seine großen, runden, fleischig-üppigen Weine – die australischen Klassiker. Das Hunter Valley und Cowra sind die Heimstätten dieses Typs: Chardonnay ist geradezu fett und voller tropischer Frucht – der Inbegriff des runden, toastigen Typs –, auch Cabernet, besonders aus Mudgee, ist rund und mächtig mit intensiver Schwarze-Johannisbeer-Frucht. Shiraz, der vor Beerenfrucht birst, ist großartig würzig und warm.

Das Hunter Valley hat noch einen weiteren Trumpf: Semillon. Diese Sorte ist in Bordeaux verbreitet, wo sie meist mit Sauvignon Blanc zu trockenen und süßen Weinen verschnitten wird. Im Hunter Valley liefert sie solo einen der klassischen Australier. In neuer Eiche gelagert, ist Semillon rund und toastig mit fülliger Zitronen-Limonen-Frucht; nicht in Eiche ausgebaut ist der Wein in der Jugend fast neutral, reift aber zu wunderbar runder, wachsig-üppiger Art mit süßen Noten von Nektarinen.

Riverina ist der Massenweinlieferant von Neusüdwales. Die Weine sind hier frisch und einfach; aber es gibt auch dichte, eichenbetonte Weine und supersüße Tropfen von Weltklasse.

Übersicht | New South Wales

Lage Im Südosten Australiens. Oberes und Unteres Hunter Valley, Mudgee, Cowra, Orange und Riverina sind die wichtigsten Regionen. Siehe Karte S. 128.

Rebsorten Semillon und Chardonnay für Weißweine, Shiraz und Cabernet für Rotweine.

Zehn Weine zum Kennenlernen

Rot

- **Reynolds** Shiraz 2
- **Brokenwood** Shiraz 3
- **Tyrrell's** Vat 9 Shiraz 4
- **Rosemount** Mountain Blue Shiraz/Cabernet 5

Weiß

- **Rothbury** Semillon 2
- **Brokenwood** Semillon 2
- **Allandale** Chardonnay 2
- **McWilliams** Elizabeth Semillon 2
- **Rosemount Estate** Orange Vineyard Chardonnay 3

Weiß, süß

- **De Bortoli** Noble One Botrytis Semillon 5

Übersicht | Victoria

Lage Im Südosten Australiens. Yarra Valley, Rutherglen und Glenrowan sind die wichtigsten Regionen.

Rebsorten Herausragend aufgespriteter Muscat und Muscadelle (Tokay) sowie Pinot Noir und Chardonnay.

Regionale Begriffe Muscats aus Rutherglen sind in 4 Qualitätsstufen eingeteilt, (aufsteigend) *Rutherglen, Classic, Grand* und *Rare.*

Gute Jahrgänge (Yarra) 2003, 2002, 2001, 2000, 1998, 1997, 1995, 1994

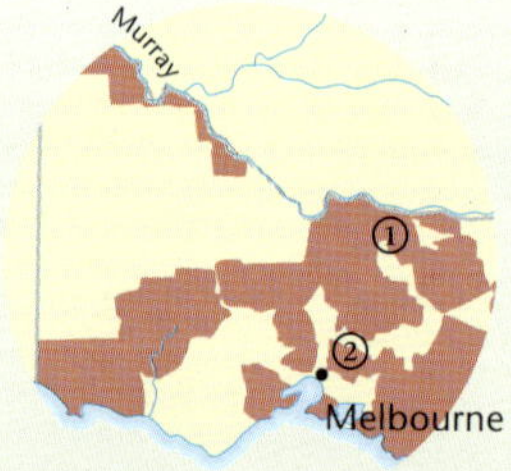

① Rutherglen und Glenrowan
② Yarra Valley

Zehn Weine zum Kennenlernen

Rot

- **De Bortoli** Pinot Noir 3
- **Mount Langi Ghiran** Shiraz 3
- **Yarra Yering** Dry Red No. 1 5
- **Mount Mary** Cabernets Quintet 5

Weiß

- **Chateau Tahbilk** Marsanne 2
- **Delatite** Riesling 3
- **Tarrawarra** Chardonnay 4

Schaumwein

- **Green Point** 3
- **Seppelt** Show Reserve Sparkling Shiraz (rot) 3

aufgespritet

- **Morris** Grand Rutherglen Muscat 5

Spielen regionale Unterschiede eine Rolle?

Ja, doch der Erzeuger ist meist ausschlaggebend. Nicht in Eiche ausgebauter Semillon ist eine Spezialität des Hunter Valley. Weine aus Orange verfügen über eine aufregende schlanke Frucht.

Ist der Jahrgang wichtig?

Kaum, außer bei Rotweinen aus dem Hunter Valley.

Wann trinke ich diese Weine?

Wann immer es Sie nach überbordenden, mächtigen Aromen gelüstet. Fast alle Weine können jung getrunken werden; nicht in Eiche ausgebauter Semillon muss reifen, doch für den Rest müssen Sie keinen Platz im Keller reservieren. Als Essensbegleiter verlangen sie nach starkem, klarem Geschmack: ein gegrilltes Kängurusteak oder zumindest eines vom Angusrind.

Kann ich sie mir leisten?

Im Allgemeinen. Die besten Weine sind teuer, aber ihr Geld wert.

Victoria

Einige der individuellsten Weine Australiens kommen von hier – und ich meine damit Weine, die kein anderes Land der Erde herstellt: die dunklen, warmen aufgespriteten Süßweine aus Muscat und Muscadelle, die hier als Tokay bezeichnet werden. Sie schmecken ganz anders als Portwein, auch wenn hier hervorragende Port- und Sherry-Doppelgänger gemacht werden. Nein, sie sind explosiv süß und verfügen über eine konzentrierte Traubigkeit und intensive Aromen von Kaffee, Karamell, Rosinen und Nüssen (manchmal auch Rosen), die in ihrer Fülle fast schockieren. Die dunkelsten, dichtesten Exemplare sind fast wie Sirup.

Victoria macht auch in kühlem Klima Weine. Aus dem Yarra Valley kommt einer der schmackhaftesten Pinots Noirs des Landes, die besten kommen gutem Burgunder gleich. Auch der Schaumwein aus dem Yarra Valley ist ausgezeichnet.

Die kühlen Hügellagen des Yarra Valley in Victoria liefern Trauben für einige der besten Schaumweine und Pinots Noirs Australiens.

Die sonstigen Erzeugnisse reichen von billigen Massenweinen wie Murray Darling bis zu eleganten Rot- und Weißweinen mit klar gezeichneten Aromen aus den kühleren Gegenden in der Nähe der Küste. Es gibt auch einige große, fette Weine, jedoch nicht so viele wie in Neusüdwales.

Spielen regionale Unterschiede eine Rolle?

Das Yarra Valley steht für elegante Weine; der Chardonnay ist hier eher intensiv und würzig als rund-toastig. Um Melbourne sind diverse kleine Regionen gruppiert. Mornington Peninsula und Geelong sind relativ kühl, und je weiter man nach Norden kommt, desto wärmer wird das Klima; entsprechend runder und fleischiger sind die Weine aus dem Golbourn Valley und Bendigo. Rutherglen und Glenrowan produzieren aufgespritete Weine.

Ist der Jahrgang wichtig?

Im Yarra Valley und um Melbourne herum ja, anderswo kaum. Siehe Übersicht S. 130.

Wann trinke ich diese Weine?

Weiße und rote Premiumweine aus dem Yarra Valley verdienen einen besonderen Anlass. Die süßen Muscats passen gut zu Schokoladigem und Eiscreme, oder genießen Sie sie einfach so.

Kann ich sie mir leisten?

Die besten Pinots Noirs aus dem Yarra Valley sind recht teuer und leiden unter Jahrgangsschwankungen wie die Burgunder. Auch die Muscats sind kostspielig, vor allem die alten, aber sie sind sicher nicht überbezahlt.

South Australia

Südaustralien produziert riesige Mengen von Wein, mehr als jeder andere australische Bundesstaat – von leichten bis zu üppigen Weinen, von billigem Alltagsstoff bis zu richtig teuren Rot- und Weißweinen. Ein allgemeiner Charakter ist nicht auszumachen. Natürlich gibt es auch den allgegenwärtigen weichen Chardonnay, aber Südaustralien verfügt über eigene klassische Weintypen.

Shiraz aus dem Barossa Valley, oft von sehr – manchmal über 100 Jahre – alten Reben, ist ein ungeheuer dichter, würziger Wein mit einer Überfülle sonnengekochter Frucht: Erwarten Sie reife Tannine und mächtige Aromen von altem Leder, Erde und Brombeeren. Ähnlich ist der Shiraz aus dem McLaren Vale. Und Grenache, ebenfalls von alten Reben, tut mit seinen süß-fruchtigen Kräuteraromen fast Gewalt an.

Die Rieslinge aus dem Clare und dem Eden Valley haben einen neuen Weintyp für diese Traube etabliert. Sie ähneln den deutschen oder elsässischen überhaupt nicht; stattdessen zeigen sie Aromen von Toast und Limetten.

Übersicht | South Australia

Lage Die hochwertigen Weine kommen aus dem Barossa Valley, Eden Valley, Clare Valley, den Adelaide Hills, den Southern Vales, Coonawarra und Padthaway. Riverland ist ein Massenweingebiet.

① Clare Valley
② Barossa & Eden Valleys
③ Riverland
④ Coonawarra

Rebsorten Alles ist vorhanden. Klassiker sind Shiraz, Cabernet Sauvignon und Riesling.

Regionale Begriffe Verwechseln Sie South Australia nicht mit der viel größeren, einfachen Appellation South-Eastern Australia.

Zwanzig Weine zum Kennenlernen

Rot

- **Peter Lehmann** Grenache (1)
- **D'Arenberg** The Footbolt Grenache/Shiraz (2)
- **St Hallett** Gamekeeper's Reserve (2)
- **Penfolds** Bin 28 Kalimna Shiraz (2)
- **Tim Adams** The Fergus (2)
- **Wolf Blass** President's Selection Shiraz (3)
- **Lenswood** Pinot Noir (3)
- **Chateau Reynella** Basket Pressed Shiraz (3)

- **Penley Estate** Cabernet Sauvignon (3)
- **Rockford** Basket Press Shiraz (3)
- **Hollick** Ravenswood Cabernet Sauvignon (5)

Weiß

- **Penfolds** Bin 202 Riesling (1)
- **Wynns** Coonawarra Riesling (1)
- **Yalumba** Oxford Landing Sauvignon Blanc (1)
- **Tim Adams** Semillon (2)
- **Shaw & Smith** Unoaked Chardonnay (2)
- **Grosset** Polish Hill Riesling (3)
- **Petaluma** Chardonnay (3)
- **Mountadam** Chardonnay (3) South-Eastern Australia
- **Lindemans** Bin 65 Chardonnay (1) *(klassischer preiswerter Verschnitt aus Südostaustralien)*

Oben: *Der größte Shiraz Australiens ist der Penfolds Grange, für den die besten Trauben aus vielen Weinbergen verwendet werden.*
Rechts: *Barossa ist nicht nur ein Weinbaugebiet, sondern auch das bedeutendste Kellerei- und Abfüllzentrum Australiens.*

Cabernet Sauvignon aus Coonawarra ist wahrscheinlich so, wie jeder Cabernet schmecken würde, wenn er könnte: intensiv mit Schwarze-Johannisbeeren-Bukett, klar, aber mit einer lebhaften, strahlenden Frucht.

Spielen regionale Unterschiede eine Rolle?

Ja, aber das Bild ist schrecklich kompliziert. Die Adelaide Hills haben kühles Klima, und ihre Weine haben eine leichte Frucht; Barossa-Weine sind körperreicher und fleischiger, Clare Valley und Eden Valley zeigen Intensität, ohne massiv zu sein. Andere Regionen, auch das Massenweingebiet Riverland, liefern große, überreife Weine.

Ist der Jahrgang wichtig?

Eigentlich nicht.

Wann trinke ich diese Weine?

Trinken Sie Cabernet aus Coonawarra zu Lamm mit Knoblauch und Rosmarin. Der mächtige Barossa Shiraz ist ein Wein für den Abend. Die Rieslinge aus Clare und Eden sind gute Durstlöscher zur Zeit des Sonnenuntergangs. Den Grenache wählen Sie, wenn Sie etwas Verrücktes tun wollen.

Kann ich sie mir leisten?

Absolut. Es gibt jede Menge preiswerter, guter Weine. Die besten sind nicht billig, aber australische Klassiker. Sie sollten hin und wieder einen davon trinken, um sich daran zu erinnern, wie herrlich Wein sein kann.

Western Australia

Hier gibt es alles von fetten, üppigen Weinen bis zu eleganten, kultivierten Tropfen. Die besten verfügen über eine schöne Struktur und große Komplexität. Die Qualität reicht von gut bis exzellent.

Spielen regionale Unterschiede eine Rolle?

Margaret River, Great Southern und Pemberton haben kühles Klima und schlanke Weine. Im Swan District ist es heiß. Die Jahrgänge sind recht gleichmäßig.

Wann trinke ich diese Weine?

Jederzeit. Die besten Gewächse verdienen eine besondere Gelegenheit und ein schönes Mahl.

Kann ich sie mir leisten?

Die Weine sind teurer als etwa die aus Südaustralien, aber man bekommt auf jeder Preisstufe einen guten Gegenwert.

Tasmanien

Von hier kommen die leichtesten, frischesten australischen Weine. Man produziert nicht viel, und auf Grund der hohen Kosten können sie nicht billig sein. Es gibt delikaten Pinot Noir mit überraschend fester Frucht, elegante Rieslinge und Chardonnays sowie sehr gute Schaumweine.

Übersicht | Western Australia

Lage Siehe Karte S. 128. Die besten Weinregionen sind Margaret River, Great Southern und Pemberton. Der Swan District nahe von Perth ist ein Massenweingebiet.

Rebsorten Wie üblich Cabernet Sauvignon, Shiraz, Chardonnay, Riesling und Sauvignon Blanc, dazu Chenin Blanc und Verdelho.

Fünf Weine zum Kennenlernen

Rot

- **Moss Wood** Pinot Noir 3
- **Cullen** Cabernet/Merlot 4
- **Howard Park** Cabernet/Merlot 5

Weiß

- **Cape Mentelle** Semillon/Sauvignon Blanc 2
- **Leeuwin Estate** Chardonnay 5

Übersicht | Tasmanien

Lage Die Insel Tasmanien südlich von Australien ist dessen kühlster und feuchtester Teil. Siehe Karte S. 128.

Rebsorten Chardonnay für aromatisch-nussige Weißweine und Pinot Noir für erdbeerige Rotweine (und beide für Schaumweine); dazu grünlichen Cabernet mit Schwarze-Johannisbeer-Duft.

Fünf Weine zum Kennenlernen

Tasmanische Weine sind außerhalb Australiens selten zu bekommen.

Rot

- **Freycinet** Pinot Noir 3
- **Domaine A** Pinot Noir 3

Weiß

- **Moorilla** Chardonnay 3
- **Pipers Brook** Riesling 3

Schaumwein

- **Pipers Brook** Pirie 4

Neuseeland

Dies ist die Heimat des Muster-Sauvignon-Blancs der Neuen Welt, des Archetyps des grünlich-pikanten Weins. Und dieser Archetyp ist noch sehr jung, denn die ersten Sauvignon-Blanc-Reben wurden erst 1973 in Marlborough gepflanzt, das heute für diese Sorte ein klassisches Gebiet ist. Es wurde sofort klar, dass dies der Sauvignon Blanc ist, wie er sein sollte. Bis dahin waren Sancerre und die anderen Sauvignons des Loire-Tals das Vorbild. Der neuseeländische ist aggressiver, schärfer, erinnert mehr an Stachelbeeren, während Sancerre runder und subtiler – und unzuverlässiger ist. In Neuseeland hat der Sauvignon Blanc auf jeder Qualitätsstufe diese unwiderstehlich »mundwässernde« Stachelbeerfrucht.

Doch Neuseeland ist nicht nur Sauvignon Blanc. Im Allgemeinen erzeugt es Weine kühler Klimate im Neue-Welt-Stil, die leichter und schlanker sind als ihre australischen Gegenstücke, und es ist mit Trauben erfolgreich, die in Australien Schwierigkeiten haben, insbesondere mit feinem Pinot Noir. Es gibt auch guten, würzigen Chardonnay, blumigen Riesling und hervorragenden Schaumwein im Champagner-Stil. Auch Cabernet Sauvignon und Merlot werden angebaut, sie tendieren aber zum Grasigen anstatt zum Fruchtigen.

Spielen regionale Unterschiede eine Rolle?

Das Klima variiert vom Norden der Nordinsel, wo es sehr warm ist, zum Süden der Südinsel, wo es definitiv kühl ist: Das Klima ist der Schlüssel dazu, was wo angebaut wird. Die bedeutendsten Bereiche sind Marlborough für Sauvignon Blanc und Schaumwein, Hawke's Bay für Cabernet und Merlot sowie Martinborough für Pinot Noir. Chardonnay wächst überall reichlich.

Ist der Jahrgang wichtig?

Ja, aber wenige Weine lohnen das Lagern. Kaufen Sie Wein der letzten Jahrgänge und trinken Sie ihn jung.

Wann trinke ich diese Weine?

Jederzeit. Mit einem Kult-Sauvignon-Blanc wie Cloudy Bay können Sie Ihre Weinkenner-Freunde beeindrucken.

Kann ich sie mir leisten?

Neuseeländische Weine sind nicht billig herzustellen, weshalb die meisten Erzeuger auf höherpreisige Weine setzen. Es lohnt sich, etwas mehr auszugeben und etwas wirklich Gutes zu bekommen.

Südafrika

Südafrika kam relativ spät zum internationalen Weinmarkt. Das liegt zum Teil daran, dass die Weinmacher früher weder über die notwendigen Reiser noch über die technische Ausrüstung verfügten. Sie konnten oft auch nicht das reichhaltige Sortiment ausländischer Weine probieren. Seit dem Ende der Apartheid 1993/1994 und dem Auftauchen aus der internationalen Isolation befindet es sich auf einer Aufholjagd. Alle Arten von Weinen werden hergestellt, von säuerlich-pikanten über stämmige, würzige bis zu üppig-toastigen Weißweinen, bei den Rotweinen von leichten, gefälligen Cinsauts über weiche Pinots Noirs und herausfordernde Cabernets bis zu mächtigen Shiraz- und Pinotage-Weinen. Auch aufgespritete Weine werden gemacht, helle und trockene Sherry-Typen ebenso wie dunkle, süße im Portwein-Stil.

Die Palette der Rebsorten umfasst alle internationalen Favoriten – Cabernet Sauvignon, Merlot, Chardonnay, Sauvignon Blanc – und auch Chenin Blanc, der meist für Alltagsweine verwendet wird. Sorgfältig gemachter Chenin Blanc von alten Reben ist jedoch etwas Feines und könnte am Kap ein Star werden. Die Spezialität des Landes ist die Sorte Pinotage, die sowohl leichte wie sehr ernst zu nehmende schwere Rotweine ergibt. Sie besitzt ein exotisches toastiges Aroma von Marshmallows und Pflaumen, das einzigartig und aufregend sein kann.

Übersicht | Neuseeland

Lage Die südlichste Weinnation der südlichen Hemisphäre.

Rebsorten Sauvignon Blanc, Chardonnay, Riesling (trocken und süß) und Gewürztraminer ergeben die besten Weißweine, Müller-Thurgau ist definitiv unterlegen. Cabernet Sauvignon, Merlot und Pinot Noir sind die roten Sorten.
Die Weintypen variieren von Norden nach Süden. Sauvignon Blanc aus Hawke's Bay ist weicher und runder als der pikante stachelbeerige Marlborough-Typ. Chardonnay ist im Norden körperreicher. Pinot Noir fühlt sich im kühlen Martinborough und Otago wohl, Cabernet und Merlot im warmen Norden.

Zehn Weine zum Kennenlernen

Rot

- **Corbans** North Island Merlot 2
- **Martinborough Vineyards** Pinot Noir 3

Weiß

- **Giesen** Dry Riesling 2
- **Villa Maria** Private Bin Sauvignon Blanc 2
- **Palliser Estate** Sauvignon Blanc 2
- **Montana** »O« Ormond Estate Chardonnay 3
- **Kumeu River** Chardonnay 3
- **Cloudy Bay** Sauvignon Blanc 3

Schaumwein

- **Deutz** Cuvée Marlborough 3
- **Cloudy Bay** Pelorus 3

Links: *Der atemberaubende Blick vom Gut Rippon Vineyard in Otago lässt immer an das kühle Klima der Region denken.*
Oben: *Eine andere eindrucksvolle Umgebung inspirierte das Etikett von Cloudy Bay, dem wohl berühmtesten neuseeländischen Wein.*

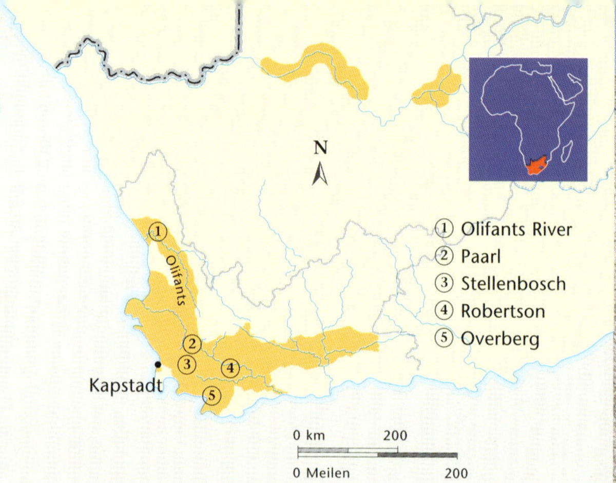

Übersicht | Südafrika

Lage Fast alle Weinbaugebiete liegen im Südwesten des Landes in der Nähe von Kapstadt. Paarl und Stellenbosch, Teile der großen Coastal Region, sind fest etabliert. Robertson liefert guten Chardonnay. Overberg (mit Walker Bay) im tiefen Süden ist durch sein kühles Klima für Pinot Noir viel versprechend. Olifants River ist eine Massenwein-Region.

Rebsorten Pinotage ist Südafrikas eigene rote Sorte, Cabernet Sauvignon und Merlot sind populär. Syrah/Shiraz und andere Rhône-Sorten, auch Kaliforniens Zinfandel erweitern das Repertoire. Chardonnay und Sauvignon Blanc sind sehr verbreitet, auch etwas Riesling ist anzutreffen. Chenin Blanc wird für einfache und einige sehr hochwertige Weißweine verwendet.

Regionale Begriffe *Wine of Origin (WO)* – dieses Siegel oben auf der Flasche garantiert die Angaben zu Herkunft, Rebsorte(n) und Jahrgang. *Estate Wine* ist auf einem registrierten Weingut gewachsen und hergestellt; im Allgemeinen ein Zeichen für Qualität.

Zehn Weine zum Kennenlernen

Rot

- **Fairview** Cabernet Sauvignon ②
- **Kaapzicht** Shiraz ②
- **Warwick** Traditional Old Bush Vine Pinotage ②
- **Bouchard Finlayson** Pinot Noir ③
- **Kanonkop** Pinotage ③
- **Hamilton Russell** Pinot Noir ③

Weiß

- **Buitenverwachting** Riesling ②
- **L'Avenir** Chenin Blanc ②
- **Glen Carlou** Reserve Chardonnay ③
- **Thelema** Sauvignon Blanc ③

Rechts: *Die Drakensberge in Paarl bilden eine majestätische Kulisse für das aus dem 17. Jahrhundert stammende Gut Boschendal.*

Im Vergleich mit Chile oder Australien – den Konkurrenten auf dem Weltmarkt – ist die Qualität in Südafrika ungleichmäßig. Die Aromen können schwerfällig und weniger ansprechend sein, und die Rotweine zeigen im Abgang häufig eine grüne Kante. Aber sie werden besser.

Spielen regionale Unterschiede eine Rolle?

Ja und nein. Einige kühle Bereiche wie Constantia südlich von Kapstadt und Walker Bay in Overberg liefern sehr individuelle Weine, der Großteil der Weine kommt jedoch aus Gegenden mit gleichmäßigerem warmem Klima wie Paarl, Stellenbosch und Robertson.

Ist der Jahrgang wichtig?

Bei den meisten Weinen nicht.

Wann trinke ich diese Weine?

Jederzeit. Die Rotweine sind als Essensbegleiter am besten.

Kann ich sie mir leisten?

Sie bieten selten die beste Preis-Gegenwert-Relation in der Neuen Welt, aber Chenin Blanc ist immer billig und manchmal hervorragend. Pinotage und Shiraz sind meist ihren Preis wert.

Weitere Erzeugerländer

Östliches Mittelmeer

Die bei weitem besten Erzeuger im Libanon sind Château Musar und Kefraya mit würzig-schokoladigen Rotweinen von Weltklasse. Israel macht gute Weine aus internationalen Rebsorten wie Cabernet Sauvignon und Chardonnay. Von Zypern erwartet man – bisher vergeblich – den Eintritt in die Qualitätsweinproduktion.

Afrika

Simbabwe hat eine junge, kleine Weinindustrie mit modernen Ideen und internationalen Ambitionen. Es pflanzt alle seriösen Trauben, Chardonnay sieht viel versprechend aus. Der nordafrikanische Wein ist im Abstieg begriffen; die riesigen Rebflächen in Marokko, Tunesien und Algerien waren auf den französischen Bedarf an billigem, alkoholreichem Rotwein ausgerichtet, heute haben sie praktisch keinen Markt mehr. Die Weine sind stark, massiv und altmodisch.

Asien

Die Weinbaugeschichte Asiens begann erst mit der europäischen Kolonisation. Heute wirken nationaler Enthusiasmus und großes Engagement westlicher Investoren zusammen, das Potenzial von Indien, China und Japan – der bedeutendsten Anbauländer – zu erschließen.

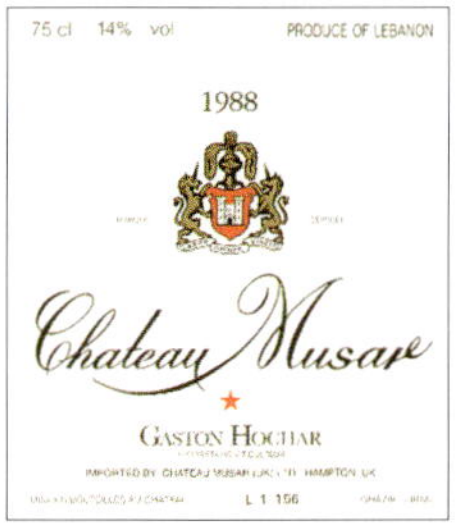

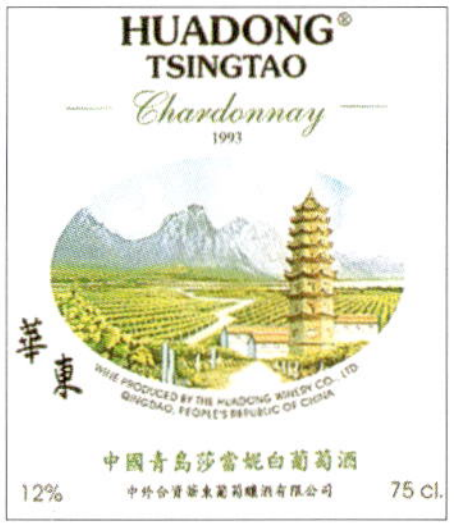

Weine aus dem Libanon, aus China und Indien bezeugen das weltweite Interesse, antike oder zuvor nicht existierende Weinregionen voranzubringen. Wer weiß, wie sich die Landkarte des Weins in den nächsten Jahren verändern wird?

Herkunftsbezeichnungen und Rebsorten

Beim Kauf von europäischen Weinen hat man das Problem, dass viele nur den Namen ihres Herkunftsbereichs tragen und nichts darüber gesagt wird, was in der Flasche ist, d. h. die Rebsorte(n). Schwierig ist auch, im Laden oder in einem Prospekt einen bestimmten Wein zu suchen, von dem Sie nicht sicher wissen, aus welchem Anbaugebiet er kommt. Als Hilfestellung bei diesen Problemen liste ich im Folgenden die Herkunftsbezeichnungen, die Hauptweinsorten, das Anbaugebiet und die wichtigsten Rebsorten auf.

Erläuterung 🍷 Rot 🥂 Weiß

Name	🍷/🥂	Anbaugebiet	Rebsorten
Aloxe-Corton	🍷	Côte de Beaune, Burgund, Frankreich	*Pinot Noir*
Asti	🥂 *(süß/Schaumwein)*	Piemont, Nordwestitalien	*Moscato*
Bairrada	🍷	Portugal	*Baga*
Bandol	🍷	Provence, Frankreich	*Mourvèdre/Grenache/Cinsaut*
Barbaresco	🍷	Piemont, Nordwestitalien	*Nebbiolo*
Bardolino	🍷	Veneto, Nordostitalien	*Corvina*
Barolo	🍷	Piemont, Nordwestitalien	*Nebbiolo*
Beaujolais	🍷	Burgund, Frankreich	*Gamay*
Beaune	🍷	Côte de Beaune, Burgund, Frankreich	*Pinot Noir*
Bergerac	🍷/🥂	Südwestfrankreich	🍷 *Cabernet Sauvignon und Franc/Merlot*
			🥂 *Sémillon/Sauvignon Blanc*
Bonnezeaux	🥂 *(süß)*	Loire-Tal, Frankreich	*Chenin Blanc*
Bourgueil	🍷	Loire-Tal, Frankreich	*Cabernet Franc*
Brouilly/Côte de Brouilly	🍷	Beaujolais, Burgund, Frankreich	*Gamay*
Brunello di Montalcino	🍷	Toskana, Mittelitalien	*Sangiovese*
Cahors	🍷	Südwestfrankreich	*Malbec/Merlot/Tannat*
Chablis	🥂	Burgund, Frankreich	*Chardonnay*
Chambolle-Musigny	🍷	Côte de Nuits, Burgund, Frankreich	*Pinot Noir*
Champagner	🥂 *(Schaumwein)*	Champagne, Frankreich	*Chardonnay/Pinot Noir/Pinot Meunier*
Chassagne-Montrachet	🍷/🥂	Côte de Beaune, Burgund, Frankreich	🍷 *Pinot Noir* 🥂 *Chardonnay*
Châteauneuf-du-Pape	🍷/🥂	Südliches Rhône-Tal, Frankreich	🍷 *Grenache/Syrah* 🥂 *Roussanne*
Chénas	🍷	Beaujolais, Burgund, Frankreich	*Gamay*
Chianti	🍷	Toskana, Mittelitalien	*Sangiovese*
Chiroubles	🍷	Beaujolais, Burgund, Frankreich	*Gamay*
Condrieu	🥂	Nördliches Rhône-Tal, Frankreich	*Viognier*
Corbières	🍷	Languedoc-Roussillon, Frankreich	*Carignan/Grenache/Cinsaut*
Cornas	🍷	Nördliches Rhône-Tal, Frankreich	*Syrah*
Costières de Nîmes	🍷	Languedoc-Roussillon, Frankreich	*Carignan/Grenache/Mourvèdre/Syrah*

Name	/	**Anbaugebiet**	**Rebsorten**
Côte de Nuits-Villages		Côte de Nuits, Burgund, Frankreich	*Pinot Noir*
Côte-Rôtie		Nördliches Rhône-Tal, Frankreich	*Syrah*
Coteaux du Languedoc		Languedoc-Roussillon, Frankreich	*Carignan/Grenache*
Coteaux du Layon	*(süß)*	Loire-Tal, Frankreich	*Chenin Blanc*
Côtes du Roussillon		Languedoc-Roussillon, Frankreich	*Carignan/Cinsaut/Grenache*
Crozes-Hermitage	/	Nördliches Rhône-Tal, Frankreich	*Syrah* *Marsanne/Roussanne*
Dão		Portugal	*Touriga Nacional/Tinta Roriz (Tempranillo)*
Dôle		Schweiz	*Pinot Noir/Gamay*
Entre-Deux-Mers		Bordeaux, Frankreich	*Sémillon/Sauvignon Blanc*
Faugères		Languedoc-Roussillon, Frankreich	*Carignan/Grenache/Syrah*
Fendant		Schweiz	*Chasselas*
Fitou		Languedoc-Roussillon, Frankreich	*Carignan/Cinsaut/Grenache*
Fleurie		Beaujolais, Burgund, Frankreich	*Gamay*
Frascati		Latium, Mittelitalien	*Malvasia/Trebbiano*
Gavi		Piemont, Nordwestitalien	*Cortese*
Gevrey-Chambertin		Côte de Nuits, Burgund, Frankreich	*Pinot Noir*
Gigondas		Südliches Rhône-Tal, Frankreich	*Grenache*
Givry		Côte Chalonnaise, Burgund, Frankreich	*Pinot Noir*
Graves	/	Bordeaux, Frankreich	*Cabernet Sauvignon und Franc/Merlot* *Sémillon/Sauvignon Blanc*
Hermitage	/	Nördliches Rhône-Tal, Frankreich	*Syrah* *Marsanne/Roussanne*
Juliénas		Beaujolais, Burgund, Frankreich	*Gamay*
Listrac		Haut-Médoc, Bordeaux, Frankreich	*Cabernet Sauvignon und Franc/Merlot*
Mâcon/Mâcon-Villages		Mâconnais, Burgund, Frankreich	*Chardonnay*
Margaux		Haut-Médoc, Bordeaux, Frankreich	*Cabernet Sauvignon und Franc/Merlot*
Médoc/Haut-Médoc		Bordeaux, Frankreich	*Cabernet Sauvignon und Franc/Merlot*
Mercurey	/	Côte Chalonnaise, Burgund, Frankreich	*Pinot Noir* *Chardonnay*
Meursault		Côte de Beaune, Burgund, Frankreich	*Chardonnay*
Minervois		Languedoc-Roussillon, Frankreich	*Grenache/Syrah/Mourvèdre*
Montagny		Côte Chalonnaise, Burgund, Frankreich	*Chardonnay*
Morey-St-Denis		Côte de Nuits, Burgund, Frankreich	*Pinot Noir*
Morgon		Beaujolais, Burgund, Frankreich	*Gamay*
Moulin-à-Vent		Beaujolais, Burgund, Frankreich	*Gamay*
Moulis		Haut-Médoc, Bordeaux, Frankreich	*Cabernet Sauvignon und Franc/Merlot*
Muscadet		Loire-Tal, Frankreich	*Muscadet (Melon de Bourgogne)*
Nuits-St-Georges		Côte de Nuits, Burgund, Frankreich	*Pinot Noir*
Orvieto		Umbrien, Mittelitalien	*Trebbiano*

Name		Anbaugebiet	Rebsorten
Pauillac		Haut-Médoc, Bordeaux, Frankreich	*Cabernet Sauvignon und Franc/Merlot*
Pessac-Léognan		Bordeaux, Frankreich	*Cabernet Sauvignon und Franc/Merlot* *Sémillon/Sauvignon Blanc*
Pomerol		Bordeaux, Frankreich	*Merlot/Cabernet Sauvignon und Franc*
Pommard		Côte de Beaune, Burgund, Frankreich	*Pinot Noir*
Pouilly-Fuissé		Mâconnais, Burgund, Frankreich	*Chardonnay*
Pouilly-Fumé		Loire-Tal, Frankreich	*Sauvignon Blanc*
Pouilly-sur-Loire		Loire-Tal, Frankreich	*Chasselas*
Priorat		Spanien	*Garnacha (Grenache)*
Puligny-Montrachet		Côte de Beaune, Burgund, Frankreich	*Chardonnay*
Quarts de Chaume	*(süß)*	Loire-Tal, Frankreich	*Chenin Blanc*
Régnié		Beaujolais, Burgund, Frankreich	*Gamay*
Rías Baixas		Spanien	*Albariño*
Ribera del Duero		Spanien	*Tinto Fino (Tempranillo)*
Rioja		Spanien	*Tempranillo/Garnacha* *Viura*
Rully		Côte Chalonnaise, Burgund, Frankreich	*Pinot Noir* *Chardonnay*
St-Amour		Beaujolais, Burgund, Frankreich	*Gamay*
St-Chinian		Languedoc-Roussillon, Frankreich	*Carignan/Cinsaut/Grenache*
St-Émilion		Bordeaux, Frankreich	*Merlot/Cabernet Sauvignon und Franc*
St-Estèphe		Haut-Médoc, Bordeaux, Frankreich	*Cabernet Sauvignon und Franc/Merlot*
St-Joseph		Nördliches Rhône-Tal, Frankreich	*Syrah* *Marsanne/Roussanne*
St-Julien		Haut-Médoc, Bordeaux, Frankreich	*Cabernet Sauvignon und Franc/Merlot*
St-Nicolas-de-Bourgueil		Loire-Tal, Frankreich	*Cabernet Franc*
St-Véran		Mâconnais, Burgund, Frankreich	*Chardonnay*
Sancerre		Loire-Tal, Frankreich	*Sauvignon Blanc* *Pinot Noir*
Saumur-Champigny		Loire-Tal, Frankreich	*Cabernet Franc und Sauvignon*
Sauternes	*(süß)*	Bordeaux, Frankreich	*Sémillon/Sauvignon Blanc*
Savennières		Loire-Tal, Frankreich	*Chenin Blanc*
Soave		Veneto, Nordostitalien	*Garganega/Trebbiano*
Toro		Spanien	*Tempranillo*
Vacqueyras		Südliches Rhône-Tal, Frankreich	*Grenache/Syrah/Mourvèdre*
Valpolicella		Veneto, Nordostitalien	*Corvina*
Vino Nobile di Montepulciano		Toskana, Mittelitalien	*Sangiovese*
Volnay		Côte de Beaune, Burgund, Frankreich	*Pinot Noir*
Vosne-Romanée		Côte de Nuits, Burgund, Frankreich	*Pinot Noir*
Vougeot		Côte de Nuits, Burgund, Frankreich	*Pinot Noir*
Vouvray		Loire-Tal, Frankreich	*Chenin Blanc*

Wichtige Weinbegriffe

Alte Reben
Frz. *vieilles vignes*, engl. *old vines*: Rebstöcke, die etliche Jahre auf dem Buckel haben, liefern dichtere Aromen. Es ist nicht offiziell festgelegt, wie alt eine Rebe für diese Kennzeichnung sein muss; sie ist dennoch ein recht zuverlässiger Anzeiger für Qualität.

Appellation
Französischer Begriff für einen offiziell festgelegten Herkunftsbereich. In Europa müssen Weine mit offizieller Herkunftsbezeichnung bestimmte Vorschriften erfüllen (z. B. Rebsorten, Ertrag).

Cru
Französischer Begriff für »Gewächs«, häufig für Einzellagenweine und in Verbindung mit einer Qualitätsbezeichnung verwendet, etwa Premier Cru (Erstes Gewächs).

Cuvée
Eigentlich der Inhalt eines Fasses *(cuve)*. Bezeichnet wird damit häufig ein besonderer Verschnitt entweder von Weinen verschiedener Sorten oder ausgewählter Fässer; dient z. B. zur Unterscheidung des Spitzen-Chardonnay vom normalen Chardonnay eines Erzeugers.

Domaine
Weingut, besonders in Burgund.

Edelfäule
Der Pilz *Botrytis cinerea* befällt unter feuchtwarmen Bedingungen die Trauben, wobei ihr Wassergehalt verringert und der Zucker- und Extraktgehalt erhöht wird. Aus botrytisierten Trauben stellt man wunderbare, intensiv süße Weine wie Sauternes her.

Eiche
Weine können in neuen Eichenfässern, insbesondere in 225-l-Fässern (Barriques), vergoren und/oder ausgebaut werden. Beide Prozesse vermitteln dem Wein einen runden Charakter und einen typischen Geschmack nach Toast und Vanille. Billige Verfahren sind die Zugabe von Eichenspänen oder sogar von Eichenextrakten.

Erzeugerabfüllung
Auch *Gutsabfüllung*: ein Wein, der von den Reben bis zur Flasche auf dem Weingut hergestellt wurde. Entsprechende Begriffe sind frz. *mis en bouteille au château/ domaine*, ital. *imbottigliato all'origine* bzw. *azienda agricola*, engl. *estate bottled*.

Ertrag
Einer der wichtigsten Faktoren in der Beeinflussung der Weinqualität. Je weniger Trauben eine Rebe tragen darf, desto konzentrierter wird ihr Saft und der Wein, der aus ihm gemacht wird.

Gärung
Die Umsetzung von Zucker in Alkohol durch Hefepilze.

Jahrgang
Das Jahr, in dem die Trauben gelesen wurden, weiterhin die Gesamtheit der klimatischen Einflüsse dieses Jahres und infolge dessen die Qualität des Weines.

Kaltgärung
Langsame, längere Gärung bei niedrigen Temperaturen holt Frische und Aromen aus dem Most. In warmen Ländern entscheidend für gute Weißweine.

Klima
Die Witterungsbedingungen haben entscheidenden Einfluss auf Art und Qualität des Weins. Kühle Klimabereiche wie Deutschland, Oregon und die Champagne lassen Trauben gerade noch reifen und liefern zurückhaltend-elegante Weine. In warmen Klimaten reifen die Trauben leicht, allerdings muss teilweise bewässert werden; dort erhält man körper- und alkoholreiche Weine. Rote Sorten benötigen generell ein wärmeres Klima als weiße.

Korkenfehler
Von einem krankheitsbefallenen Korken können muffig-schimmlige Gerüche in den Wein gelangen.

Lagenwein
Auch Einzellagenwein: ein wirklich individueller Wein aus Trauben, die in einer relativ kleinen, einheitlichen Parzelle wachsen.

Malolaktischer Säureabbau
Ein natürlicher Vorgang nach der alkoholischen Gärung, bei dem harte Apfelsäure in die weichere Milchsäure umgewandelt wird. Wird bei vielen Weißweinen unterbunden, um einen erfrischenden Biss zu erhalten.

Négociant
Französischer Begriff für einen Händler, der Trauben oder Wein von Winzern aufkauft, zu fertigen Weinen verarbeitet, abfüllt und vermarktet.

Neue Welt
Umfasst nichteuropäische Weinerzeugerländer, die seit den 1970er Jahren weltweit Aufmerksamkeit erregen: USA, Südamerika, Südafrika, Australien, Neuseeland. Darüber hinaus steht der Begriff für eine bestimmte Ideologie, die moderne Technik für frischere, fruchtigere und jünger trinkbare Weine einsetzt.

Öchsle
In Deutschland wird der Zuckergehalt des Traubenmosts an Hand seiner Dichte gemessen. 80 °Oe entsprechen 170 g Zucker/Liter.

Önologe
Weinwissenschaftler.

Restzucker
Die Menge Zucker, die nach der Gärung noch im Wein vorhanden ist. Eine wahrnehmbare Menge macht den Wein süß.

Säure
Die von Natur aus in Wein vorhandene Säure gibt ihm Frische und verstärkt seine Aromen.

Schwefelung
Zusatz von schwefeliger Säure, um den Wein frisch und haltbar zu machen. Innerhalb der sehr geringen erlaubten Dosierung nicht wahrnehmbar und nicht schädlich.

Sortenrein
ist ein Wein, der aus nur einer Rebsorte gemacht (und teils nach ihr benannt) wird.

Spätlese
Wein aus überreifen Trauben, die nach der normalen Lese geerntet wurden; meist mehr oder weniger süß.

Tannin
Der bittere, den Mund zusammenziehende Gerbstoff in Rotwein. Zunächst hart und eckig wirkend, vermittelt er dem Wein nach einer Reifung Tiefe und Struktur. Unabdingbar für lagerfähigen Wein.

Terroir
Französischer Begriff für die Idee, dass der Wein die individuellen Standortbedingungen seiner Reben zum Ausdruck bringt.

Trocken
Ein Wein ohne wahrnehmbaren Zuckergehalt.

Verschnitt
Eine Mischung von Weinen aus unterschiedlichen Rebsorten, Jahrgängen oder Herkunftsgebieten. Mit dem Verschnitt soll der Wein einen bestimmten (ggf. auch von Jahr zu Jahr gleichen) Charakter erhalten.

Vinifikation
Gesamtheit der Vorgänge, die aus Trauben Wein werden lassen.

Vitis vinifera
Die Spezies, zu der alle klassischen Rebsorten gehören.

Weinmacher
Modischer Begriff für Kellermeister, die Person also, die die Vinifikation steuert.

Register

Bildnachweis

Stephen Bartholomew: Foto des Autoren 5, 26, 47, 49, 52–6, 66, 71, 72.
Cephas Picture Library: Kevin Argue 122–3; Andy Christodolo 135; Kevin Judd 29 oben rechts, 43, 44, 45 links; M. J. Kielty 91; Herbert Lehmann 29 oben links; R. & K. Muschenetz 25 oben links, 39, 120, 125, 126; Alain Proust 136; Mick Rock 6, 23, 25 oben rechts, unten links, unten rechts, 26, 27, 28, 29 unten, 33, 34, 36, 37, 38, 40, 45 rechts, 75, 77, 81, 84, 86–7, 89, 93, 95, 97, 99, 104–05, 106, 109, 110, 115, 117, 129, 131, 132; Roy Stedall-Humphreys 102; Ted Stefanski 31.
Robert Hall: 2–3, 7, 8–22, 46–7, 49 (Korkenzieher und Korken), 50–1, 52 (Gläser), 54 (Einklinker), 57.
Stephen Marwood: Fotos von Flaschen 35, 78, 95, 100, 115, 122, 132.
Roberson, London: 66.
Spiral Cellars Ltd: 65.
Zaika, London: 59.